1781

Alice M. Ekert-Rotholz

Indiras Fenster

Geschichten
aus London

Hoffmann und Campe

Für Thomas Ganske,
der mir die Form des Monologs vorschlug.
In alter Verbundenheit
A. E.-R.

CIP-Titelaufnahme der Deutschen Bibliothek

Ekert-Rotholz, Alice:
Indiras Fenster: Geschichten aus London / Alice Ekert-Rotholz,
1. Aufl. – Hamburg: Hoffmann u. Campe, 1990
ISBN 3-455-01870-X

Schutzumschlag- und Einbandgestaltung: Werner Rebhuhn
Satzherstellung: Dörlemann-Satz, Lemförde
Druck- und Bindearbeiten: Ebner Ulm
Printed in Germany

»... the London habit of soliloquy is the sign of an inner life and of an inner dialogue – romantic, sentimental, fanciful, eccentric, childish, nonsensical, ribald, comic, imaginative, hypocritical, self-mocking. It is a personal, reflective poetry ... a sign that they live doggedly, tenaciously, fatalistically, alone, sustained by their strange histories.«

V. S. Pritchett

»... die Londoner Gewohnheit des Selbstgesprächs ist das Anzeichen eines Innenlebens und eines inneren Zwiegesprächs – romantisch, sentimental, kapriziös, exzentrisch, kindisch, unsinnig, ausgelassen, komisch, fantasievoll, heuchlerisch, sich selbst verspottend. Es ist persönliche, nachdenkliche Poesie ... ein Zeichen dafür wie sie leben: verbissen, beharrlich, fatalistisch, allein und durch ihre seltsame Lebensgeschichten gestützt und erhalten.«

Deutsch von Alice M. Ekert-Rotholz

Zitiert nach V. S. Pritchett, »LONDON PERCEIVED«, London 1962

Inhalt

Nur Dora

Hampstead, London NW3

»Barkis is willin'.«
Charles Dickens, »David Copperfield«

Glücklicherweise bin ich nichts Besonderes. Nur Dora. – »Nur nicht auffallen«, sagte meine Mutter. »Weder angenehm noch unangenehm.« Meine Mum wußte, was sie sagte. Papa fiel überall angenehm auf. Sogar Mum konnte es ihm nicht abgewöhnen, obwohl nur sie spielend mit ihm fertig wurde. Er war Theaterkritiker im Nebenberuf. Eigentlich aber war er Historiker. Ekelhaft begabt, und er sah immer wie ein Schauspieler aus. Wo immer er erschien, liefen die Frauen ihm nach. Mum, Mrs. Grimsby und ich konnten es nicht verstehen. Mrs. Grimsby war unsere Haushälterin, und sie glaubte, die Küche in unserem alten Haus in Hampstead gehöre ihr, und wir müßten um Erlaubnis bitten, eintreten zu dürfen. Sie hing an meiner Mutter, auch ein bißchen an mir, wenn ich in der Küche Tee mit ihr trinken durfte, und konnte Papa nicht ausstehen. Sie fand ihn launenhaft, mürrisch, geizig und zu gut aussehend. Mrs. Grimsby meinte, daß Ehemänner wie Schimpansen oder Dackel aussehen können. Ihr eigener Mann erfüllte diese Anforderungen. Mr. Grimsby war Klempner und reparierte unsere uralten Küchensachen und die historische Waschmaschine. Er sah wie ein Schimpanse aus und gehorchte seiner Frau wie ein Dackel. Papa mochte Mrs. Grimsby recht gern. Er mochte alle Leute, die ihn nicht ertragen konnten. Er machte mir niemals eine Freude, mich übersah er. Da hatte Papa natürlich recht. Es war nichts an mir zu sehen. – Mein Unterhaltungswert war auch nicht zum Staunen. Kurzum: Ich langweilte ihn, während Mrs. Grimsby ihn amüsierte und Mum ihn regelrecht, wenn auch vorsichtig, beaufsichtigte. Sie wußte, wieviel Konkurrenz sie in Hampstead hatte, wo jeder schreibt oder malt oder Musik macht. Bis auf mich natürlich. – Mum spielte wenigstens Harfe. Ich konnte nur Kartoffeln schälen und Papa anöden.

»Erzähl mir nicht, was andere Leute gesagt haben, Dora! Dabei schläft man ein.«

»Das tut mir leid, Papa!«

»Also, worüber denkst du nach, Mädchen?«

»Ob es morgen regnen wird. Ob wir genug Reis für deinen Curry haben.«

Papa trommelte auf seiner Schreibtischplatte herum. »Und sonst, Dora? Worüber machst du dir Gedanken?«

»Daß Mum so dünn und blaß geworden ist.«

»Deine Mutter ist ganz in Ordnung. Nur etwas müde, weil ganz Hampstead Tee mit ihr trinken will. – Hast du eigentlich Freundinnen, Dora?«

»Mrs. Grimsby.«

»Ich meine: Altersgenossinnen.«

»Die finden mich langweilig.«

Papa stimmte mit ihnen überein, war aber so nett, nichts zu sagen. Worüber sollte ich mit ihm reden? Sein schönes, lebhaftes Gesicht, seine hohe Gestalt, sein schneller, scharfer Geist schüchterten mich hoffnungslos ein. Wahrscheinlich ärgerte er sich grün und blau darüber, daß ich ihn liebte und bewunderte. Endlich fiel mir etwas ein.

»Miss Trotter sagt, Poesie und dergleichen ist Blödsinn.« Miss Trotter war unsere Flickschneiderin und stickte altmodische

Blumenbeete auf ganz vernünftige Tischdecken. Wir hatten in Hampstead noch mehrere alte Jungfrauen, die Papa als Fossilien bezeichnete.
»Was heißt ›und dergleichen‹?« fragte er gereizt. »Gewöhn dir nicht auch noch nachlässige Ausdrucksweisen an, Dora!«
Vielleicht hätte ich ihm nicht sagen sollen, daß Miss Trotter Gedichte blödsinnig fand. Ich war derselben Ansicht. Aber Papa sagte ganz friedlich, daß Miss Trotter es ja wissen müßte. Und wann endlich sein Tee käme? Oder machte Mrs. Grimsby jetzt auch Gedichte?
Ich wurde rot. Er machte sich lustig über mich. Auf dem Weg zur Küche liefen mir die Tränen übers Gesicht und befeuchteten meinen Kragen. »Was ist mit dir los, Kleine?« fragte Mrs. Grimsby scharf.
»Nichts.«
Ich war fünfzehn Jahre alt und hatte kein einziges kleines Talent. Es war wirklich nichts mit mir los. – Aber wenigstens fiel ich nicht auf. –
Manchmal lauschte ich an der Tür, wenn meine Eltern im Schlafzimmer miteinander redeten.
»Was soll aus Dora werden? Das Mädel ist direkt stumpfsinnig. Sie hat nur die Küche und das Großreinemachen im Kopf.«
»Sei nicht lieblos, John! Sie ist etwas langsam. Aber sie wird sich schon mausern.«
»Ich bezweifle es, meine Liebe! Ganz Hampstead schüttelt den Kopf.«
»Ganz Hampstead ist nicht die Welt, John!« Mum stammte aus Surrey. »Du mußt versuchen, etwas geduldiger mit Dora zu sein.«
»Ich habe die Geduld eines Heiligen«, behauptete Papa mit einem Unterton von Groll. »Aber Dora ...«
Ich hatte genug gehört. Ich schlich in mein Zimmer. Ich weinte nicht. Ich hatte kürzlich herausgefunden, daß Trä-

nen nichts nützen. Und man muß den feuchten Blusenkragen plätten. Sonst sagt Papa: »Wie siehst du aus? Willst du als Vogelscheuche herumlaufen?« Er hat ja recht. Aber es schmerzt. Ich weiß, es ist albern, aber es tut mir trotzdem weh. Natürlich kann er nicht stolz auf mich sein – und ganz Hampstead dazu –, aber etwas freundlicher könnte er manchmal schon sein. Nicht nur zu Weihnachten. Oder wenn wir Gäste haben.
Er bezauberte alle. Mum hielt sich im Hintergrund. Wie ich. Aber sie spielte Harfe, und Papa war stolz auf sie. Wenn sie und Mrs. Grimsby nicht zu mir hielten, wäre es ziemlich schwierig.
Zwei Jahre später, an meinem siebzehnten Geburtstag, starb meine Mutter an einem Herzkrampf.

Nun konnte ich nur noch mit mir selbst reden. Mama war tot, aber trotzdem war sie überall. Im Wohnzimmer, in der Küche mit Mrs. Grimsby, im Eßzimmer, im Garten. Es war Mai. Alles blühte und leuchtete, was mich noch trauriger machte.
Unser Eßzimmer war der menschenleerste Raum in Hampstead. Papa aß nun in seinem Studierzimmer und ich mit Mrs. Grimsby in der Küche. Dort war ein Erker mit einem kleinen Tisch und zwei Stühlen, und dort schwiegen wir bei Kartoffelbrei und Würstchen. Auch Mrs. Grimsby hatte sich das Reden abgewöhnt.
»Bitte, Mrs. Grimsby! Reden Sie ein bißchen mit mir.«
»Es gibt nichts zu sagen.« Mrs. Grimsby wischte sich wütend eine Träne aus ihrer Brille. Sie hatte recht. Es gab nichts zu sagen. Und ich konnte mir nichts ausdenken. Das hatte ich nie gekonnt. Ich begnüge mich mit dem, was ich sehen, hören und greifen kann. Papa findet das sterbenslangweilig. Aber er hatte sich jetzt in seinem Zimmer vergraben und erlaubte uns nicht, ihn auf irgendeine Weise zu trösten. Ich lauschte immer noch an Türen. Nun lauschte ich zitternd an Papas Tür, nur

um herauszufinden, ob es ihm gutging oder ob er telephonierte. Einmal hörte ich einen heiseren Laut, ein trockenes und qualvolles Husten, das wohl ein Weinkrampf war. Ich wagte mich nichts ins Zimmer. Was hätte Papa getan oder gesagt, wenn ich ihn bei einer so privaten Äußerung ertappt hätte? Nur Keith Porter, sein junger Freund und Sekretär, hatte Zutritt. Also hatte ich meinen Vater auch verloren. Beinahe zufällig und ohne Ausrufungszeichen, wie man einen Regenschirm verliert. Aber ich beneidete Papas Regenschirm. Er begleitete ihn eingerollt in die Universität, wo Papa englische Geschichte lehrte. Wenn ich Keith Porter tippen hörte, war ich etwas beruhigt.
Mrs. Grimsby ärgerte sich, wenn sie mich mit dem Ohr an Papas Tür sah. »Man lauscht nicht, Dora.«
»Warum nicht?«
»Man tut es nicht. Iß deinen Salat! Das schönste Wetter, und du hockst hier im Keller.«
Ich ging wieder in die Heide, wo jeder in Hampstead hinrennt, wenn daheim alles schiefgeht. Und unsere Heide ist so weit und still und freundlich, daß mir wirklich etwas besser wurde.
»Danke vielmals, Mrs. Grimsby.«
»Danke der Heide. Komm, komm, Mädchen! Hilf mir mit den Kartoffeln. Sie sind das einzige, was dein Vater nicht aufgegeben hat.«
»Und Keith Porter.«
Mrs. Grimsby überhörte es. Sie mochte Keith nicht. Weder sein langes Haar noch seinen kurzen Gruß. Ich beneidete Keith noch heftiger als Papas Regenschirm. Ich ging nun wieder in die Heide. Einmal sah ich meinen Vater. Aber er war hier so unerreichbar wie in seinem Zimmer. Er betrachtete die Wolken. Jemand sprach ihn an. Einer aus Hampstead, der jedem lächelnd das Schlimmste wünscht. Er amüsierte Papa. Einen Augenblick lächelte er versuchsweise. Ich sah es genau

hinter dem Gebüsch. Dann drehte Papa dem »Menschenfreund« den Rücken zu und marschierte auf und davon. Ich kroch erst aus meinem grünen Winkel, als Mr. Sampson sich auf den Weg zum »Spaniard« machte, wo ganz Hampstead, bis auf Papa, trinkt, ißt und übers Theater redet. Mr. Sampson wohnt nah beim Holly Bush, wo Mama, Papa und ich manchmal auf die engen, steilen Wege und die kleinen Häuser heruntergeblickt haben. Die Sterne funkelten. Ich darf nicht daran denken.

Warum weiß man nicht, wie glücklich man ist, wenn man ein richtiges Familienleben erlebt? Wie unangenehm das Leben daheim wurde, mag ich nicht einmal mir selbst erzählen.

Nach zwei Jahren hatte mein Vater wohl genug getrauert. Er ging wieder zum »Spaniard's Inn«, besuchte seine Freunde und sprach gelegentlich mit mir.

»Was wirst du eigentlich machen, wenn sich hier etwas ändert, Dora?«

»Was soll sich ändern?«

»Alles ändert sich immerzu.« Papa beherrschte seine übliche Ungeduld mit mir – kein gutes Zeichen. »Du kannst zum Beispiel heiraten.«

»Wen soll ich heiraten?«

»Das ist deine Sache, nicht wahr? Nimm nicht alles so schrecklich wörtlich, Mädchen! Sieh mal, die Sache ist die, daß ich –«

Ich starrte ihn an, was er mit Recht beanstandete. Er sprang auf. »Man kann einfach nicht reden mit dir! Guten Abend.«

»Das Essen ist fertig, Papa! Es gibt Leber, die du so gern ...«

»Was ist wieder los, Dora? Du bist weiß im Gesicht. Wir wollen essen. Kämm dir dein Haar noch mal. Dein Vater ...«

»Er ist ausgegangen, Mrs. Grimsby. Er sagte, daß alles sich beständig ändert, und er war nicht sehr nett zu mir.«

»Das ist er doch nie. Lach mal, Kleines!«

Ich war schon neunzehn, aber der alte Kosename tat mir wohl.
»Ich hab' wirklich Hunger«, log ich. Mrs. Grimsby strahlte.
»Du kannst heut abend für zwei essen, Dorchen! Sag mal, von welchen Änderungen sprach dein Vater? Bin ich zuviel in diesem Haus?«
»Mrs. Grimsby! Wenn Sie fortgehen, gehe ich mit.«
»Quatsch mit Grünkohl, Mädchen!« Mrs. Grimsby tat ihr Bestes, um ihr Wohlgefallen zu verbergen. »Du bleibst bei deinem Dad. Ihr gehört zusammen.«
»Meinen Sie wirklich, Mrs. Grimsby?«
Sie war eine schlechte Lügnerin ...
Fünf Wochen nach diesem Gespräch hatte sich daheim alles geändert.

Wenn mein Vater mich anlächelt, stimmt etwas nicht. Aber wenn er freiwillig eine Unterhaltung mit mir beginnt, dann muß ich mich auf unangenehme Überraschungen gefaßt machen.
»Setz dich endlich hin, Dora! Ich muß mit dir reden.«
»Einen Augenblick, Papa! Ich will nur noch ...«
»Setz dich«, donnerte er. Ich setzte mich. Zu meinem Ärger zitterten meine Hände. Ich verschüttete den Tee. »Entschuldige, Papa. Soll ich dir eine andere Tasse ...«
»NEIN. Um Himmels willen, kannst du nicht eine Sekunde zuhören?« Er zwang sich zur Ruhe und räusperte sich, während ich meine dummen Tränen verschluckte. Ich lass' mir viel gefallen, aber man darf mich nicht anschreien. Dann verliere ich die Fassung und – Schwamm drüber.
»Was würdest du sagen, wenn ich wieder heirate, Dora?«
»Heiraten? – DU?«
»Ich bin nicht Methusalem«, sagte mein Vater gereizt. »Kurz und gut, ich werde Mrs. Amelia Coombs heiraten. Ich hoffe, sie wird dir eine gute Mutter sein.«

»Meine Mutter ist tot.«
»Amelia will dich kennenlernen. Sie wird übermorgen zu uns zum Tee kommen.«
»Gratuliere«, sagte ich tonlos.
»Sie hat zwei Töchter«, sagte Papa etwas verlegen. Er sah mich nicht an, sondern betrachtete einen alten Stich der »London Bridge« an der Wand seines Arbeitszimmers. Wir hatten das Bild dorthin gehängt, weil es die Wasserflecke an der Westwand verdeckte. Meine Mum hatte ihm das Bild geschenkt, weil sie sich auf dieser Brücke verlobt hatten. Es war die Original-Brücke aus dem Jahr 1209. Jenseits der Brücke befanden sich wunderbare Häuser. Ich hätte mich gern ins »Nonesuch-Haus« verkrochen. Mir graute vor Papas Braut und ihren Töchtern. »Werden die Töchter auch bei uns wohnen?«
»Bist du verrückt geworden?«
Papa war wieder er selbst. Er hatte nie mit meiner Mutter auf der London Bridge gestanden. Aber er mußte doch fühlen, daß er mich besser mit etwas Vorsicht behandeln sollte. Ich war jetzt neunzehn und sprach schon manchmal beinahe in seinem Ton … Wie meine Mutter ihm prophezeit hatte; ich war langsam, würde aber schließlich zum Ziel kommen. Zu welchem Ziel? Wohin würden wir mit Mrs. Coombs und ihren Töchtern treiben? Sollte ich mich von Windmill Hill stürzen, wo Mrs. Siddons auf dem Gipfel ihrer Karriere gewohnt hatte? Niemand würde mich vermissen. »Nur Dora«, dachte ich wieder einmal. Wahrscheinlich würde ich mir nur ein Bein brechen.
Selbstverständlich hatten meine neuen Stiefschwestern es zu etwas gebracht. Nancy, die ältere junge Dame, war Sozialfürsorgerin. Die Jüngere hatte glücklicherweise vor zwei Monaten »einen Titel« geheiratet und war in einem großen Herrenhaus außerhalb Londons quasi verschollen. »Die sind wir los«, sagte Papa recht freundlich. »Sie kommen aber beide zum Tee, um dich kennenzulernen.«

»Wie nett«, sagte ich heiser.
Mrs. Coombs hatte bis jetzt in Hammersmith gewohnt – in jeder Beziehung ziemlich weit von Hampstead, Mrs. Siddons und dem Dichter der »Ode an eine Nachtigall« entfernt. Nancy erzählte mir, daß Papa und ihre Mutter sich auf der Hammersmith-Brücke kennengelernt hatten. Papa verlobt sich wohl immer auf einer Londoner Brücke.

Wir konnten nicht im Garten Tee trinken, es regnete. Das war mir nur recht. Ich liebe unseren Garten und bin keine schlechte Gärtnerin. Mr. Cox, unser Gärtner, sagt, ich habe »grüne Finger«. Ein hohes Lob, da Mr. Cox, wie Papa, an allem etwas auszusetzen hat. Ich wünschte, er wäre mein Vater. Wir sind ziemlich glücklich im Garten. Ich habe zwar nie Keats' »Ode an eine Nachtigall« zu Ende gelesen, weil ich zweimal bei dem Versuch eingeschlafen bin, aber meine Primeln und Mums Rosen gedeihen und grüßen mich ...
Ich weiß nicht, wie lange Papa und ich keinen Tee in Mums Wohnzimmer getrunken hatten, aber Mrs. Grimsby hatte natürlich dort für Papas neue Familie gedeckt. »Komm, komm, Dorchen! Mach dir nichts draus.«
»Das glauben Sie wohl selbst nicht, Mrs. Grimsby.«

»Und dies ist meine Tochter Dora.«
»Ich freue mich, Sie kennenzulernen«, sagte Mrs. Coombs gegen ihr besseres Wissen. Sie war groß, schlank und zeigte das unaufrichtigste Lächeln, das ich jemals gesehen hatte. Sie war wirklich schön, elegant und beneidenswert sicher. Sie lobte alles, was sie sehen konnte – die alten Chintz-Bezüge auf den Sesseln, die Blumen, Mums Apfelpastete, unseren wackeligen Teetisch, die verblichene Tapete, den müden alten Teppich und mein Kleid. Mich, Dora, zu loben brachte nicht einmal diese falsche Schlange fertig. »Sie sollten nicht grün tragen, Dora«, sagte sie mit mütterlicher Fürsorge. »Rosa

wäre besser.« Sie hatte in Hammersmith in einem Modeladen »die Aufsicht geführt«, war also, einfach ausgedrückt, Verkäuferin gewesen und hatte bei aller Falschheit echten Geschmack. –

»Ich hoffe, wir werden gute Freundinnen, Dora.«

Aus welchem Grund sollten wir uns anfreunden? Nur weil sie Papa auf der Hammersmith-Brücke eingefangen hatte? Ich preßte die Lippen zusammen, um nichts Unhöfliches zu erwidern. Papa sollte mich nicht hinauswerfen oder schweigend verabscheuen. Ich hatte nur ihn. Und natürlich unsere Mrs. Grimsby. Und die Vögel im Garten – – –

Glücklicherweise erschienen Nancy und Lady Harmsworth und enthoben mich jeder Äußerung. Nancy, die Fürsorgerin, war groß, mager und musterte mich durchdringend, aber nicht unfreundlich.

Natürlich konnte ich kein glühendes Interesse von Nancy Coombs erwarten. Erstens war ich nur die Tochter des Hauses, ein Überbleibsel aus einem früheren Leben, und dann nahm ich weder Rauschgift, noch trank ich Methylalkohol und war nicht einmal arbeits- und wohnungslos. Trotzdem faßte ich scheues Vertrauen zu ihr. Nancy war in Ordnung. Das fand sogar Mrs. Grimsby. Nancy verschwand nämlich irgendwann in die Küche. Wahrscheinlich wollte sie erfahren, ob Mr. Grimsby seine Gattin gelegentlich verprügelte. Es war Nancys Aufgabe, die Lebensweise der »sozial Benachteiligten« zu erforschen, obwohl Mrs. Grimsby durchaus mit ihrem Los und mit Mr. Grimsbys Nebenverdiensten zufrieden war. Das konnte Nancy aber nicht wissen. Sie arbeitete im East End von London – auch eine gewisse Entfernung vom Hampstead und unseren Berühmtheiten. –

Lady Enid Harmsworth trug einen alten, schäbigen Mantel über einem ordentlichen, gestreiften sportlichen Kleid und ein verrücktes Tuch auf dem Kopf. Im Kopftuch und Mantel sah sie aus, als wäre sie von Dickens erfunden worden. Auch ihr

kleines, verhungertes Gesicht war eine Mischung aus »Little Nell« und der jüngeren Miss Coombs. Sie sagte wenig und aß enorm viel. Die Apfelpastete, die Sandwiches, die heißen Pfannkuchen verschwanden in Windeseile. Während ich bei einer Diät an Gewicht zunahm, wurde Enid wohl immer dünner. Es gibt keine Gerechtigkeit auf der Welt. Wir sprachen kein Wort miteinander. Ich sah sie später nur bei Hochzeiten oder Beerdigungen.
Papa war erschreckend liebenswürdig zu uns allen und schielte vor Glück. Wie lange würde er uns anlächeln? –
Mrs. Coombs sagte, ich könne sie Amy nennen. –
Ich nannte sie Amy. Papa blieb bei Amelia. Er haßte Abkürzungen, Verkleinerungen, zärtliche Reden ... Gern hätte ich gewußt, was er Amy auf der Brücke zugeflüstert hatte. Ich erfuhr später von Nancy, daß Amy meinen Vater mit dem ältesten Trick der Welt eingefangen hatte. Sie ließ ihre Handtasche mit den vielen Kleinigkeiten fallen, der Kram rollte umher, und Papa half ihr beim Aufsammeln. Danach stärkten sie sich in einer Teestube. Nancy lächelte ironisch. Sie schien ihre Mutter nicht zu bewundern. Obwohl kein Wort darüber fiel, war Nancy meine Bundesgenossin. Eine große Sache für mich. Sie hatte genug Menschen, die sie brauchten. Glückliche Nancy! Aber Glück im privaten Bereich schien sie nicht zu interessieren. Sie kannte wohl die Kehrseite.
Mein Vater heiratete Mrs. Coombs im Sommer. Während der Hochzeitsreise nach Venedig kochten Mrs. Grimsby und ich Früchte ein. Das wurde mir nie zuviel. »Sie kann bestimmt nicht kochen«, sagte Mrs. Grimsby. Ein Todesurteil über die zweite Mrs. Clermont-Simpson.
Papa hatte nie viel Geld. Seine Bücher wurden von der Presse gelobt und gelegentlich in Hampstead von seinen Anbetern gekauft, aber sie brachten kaum etwas ein. Geld langweilte ihn – sowieso ein vulgäres Thema in Hampstead. – Ich erinnerte mich an Amys Gesicht wie in einem Nebel. Ich erinner-

te mich aber lebhaft an den Knall, mit dem sie ihre Handtasche schloß. Papa haßte solche Geräusche und hatte ihr einmal die Tasche weggenommen. Sie hatte ihn groß angesehen, aber nichts gesagt. Dazu war sie zu schlau.

Ich wünschte, daß Amy in Venedig in einen Kanal gefallen wäre, aber sie erschien völlig intakt in Hampstead. Wir begrüßten uns kühl, und Papa war ausnahmsweise nett zu mir. Wann würde er aufwachen? Seine gute Laune war unnatürlich.

Amys Schönheit machte Eindruck bei uns in Hampstead. Sie wurde dreimal gemalt, und Papa war stolz auf sie. Er schien nicht zu merken, daß sie eine gräßliche Person war. Mrs. Grimsby und ich schwiegen darüber. »Wahrscheinlich ist sie im Schlafzimmer zuckersüß«, sagte Mrs. Grimsby. »Zuerst sind sie alle solche Lämmer.«

Sie mußte es wissen.

Als Papa zum ersten Mal sagte: »BITTE unterbrich mich nicht, Amelia«, waren die Flitterwochen vorüber.

Daß Amy niemanden ausreden ließ, war nur eine ihrer lästigen Angewohnheiten. Mein Vater verbrachte nun seine Zeit wieder mit dem Sekretär in seinem Arbeitszimmer. Er schien sich mit Amy bereits zu langweilen und sprach kaum ein freundliches Wort mit ihr. Wenigstens nicht bei den Mahlzeiten. –

Nach zwei Monaten verließ uns Mrs. Grimsby. Das war das Schlimmste, was mir passieren konnte. Ich wäre am liebsten mit ihr gegangen.

»Wein nicht, Dorchen! Du mußt uns oft besuchen. Mit dieser Person kann man nicht auskommen. Dein armer Vater!« – Aber Papa hätte nicht einmal Mrs. Grimsby erlaubt, ihn zu bedauern. Außerdem schlief er zu der Zeit noch im gemeinsamen Schlafzimmer, zwei Jahre später zog er in sein Arbeitszimmer um. Ich war nur noch halb lebendig. »Schlaf nicht, Dora«, sagte Papa stirnrunzelnd. Falls Amy ihm zum Halse

heraushing, zeigte er es nicht. Ich glaube, sie hatte sich bereits einen Tröster in Hampstead angelächelt, und vermutete zu Unrecht, daß Papa, der alles merkte, es nicht wußte. –
Die neue Haushälterin war ordentlich, unbeteiligt und so farblos wie ich selbst. Sie tat ihre Pflicht, und das war nie genug für meinen Vater. Er aß jetzt oft mit Keith in seinem Zimmer, und Amy und ich sprachen kaum ein Wort während der Mahlzeiten. Höchstens: »Willst du noch Kartoffeln, Amy?« Aber sie wollte nicht so dick werden wie ich. Ich war nämlich jetzt vor Kummer eine jugendliche Tonne. Ganz Hampstead hätte mir drei Kinder geglaubt. –
Unsere Amy hatte nun ein gewisses Alter in einer ungewissen Situation erreicht und versteckte ihre leichten Falten hinter Schminke. Eine alberne Lockenperücke verdeckte die ersten grauen Haare. Ihr Doppelkinn verbarg sie hinter altmodischen Rüschen. Ich muß zugeben, daß sie entzückend aussah und immer öfter ihren Tee irgendwo in Hampstead oder Highgate trank ... Papa ignorierte die Rüschen und ihre Abwesenheit. Er trank seinen Tee mit Keith, und ich trank meinen allein. Ich ging nur in die Küche, um der »Neuen« zu helfen. Sonst arbeitete ich im Garten und besuchte manchmal mit Nancy ihre schrecklichen Schützlinge und Trunkenbolde im East End. Ich konnte nur mitlaufen, denn Nancy hatte ja zuvor mehrere Prüfungen ablegen müssen. Das hätte ich nie geschafft. Papa fragte mich nun nicht mehr, was ich werden wollte und wann ich endlich heiraten würde. Wie überall gab es viele junge Männer in unserem Kreis, aber keiner biß an. Das machte mir nichts aus. Papas zweite Ehe hatte mir wohl den Appetit verdorben. Mein einziger Trost war die Aussicht auf ein angenehmes Alter, obwohl ich erst Anfang Zwanzig war. Ich würde ein geschätztes Museumsstück in Hampstead sein, und alle würden stolz sein. Im Augenblick war ich natürlich »nur Dora«. *Das* hatte Amy sofort gemerkt.

Sie war sehr beliebt in unserem Kreis und hatte oft Besuch zum Tee. Selbst Miss Fenton, unsere Hellseherin, die alles schwarz sah und auf gewöhnliche Sterbliche herabblickte, kam zu Amy zum Tee. Vielleicht, weil sie früher meine Mum öfters besucht hatte. Jedenfalls war das eine Ehre in Hampstead, und Amy bildete sich nicht wenig darauf ein. Natürlich hätte Miss Fenton ihr in dem Modeladen in Hammersmith keinen zweiten Blick gegönnt, aber Amy, die über alles sprach, auch über das Unsagbare, schwieg eisern über »Hammersmith«. Wenn Miss Fenton erschien, brachte ich den Tee herauf und wurde immer besonders freundlich von ihr begrüßt. Schließlich war ich die Tochter des Hauses, ob ich nun schreckliche Bilder malte oder nicht.
Als ich wieder einmal unser schweres Messingtablett aus dem Eßzimmer holte, fiel es mir mit einem Knall vor Amys Tür aus den Händen.
»Was ist das?« fragte Miss Fenton.
»Nichts von Bedeutung«, sagte Amy. »Nur Dora.«

Manchmal sagte Amy, wie nett es ohne Mrs. Grimsby wäre, und Papa sagte stirnrunzelnd, Amy sollte nicht solch einen Unsinn reden. Mrs. Grimsby wäre tadellos gewesen.
»Geschmackssache, John.«
»Alles ist Geschmackssache, nicht wahr?« Papa behandelte sie jetzt mit der gereizten Ungeduld, die ich nur zu gut kannte. Ich war wirklich die einzige in diesem Haus, die Geduld mit mir hatte. Nur Mrs. Grimsby hatte mich gern gehabt. Sie war stachelich wie ein Kaktus gewesen, aber links hatte sie ein Herz gehabt. Ich hatte sie noch einmal besucht, fühlte aber, daß Mr. Grimsby sich in meiner Gegenwart nicht wirklich wohl fühlte. Ich gehörte nach Hampstead, nicht nach Paddington.
Papa schrieb jetzt eine Studie über Cromwell und fragte mich, ob ich mich nicht gelegentlich etwas um Amelia kümmern

könnte. Am liebsten hätte ich ihn gefragt, wer diese Person geheiratet hätte. Er oder ich? Fünf Jahre waren so vergangen, als Papa bei einem Autounfall getötet wurde. Darüber kann ich nicht einmal mit mir selbst sprechen. Meine Jugend war vorbei. Denn solange ein Vater einen kritisiert, ist man jung.
Mrs. Grimsby stand mir zur Seite. Ohne die Dame des Hauses um Erlaubnis zu fragen, schlief sie die erste Woche auf einer Liege in meinem großen Zimmer im zweiten Stock. Und Mr. Grimsby kam und machte sich schweigend überall nützlich. Die beiden wußten, was ich verloren hatte und daß Amy mich wahrscheinlich herauswerfen würde. Aber es kam wieder einmal anders, als wir alle gedacht hatten. Bei der Testamentseröffnung erstarrte Amy zur Salzsäule. Papa hatte sein bißchen Geld zwischen uns geteilt, aber das Haus in Hampstead hatte er mir überschrieben. Er hatte also doch gewußt, wer ihn trotz seiner Launen tief und beständig geliebt hatte. Er mußte gewittert haben, daß seine Frau mich aus meinem Elternhaus hinausgeworfen hätte. – Papa! Ich dankte ihm und schwieg. Unsere Mrs. Grimsby hatte recht gehabt. Papa und ich hatten eben doch zusammengehört. –
Amys Erstarrung war heller Wut gewichen. Sie benahm sich so ordinär, daß Nancy ihr den Kopf zurechtsetzen mußte. »Benimm dich, Mutter! Sonst setzt Dora dich an die Luft. Was tust du dann?«
Amy benahm sich also, da ihr nichts anderes übrigblieb. Sie konnte nicht in Nancys Sozialheim wohnen, und ihre jüngere Tochter war nach der Beerdigung meines Vaters endgültig von der Bildfläche verschwunden. Der Lord und Amy hätten nicht gut zusammengepaßt.
Ich ließ endlich unser Dach reparieren. Mr. Grimsby fand eine preiswerte Firma, bei der ich die Rechnung in Raten abzahlen konnte. Ein triefendes Dach hat eben Hampstead-Leute nie gestört. Sie kaufen lieber ein Gemälde für das Geld, das solche Reparaturen verschlingen. –

Mrs. Grimsby hatte immer gegen ihre Überzeugung behauptet, daß großes Unglück den Menschen veredele. Bei Amy war das nicht der Fall. Sie war noch unangenehmer als zu Papas Lebzeiten. In jedem Fall hatte ihr Unglück sie äußerlich zum Nachteil verändert. Ihre Gewänder und silbernen Sandalen wurden endgültig Vergangenheit, und sie schlurfte in ausgetretenen Hausschuhen herum, was sie sich zu Papas Lebzeiten nie erlaubt hätte. Langsam wurde sie dürr, und ihr Gesicht zeigte viele Linien der Verbitterung. Sie konnte nicht in ihren Laden nach Hammersmith zurückgehen, weil das Leben und die Gesellschaft in Hampstead ihr regelmäßige Arbeit abgewöhnt hatten. Sie war schon lange so faul geworden, daß Papa nur den Kopf geschüttelt hatte. Er hatte nichts gesagt, weil es nichts zu sagen gab. Er war nicht böse mit Amy gewesen. Ich glaube, er hatte manchmal eine Wut auf sich, weil er auf sie hereingefallen war und daß Mum ihm nicht mehr den Kopf zurechtsetzen konnte. Sie hätte ihm Amy in zehn Minuten ausgeredet – wie damals die Studentin, die ihm nachgelaufen war. »Wenn es sich um Weiber handelt, sind die klugen Männer immer die größten Dummköpfe«, pflegte Mrs. Grimsby zu sagen. Daß sie über Amelia Coombs geschwiegen hatte, war ein böses Zeichen gewesen.
Zweifellos war Amy schwer getroffen, und ich hätte Mitleid mit ihr gehabt, wenn sie ein wenig netter gewesen wäre. Aber sie blieb abstoßend oder abwesend, empörend unpünktlich zu den Mahlzeiten und sauer wie ein halbes Dutzend Zitronen. Natürlich war ich auch nicht gerade angenehm oder aufheiternd. Die arme Person verabscheute mich. Ich schlich wie betäubt durch das große Haus und lebte nur auf, wenn Mr. und Mrs. Grimsby nun regelmäßig dreimal die Woche erschienen, es war ja *mein* Haus. »Sie macht dich verrückt, Dorchen.«
»Ich kann sie nicht rausfeuern, Mrs. Grimsby.«
»Warum nicht?«

»Ich kann es eben nicht. Wegen ... wegen Papa.«

Daß ich wegen Papa etwas netter zu Amy sein müßte, kam mir leider nicht in den Sinn. Nancy, die eine Freundin geworden war, schlug ihrer Mutter ein »Heim für alleinstehende Damen« vor. Amy heuchelte eine Ohnmacht, und das Heim in Wimbledon mußte ohne Mrs. Clermont-Simpson fertig werden. »Laß sie hier, Nancy«, sagte ich müde, »ich werde mich eben an sie gewöhnen.«

»Ich muß mich um sie kümmern«, brummte die liebe Nancy. »Mir wird schon etwas einfallen. Meine Schwester Muss eben auch helfen.«

Nach dieser Unterhaltung und Amys verdammter Ohnmacht träumte ich von meiner Stiefmutter, daß sie als verwahrlostes Nachtgespenst ans Tor der Londoner Heilsarmee klopfte, um ein Bett für die Nacht zu ergattern ... Ich fühlte beim Erwachen kein Mitleid mit dieser hilflosen Witwe. Nur Widerwillen. Aber sie wirkte verängstigt. Oder spielte sie mir wieder etwas vor, wie sie meinem Vater eine sanfte, liebende Schlingpflanze vorgespielt hatte? Natürlich war sie nicht so hilflos, wie sie tat. Sie war gesund und verboten träge. Sie lebte eben lieber mit mir in meinem Elternhaus als irgendwo anders in einem »Wohnschlafzimmer« ohne Komfort.

Mein Vater hatte sie zuerst verwöhnt. Wie viele Männer, die ungern Geld ausgeben, konnte er großzügig sein, wenn es sich um sein Vergnügen handelte. Ich fand in seinem Schreibtisch eine enorm hohe Rechnung des berühmten Restaurants »Scott's« in der Mount Street. Dort schlemmte die sogenannte »Oberklasse« ihre Austern und englisches Lamm mit zwei Gemüsen. Die Rechnung war zwei Monate vor der Hochzeit ausgestellt worden ...

Ich mußte mich an Amy gewöhnen, wie sie sich an Austern bei Scott's gewöhnt hatte. Sicher war Amy nie zuvor mit einem Liebhaber in einem Restaurant gewesen, das maßlos teuer und »unauffällig« war und 1891 in der Coventry Street gegründet worden war. Jetzt jedenfalls krähte kein Hahn mehr nach ihr. Sie fand heraus, daß »Hampstead« sie eingeladen hatte, weil sie Papas Ehefrau gewesen war. Nach Amy Coombs hätte kein Hahn in NW3 gekräht. Diese Entdekkung verbesserte weder ihre Laune noch ihre Manieren. – Wann begann ich damit, Amy gelegentlich zu beschäftigen? Da Mrs. Grimsby nun nur einige Tage in der Woche kam, mußte Amy endlich auch etwas tun, fand ich. Bis jetzt hatte sie sich ungeniert von mir bedienen lassen, obwohl Papa es ihr untersagt hatte. »Bring mir meine Handtasche, Dora!« Kein Bitte und Danke. »Laß mir ein Bad ein. Wo bleibt mein Tee?« Wann bat ich Amy zum ersten Mal, mir meinen Tee auf mein Zimmer zu bringen, weil ich sehr abgespannt war? Ich weiß es nicht mehr. Bei dieser Gelegenheit fand ich aber heraus, daß Amy ziemlich feige war. Allerdings hatte Nancy ihr am Wochenende eine Gardinenpredigt gehalten. Wahrscheinlich fürchtete sie doch, daß ich sie an die Luft befördern würde, wenn sie sagen würde, was sie gern gesagt hätte. »Hol dir deinen Tee selbst. Und meinen kannst du ebenfalls aufbrühen!«

Amy brachte mir den Tee aufs Zimmer. Ich konnte sie nicht ansehen. Ich goß den Tee weg. Er hätte mir die Kehle wie Höllenfeuer verbrannt. Aber der Anfang war gemacht. Sie wußte nun, wer Herrin im Haus war. Sie mußte es wissen, so schrecklich es war und sosehr es mir gegen meine eigene Natur ging. Ich brauchte Mrs. Grimsby nichts zu sagen. Sie sah mit eigenen Luchsaugen, daß Amy nicht mehr faulenzen konnte. Sie haßte Gartenarbeit. Hatte wohl nie einen Garten gehabt. Und ich war froh, mit unserm Mr. Fox zu arbeiten. Ich brachte Nancy Blumenkästen vor ihren beiden Fenstern im Heim an. Mr. Grimsby hatte die Kästen gezimmert und bemalt, und die Blumen für Nancy hatte ich mit Liebe gezüchtet. Sie hatte Tränen in den kühlen, grauen Augen. – Manchmal betreute ich ihre Schützlinge mit ihr und bekam einen

ersten Begriff von ihrer schwierigen Arbeit. Meine Welt wurde weiter ...
Die alten Freunde meiner Eltern besuchten mich von Zeit zu Zeit. Wir halten zusammen in Hampstead. Je länger wir uns kennen, desto öfter besuchen wir uns zum Tee. Auch Miss Fenton, unsere Hellseherin, die eins der schönsten alten Häuser bewohnte, trank jetzt öfters ihren Tee bei mir. Ich war noch in Trauer und ging wenig aus. Wir saßen im Erker in meinem Zimmer und blickten durchs Fenster auf den Garten, wo die ersten Primeln und Narzissen aufblühten.
Es war friedlich und still, denn Miss Fenton sieht ziemlich lautlos in die Zukunft. Aber sie sah im Augenblick weder hell noch schwarz. Wir sprachen von meinen Eltern.
Plötzlich hörten wir einen großen Lärm. Das Metalltablett aus dem Speisezimmer mußte zu Boden gefallen sein.
»Was ist das?« fragte Miss Fenton.
»Nichts von Bedeutung«, sagte ich. »Nur Amy.«

Japanische Elegie

Shepherd's Bush, London W12

»Wenn du niemanden hast,
unterhalte dich mit deinem Knie.«
Japanisches Sprichwort

Ich habe niemanden in London und muß mich mit meinem Knie unterhalten. Das ist langweilig und treibt mir die Tränen in die Augen. Ich frage mich immer wieder, warum die *Gaijins* so unfreundlich zu Japanern sind. Vielleicht sind sie es zu allen Ausländern? In London sind die Engländer zu Haus. Nur in Japan, wo man sie an ihren hellen Haaren und Wasseraugen sofort erkennt, sind sie Gaijins. Hier in Shepherd's Bush sieht niemand niemandem ins Gesicht. Das ist in ganz London so. Die Engländer und ihre Ehefrauen wollen niemanden sehen. Das ist unendlich traurig für gesellige Japaner, die daheim nie allein sind. Ich würde mich hier selbst über den Besuch meiner Schwiegermutter freuen, auch wenn sie an allem etwas auszusetzen hat. Besonders an mir. Sie wollte, daß ihr Sohn eine reiche Erbin in Tokio heiratet, und alles war durch den Heiratsvermittler arrangiert, als Jiro-san mit mir auftauchte. Ich entstamme einer vornehmeren Familie in Kioto, aber danach krähte kein Hahn, schon gar nicht Schwiegermutter Moribana. Ich hatte die Teezeremonie und Ikebana gelernt und brachte die entsprechenden Diplome mit in die Ehe. Aber in Tokio und bei meiner geehrten Schwiegermutter sind Dollars und Karriere wichtiger als das sinnvolle Arrangement von Blume, Wasser, Stein und Berg. Hier in London leide ich Qualen, wenn ich den Garten meiner englischen Nachbarn betrachte. Zu viele Blumen und wildblickende Sträucher, keine Ecke für Meditation, keine Schrittsteine, keine Ordnung und Zurückhaltung. Entsetzlich! Nicht einmal Lotosteiche gibt es hier und keine kleinen Brücken, die den Garten zu einer Insel machen. Selbst in Tokio hatten wir das alles. Mein Herz versteinert langsam in diesem London. Ich hasse diese Stadt, die die Geschäftsleute daheim »Tokio an der Themse« nennen. Wie lächerlich und wie traurig! Aber Vergleiche hinken wie Hisah, meine alte Kinderfrau, die bei meinen Eltern in Kioto den Gnadenreis ißt und treu und närrisch Ausschau nach mir hält.

Ich feierte jedes Puppenfest mit Hisah, die ich für meine zweite Mutter hielt, bis Mama-san mich aufklärte. Warum muß man aufwachsen, heiraten und alles verlassen, was die Kindheit mit flüchtigem Glanz erfüllte? Selbst Papa-san liebte mich auf seine Art, obwohl er sich einen Sohn gewünscht hatte, den meine Mutter drei Jahre später nachlieferte. Ich habe keine Kinder und bekam viele Ohrfeigen von Ehemann Jiro. Meine Schwiegermutter zog nur zischend die Luft ein, als Zeichen ihrer hochgradigen Mißbilligung. Ihr geehrter Anblick bleibt mir wenigstens in diesem London erspart.

Ich brachte viele Opfergaben zu den Schreinen, vor denen die Kinderlosen beten. Aber ich muß so tonlos gefleht haben, daß die Götter mich nicht hören konnten. Ich wurde zu Jiros ungeduldigem Ärger dazu erzogen, mich im Flüsterton zu äußern. Nicht wie die kreischenden jungen Studentinnen in Tokio und London. Eine erschreckende Brut. Daheim verbeugte man sich noch manchmal zur Begrüßung, hier verbeugt sich keine Gastgeberin vor keinem Gast. Entsetzliche Umgangsformen! Selbst Ehemann Jiro verbeugt sich mit angelernter Knappheit vor seinem Chef, einem Engländer. Und nur ein einziges Mal! Wir waren einmal bei ihm eingeladen.

Sie hatten einen extra Speiseraum in Kensington. Wir mußten auf Stühlen an einem plumpen Tisch sitzen und große Fleischscheiben selbst zerschneiden, anstatt daß das in der Küche getan wird. Bis auf die Suppe, die überraschend gut war, wurde alles auf flachen Tellern serviert. Keine bemalten Porzellanschalen, die die Leckerbissen schützend aufnehmen. Kein Reiswein. Grauenhaft. Jiro behauptete aus reinem Widerspruchsgeist, daß englisches Essen ihm großartig schmekke. Selbst seine Mutter würde sich nicht zu solchen Behauptungen versteigen, und Schwiegermutter-san macht die merkwürdigsten Äußerungen. So nannte sie mich eine leere Reishülse – der herzloseste Scherz über Kinderlosigkeit. Selbst Jiro blickte grimmig, und ich verschluckte mich am Sojaquark und hustete meine Tränen hinunter. Ich konnte nichts von dem Schweinefleisch mit Bohnen und Sesamöl essen, das ich liebevoll trotz Rückenschmerzen vorbereitet hatte. Ich aß nur etwas Spinat mit geriebenen Erdnüssen und hoffte allmählich zu verhungern, um diese Familie nicht mehr betreuen zu müssen. Oder ihre rohen Scherze ertragen zu müssen. Aber jene Scherze waren wenigstens verständlich. Englische Scherze sind nicht nur unverständlich, sondern ermuntern zu keinem japanischen Kichern, von einem Kabuki-Gelächter ganz zu schweigen. Es wird mir immer ein düsteres Geheimnis bleiben, worüber Engländerinnen beim Einkaufen lachen. Denn das tun sie. Auch Mrs. Billington, meine Nachbarin, die nicht die Absicht erkennen läßt, jemals zeremoniellen Tee in meinem Haus zu trinken. Wie könnte ich ihr Tee anbieten, wenn sie mich übersieht? Das ist ein großes englisches Talent, jemanden höflich und schweigsam zu übersehen oder gequält einen unwillkommenen Gruß zu erwidern und im schützenden Wagen davonzusausen.
Ich spreche mit meinem Knie und bereite in Gedanken zeremoniellen Tee für Daphne Billington. Wie sie mit ihren langen Beinen auf einem Sitzkissen in meinem kleinen heimatlichen

»Teezimmer« sitzen soll, ist kein Problem in diesem entzükkenden Traum.
Wir sitzen uns mit dem vorgeschriebenen Abstand gegenüber. Ich rühre den Tee mit dem Pinsel, bis er lustig schäumt, und wir plaudern – nach altem Brauch – nur über angenehme Dinge, also *nicht* über das Leben wohlerzogener Japaner in London an der Themse. Ich biete winzige glasierte, rosa Kuchen an und nippe an der Schale mit Gurkenscheiben in Sojasauce, die mein Gast freundlich, aber entschieden abgelehnt hat. Seegras und getrockneten roten Pfeffer verleihen den Gurken einen künstlerischen Reiz, aber ich kann mir selbst in diesem Glückstraum nicht verhehlen, daß Daphne-san das demütige Seegras geringschätzig mustert. Ich weiß, es kommt von ihrer abgrundtiefen Unkenntnis der unübertrefflichen japanischen Küche. Aber ich plane doch eine kleine Rache. Nichts Gefährliches, wie Ehemann Jiro es schon lange als Bestrafung für Mr. Mott, den Privatsekretär seines Chefs, plant, nur ein Denkzettel für Daphne-san, unauffällig, überraschend und ein wenig schmerzhaft. So, wie ich als fröhliches Kind meinem kleinen Bruder ein Bein stellte, ohne daß er oder Hisah es merkte. Offensichtliche Racheakte sind den Männern und Frauen Nippons zu primitiv.
Shepherd's Bush ist keine Augenweide-Gegend. Es wurde um 1830 als »angenehmes Dorf« bezeichnet, was heute nur ein magerer Trost ist. Aber da ist noch »Shepherd's Bush Common« – ein grünes Fleckchen Erde für alle, wohin ich mich manchmal flüchte. Aber hauptsächlich berate ich mich mit meinem Knie daheim, wo ich ungestört um meine entschwundene Jugend in Kioto trauern kann. Es ist sanfte Trauer. Ich passe auf, daß ich nicht in Raserei über Daphne-san gerate.
Gestern versuchte sie, mir einen Todesstoß in mein Herz zu versetzen, und ich habe daraufhin unsere frei ersonnenen Teestunden bis auf weiteres vertagt. Vielleicht habe ich nicht

die blühende Phantasie unserer berühmten Hofdamen, die zum Teil mit Briefliebe und Gedichten an den Mond der Liebenden in Yedo zufrieden waren. Kurz und gut: Ich wollte endlich mit Daphne-san in ihrem Wagen zum Markt fahren, um Obst, Gemüse und Fische für meinen undankbaren und treulosen Ehemann einzukaufen. Eine gebrummte Anerkennung erhalte ich höchstens an Festtagen – ich meine: *unsere* poetischen Festtage im nüchternen London. Allerdings feiern wir in Tokio auch westliches Weihnachten – wegen der kerzengeschmückten Kiefern und der grob verpackten Geschenke.

Wie daheim kaufen auch hier viele Hausfrauen auf dem Markt ein und freuen sich über die Gelegenheit, einander alles mögliche zu erzählen. Meine Nachbarinnen, Daphne-san immer mittendrin, reden ungeniert über ihre geehrten Ehemänner und darüber, was diese Herren sich an Respektlosigkeiten in den eigenen vier Wänden erlauben. Es scheint den Damen gleichgültig zu sein, wer ihnen aufmerksam lauscht. Zum Beispiel: ich! Mit mir schweigen sie, aber ich esse ihre Gedanken. »Warum ist diese Chinesin nicht in Soho, wo so viele ihrer Landsleute sind? – Was will dieser Flüchtling aus Vietnam hier in W12? – Oder ist das eine Japanerin? Unsinn, die tragen doch diesen komischen Kimono!« – Ich kleide mich zum Marktbesuch natürlich nach Landessitte. Sportkleid im Sommer. Rock, Pullover und gefütterte Jacke in der kalten Jahreszeit. Die Damen erzählen unglaubliche Ehetragödien. Wir würden schon bei einem Viertel dieser Beleidigungen ins Wasser springen. Ich muß sagen, ich bewundere und beneide diese Damen auf dem Markt. Sie sind frei und unabhängig. Es ist ihnen gleichgültig, ob ein isolierter Fremdling ihnen lauscht oder nicht. Oder was man von ihnen denkt. Nichts könnte Engländerinnen weniger interessieren. *Wir* sind beständig und tief besorgt darüber, was man über uns denkt. Männer und Frauen verbringen schlaflose Nächte und

bringen sich um vor Sorge darüber, was Herr Soundso oder Frau Nachbarin über sie denkt und eventuell sagt. In diesem Zustand schreiben wir Kichern und einen japanischen Lachanfall einer Verhöhnung *unserer* Person zu. Glückliches England! Wir sind kleine Bücher ohne Schutzumschlag ... Aber ich verstreue meine Gedanken wie Reiskörner im Ozean.
Nach endlosem Zögern und Grübeleien über grauenhafte Folgen einer ungewohnten Handlungsweise hatte ich meinen Entschluß gefaßt und schritt endlich, nach Wochen fruchtloser, wenn auch beglückender Träumerei über Daphne-san und ihr Gefallen an unsichtbaren rosa Kuchen, zur Tat.
Es war wieder Markttag. Ich wartete, bis Ehemann Jiro davongesaust war, um englischen Fabrikarbeitern japanische Arbeitsmethoden zu empfehlen oder was er sonst in diesem neuen englisch-japanischen Unternehmen tut. Ich legte ein reines, weißes Leinentuch über meinen leeren Einkaufskorb, den ich auf dem Markt mit Hühnerfleisch und Gewürzen füllen wollte. Ferner mit frischem Obst, Frühlingszwiebeln, Knoblauch und einer dreisten Nachahmung von Chili, die keine Tränen und kein inneres Feuer erzeugt. Aber gut genug für Gaijins ist.
Ich hatte auf die Sekunde die Zeit abgepaßt, zu der Daphnesan, schön und frisch wie der Morgenvogel über den Bambuswäldern, zum Markt-Ritual in ihren weißen Wagen stieg. Ich verbeugte mich dreimal vor ihr und zweimal vor der Wagentür und flüsterte »Guten Morgen!«.
»Guten Morgen.« (Mit der Nase in der Luft und den Gedanken irgendwo.) Ich flüsterte schüchtern, aber entschlossen, daß ich auch auf dem Markt einkaufe. Keine Antwort. Daphne-san setzte sich ans Steuer, ließ mich mit meinem Korb auf der Straße erstarren, sagte zerstreut »Good morning!« und fuhr davon. Zwischen ihren geschwungenen Augenbrauen zeigte sich eine winzige Falte des Erstaunens oder der Ungeduld mit einem Tropfen Verärgerung darüber, daß

eine Unbekannte zu ihr gesprochen und sie aufgehalten hatte. Daß ich zum selben Markt wollte, wo sie mich unzählige Male gesehen haben mußte, sagte ihr nichts. Ich fühlte mich wie ein Schmetterling, der am geschlossenen Fenster zu Tode erstickt, ging aber trotzdem zum Markt. In einer dunklen Taxe, da ein Tränenstrom mein Gesicht und meine Seele überschwemmte. Ich murmelte zur Beruhigung einen Vers von Kitahara Hakushu:

»Regen.
Sind es Perlen oder der Abendnebel
Oder meine Tränen?«

»Sagten Sie etwas, Lady?« fragte der Taxifahrer.

»Nein. Nein.«

Ich bin noch nicht so tief gesunken, daß ich einem englischen Taxifahrer meine Seelenqualen anvertrauen würde. Außerdem würde er anhalten, um neue Anweisungen entgegenzunehmen, und es würde mehr kosten. Ich dachte an die Berge um Kioto im Herbst, obwohl es ein Frühlingstag in London war, aber Herbst und Verfall paßten besser zu meiner Stimmung. Dann riß ich mich freiwillig aus meinem kostbaren, durch große Poesie geläuterten Schmerz. Ich mußte neu planen. Selbstverständlich würde ich die zeremoniellen Teestunden mit Daphne eines Tages wiederaufnehmen, denn sie waren beglückender als unser Dialog an ihrem Auto. Beim Einkauf von Knoblauchzehen hatte ich eine bescheidene Erleuchtung. Ich wußte nicht nur, wie ich Daphne-san zur Anteilnahme an meiner miserablen Person zwingen könnte, ich würde mir durch klug eingefädelte Umstände sogar Eintritt in ihr mit Möbeln überfülltes Haus verschaffen. Ohne daß ich es jemals gesehen hatte, wußte ich, wie häßlich und vollgestellt ihr Wohnzimmer sein mußte. Später würde ich ein in Seide gehülltes, mit Goldband verschnürtes Geschenk schicken. Danach würde ich mich, wie der Berg Fuji, in unnahbare Wolken hüllen. Meine Liebe zu ihr war durch ihre

empörende Behandlung meiner wertlosen, aber in respektvoller Anbetung ihrer Person verharrenden Nachbarschaft in Haß umgeschlagen. Meine Ehre erforderte, daß Daphne weiterhin von mir belästigt wurde. Ein Nachspiel nur zu einer einseitigen Tragödie, denn Daphne und ihr Ehemann hatten nie geahnt, wie leidenschaftlich ich mir diesen ehrenvollen Kontakt in meiner Londoner Existenz gewünscht hatte.
Mein Plan war feingesponnen, würde mit Erfolg gekrönt sein und war nur mir bekannt.
Ich beriet mich noch kurz mit meinem Knie und zog mir einen Festkimono an. Nicht, daß ich irgendwo bei Landsleuten eingeladen gewesen wäre. Ich hatte meine Pläne gemacht, meine Fäden gesponnen und durfte feiern, ohne daß Ehemann Jiro die leiseste Ahnung hatte. Er bemerkte den Kimono nicht, obwohl er von meiner Großmutter stammte und sehr kostbar war, und schrie nach seinem Reis. Dann besuchte er ungenannte »Freunde« in Hammersmith, nicht weit von Shepherd's Bush und doch so entfernt wie Kuhhirten in einer stillen Landschaft auf einem alten Rollbild. Ich beneide die Wellen, die zurückrollen können!
Ich habe die große Aktion etwas verschoben, da ich auf die ersten weißen Veilchen warte und außerdem meinen Geist erfrischen will. – Leider ist Ehemann Jiro mürrischer denn je. Ich kann ihm nichts recht machen. Er schiebt das schön verzierte Abendessen beiseite und gibt mir merkwürdige Blikke, forschend und ärgerlich. Gestern abend fragte er plötzlich: »Was planst du?«, und ich starb beinahe vor Schreck. Dieser Teufel ist schlau und gewitzt. Er kann zwar gierig und raffiniert Gedanken essen – ein nationales Talent, das in London sehr nützlich ist –, aber er kann nicht ahnen, *was* ich plane. Das wissen nur ich und mein Knie.
Ich unterdrückte einen Schreikrampf, als Jiro mich so anstarrte.
Dann sprang er auf und verschwand grußlos zu nächtlichen

»Besprechungen«. Vielleicht hat er mich immer geringgeschätzt, weil er der vierte junge Mann war, den die Vermittlerin zu einer Brautschau mit meinen geehrten Eltern und mir schleppte. War ich zu streng erzogen, um modernen Männern zu gefallen? Ich hinke nicht, und kein Muttermal verunziert mein Gesicht. Aber Jiro brauchte Beziehungen und Geld – niemand in seiner Tokio-Sippe zeichnete sich durch ein großes Bankkonto oder eine ehrenvolle, berufliche Position aus. Papa-san gab ihm beides und mich dazu.
Gewiß, ich leide an einem leicht verkrümmten Rücken, aber der barmherzige Kimono und eine große Obi-Schärpe verdecken diesen unwichtigen Schönheitsfehler. Als Jiro-san meinen nackten Rücken zum ersten Mal sah, sagte er lachend: »Ich hätte es mir denken können.« Ich weinte in meiner Hochzeitsnacht. Mein Gesicht galt damals als lieblich. Heute hat es vorzeitige Furchen. Warum stieß mein Vater mich in diese Ehe? Ich weiß es. Die Nachbarn, die wichtiger als mein Seelenfrieden waren, fragten scherzhaft, wann die Hochzeitsgongs für Fräulein Tochter ertönen würden. Freunde sind Füchse ...
Wenn ich nur den Sohn geliefert hätte, wäre meinem Ehemann alles recht gewesen. Mein jüngerer Bruder ist gerade gewachsen, deswegen sieht er auf meinen Rücken herab ... Dabei bemerkt man die kleine Krümmung kaum, wenn ich meine Festkimonos trage. In einem westlichen Kleid sieht es nicht sehr gut aus, aber ich werde meine Kimonos deswegen nicht durch den Straßenstaub schleifen. Daphne-san schenkt mir ohnehin keinen Blick aus ihren kalten, blauen Glasaugen.

Um nicht über die vielen Gefahren meines Plans nachzudenken – das Ausmalen gräßlicher Gefahren ist leider eine japanische Lieblingsbeschäftigung –, vertiefe ich mich in diesen Tagen wieder in das »Kopfkissenbuch« von Sei Shonagon. Welche Würde, Beobachtungsgabe und beispiellose Schläue

besaß diese Hofdame aus dem zehnten Jahrhundert! Vielleicht war sie ein wenig zu mißtrauisch, aber die Ränke und Verleumdungen am Kaiserhof waren trotz der hohen Heian-Kultur genauso wie in dem ruhmlosen Bekanntenkreis meiner Schwiegermutter in Tokio. Ob die Sitten und Gebräuche sich schneller ändern als die Menschen? Leider war die bewundernswerte Sei Shonagon ein klein wenig neidisch. Sie machte eine lange Liste von denen, die sie glühend beneidete und warum. Ich las die Liste zitternd und voller Mitgefühl. Sie beneidete hauptsächlich andere Hofdamen. Vielleicht waren sie jünger und schöner – wie Daphne-san jünger und schöner ist als ich? Nun, jene Hofdame hatte die Poesie mit Löffeln gegessen, und ich sah Pflaumenbäume, Kirschblütenregen und den fünffarbigen Phönix.
Beinahe vergaß ich meinen Plan. Aber nicht wirklich.
Ich spielte auf meiner Flöte die alten, todestraurigen Weisen und legte mich beglückt zum Schlafen nieder.
MORGEN IST ES SOWEIT.

Mitten in der Nacht fuhr ich mit einem Schrei in die Höhe. Ich träumte, Ehemann Jiro wollte mich erwürgen. Aber er schnarchte in seinem scheußlichen englischen Bett, und ich legte mich dankbar auf meine Schlafmatte zurück. Bevor ich in einem westlichen Bett schlafe, verstummt der Kuckuck. Man ertrinkt oder erstickt in diesen Betten. Ich muß staunen, wie viele Engländer und Gaijins aus dem Westen diese Nächte überleben. Jiro überlebt auch alles. Hofft er, mich eines Tages zu überleben? Falls er diese Hoffnung hegt, verschweigt er sie wie die Namen seiner Trostmädchen. – Männer! –

Selbstverständlich entspringt GROSSER RACHEPLAN alter japanischer Erfahrung. (Englische Intrigen sind zu fragwürdig und mysteriös. Siehe Shakespeare und allgemeines Adreßbuch!) – Natürlich stolpern wir hier manchmal über englische Fußangeln, aber wenn besagte angelsächsische Fallensteller nach Nippon kommen, ergeht es ihnen nicht besser. Nur murmeln wir tausend Entschuldigungen, ob Grund dazu vorliegt oder nicht. In dieser Hinsicht sind wir Fanatiker. Aber es verschaffte uns den Ruf unausdenkbarer, nirgendwo in weiter Welt geübter Höflichkeit. Sehr nützlich, selbst für unwichtige Maus in ihrem Londoner Mauseloch.

Ich präge mir zitternd noch einmal geehrtes Zeremoniell ein.

Regel 1: Stell dich immer etwas dümmer, als du bist.

Regel 2: Erbringe greifbaren Beweis deiner guten Absichten.

Regel 3: Trau keinem Gaijin, selbst wenn er vertrauenswürdig wirkt.

Regel 4: Vergiß nie Hiroshima und Nagasaki! Nirgends. Auch nicht in Shepherd's Bush, London, wo in fernen Zeiten glückliche Schafe geweidet haben müssen. Ist lange her. Oh, oh!

Ich reiße mich zusammen, denn ich bin in lyrische Stimmung gekommen. Lyrik ist Erzfeindin großer Entschlüsse sowie kleiner, feiner Pläne in London W12.

Ich berate mich zum letzten Mal mit meinem Knie.

Dann gehe ich in sogenannten Garten, beklage kurz die Abwesenheit von kleiner Brücke über ebenfalls fehlendem Teich und sammele trotz rasender Rückenschmerzen weiße Veilchen für undankbare Nachbarin Daphne-san. Mrs. Billington! Ihr Mister ist auch im Büro, kommt aber zum Luncheon nach Haus. (Lobenswert, aber unverständlich.) Kenne keinen Ehemann in Japan oder weiter Welt in den USA, der mittags nach Haus kommt, wo nur treue Ehefrau seiner harrt. Keine Unterhaltung mit anderen Geschäftshelden, kein Spaß, kein Garnichts. Trotzdem erscheint Ehemann Billington jeden Tag um ein Uhr, fünfzehn Minuten und drei, vier Sekunden. Stört er Daphne, oder erfreut sein Anblick ihr hartes Herz? Ich flüstere beim Sammeln der Veilchen den Willkommensvers einer Hofdame der Prinzessin Oku (661–701). Gedicht macht mich noch schwermütiger, obwohl ziemlich alt. Unsere Gedichte sind sehr, sehr traurig. Nur eine gewisse Freude am Tod …

Veilchen sind eingesammelt. Ich ordne sie in einem dunkelbraunen Steingutbecher vom Markt. Meine Krüge und Schalen aus Kioto sind viel zu kostbar für achtlose und unwissende englische Blumenfreunde. Muß leider zugeben, daß Englandleute große ehrliche Blumenfreunde snd. Aber keine Ahnung von Arrangement. Oder daß eine einzige Pflaumenblüte alles sagt, was über Pflaumenblüten zu sagen ist. Das weiß jeder Säugling an japanischer Mutterbrust. Billington-Ehepaar weiß es *nicht*. Ihre fröhliche Unwissenheit verwundet meine Seele, obwohl es mich nichts angeht. Gibt es überhaupt Nachbarn, die einen im Guten oder Bösen nichts angehen? Nicht in Japan! Aber hier gilt Anteilnahme als unerwünschte Einmischung. Englischer Glaubenssatz: »Misch dich BITTE nicht ein! Danke sehr.«

Ich darf nicht länger zögern und zaudern. Müßte mich selbst verachten, wenn feingesponnener Plan wegen Mangels an Entschlußkraft scheitert. Ehemann schleppte mich zu Hamlet-san. Sehr langweilig, aber ich sah, wohin Zögern und Zaudern führten. Dänischer Prinz könnte sich an jedem Samurai ein Beispiel nehmen. Sie wußten, wozu zwei Schwerter pro Samurai gut sind. Alles lange her, aber immer noch wahr. Aber englische Shakespeare-Könige so zanksüchtig und racheschnaubend wie jeder Kabuki-Herrscher. Wo ist großer Unterschied? Ehemann Jiro brummt, man soll im Ausland seine Gedanken für sich behalten. Man wisse nie, wer Anstoß nimmt. Oder wann und warum. Alles großes, lebensgefährliches Rätsel.

Warum muß mir jetzt das traurige Nachtlied eines Reisenden einfallen? Er wandelt in finsterer Nacht in wildfremder Stadt herum und will sich in den nächsten Fluß stürzen. Hat nichts

mit mir und Billington-Ehepaar zu tun. Es ist heller Tag. Das Billington-Mittagessen zischt heiter auf dem Elektroherd, und gleich wird der geehrte Hausherr erscheinen.
Ich trage einen bescheidenen dunklen Kimono und passe auf die Sekunde den Augenblick ab, wo Billington-san sein Auto verläßt und auf seine Haustür zuschreitet. Ich falle vor der Schwelle leblos nieder – erstklassige, lange vorm Spiegel geübte Nachahmung tiefer Ohnmacht – und lasse das Krüglein mit weißen Veilchen sanft aus der machtlosen Hand rollen. Augen fest geschlossen, aber Ohren weit offen.
»Daphne! Schnell – schnell! Die Japanerin von nebenan ist ohnmächtig geworden.« Er hebt die Veilchen auf. »Sie wollte dir Blumen bringen.«
Beleidigendes Erstaunen in Daphne-sans Winterstimme.
»MIR?«
»Natürlich dir«, erwidert der Ehemann vernünftig und eine Kleinigkeit ungeduldig. »Kaltes Wasser! Schnell!« Er hebt mich hoch und trägt mich mühelos ins Wohnzimmer. Dort bettet er leblose Nachbarin vorsichtig auf großes, entsetzliches Ledersofa mit zahllosen Lederknöpfen, die Kimono unbarmherzig durchbohren – aber da liege ich und bin ohnmächtig oder tot. Mit aller Willenskraft muß ich Anfall von Kichern unterdrücken und denke zur Sicherheit an tote Singvögel in einem entlaubten, winterlichen Garten in Kioto. Unterdrücke nun Heimweh-Stöhnen. Wann bringt Daphne-san das kalte Wasser?
Sie bringt es in diesem Moment und besprengt mich wie ein Blumenbeet. Die Veilchen liegen nicht beachtet vor der Haustür. Kann sie leider nicht wieder nach Haus nehmen, obwohl nur Japaner die jungfräuliche Schönheit weißer Veilchen wirklich verstehen. Behalte diese Beobachtung für mich, da angeblich ohnmächtig und daher nicht imstande, gerechtes Urteil über Gaijins zu fällen.
»Ruf Dr. Barber an, Liebling«, sagt Ehemann und übernimmt

Begießen meiner Person. Ihr Götter! Das darf nicht sein. Listiger Gaijin-Arzt merkt sofort, daß geehrte Ohnmacht gut gespielt ist. Puls, Herzschlag und Methoden, Patienten zum Schreien zu bringen. Unsere Doktoren sind auch ziemlich schlau, aber Englandärzte noch gerissener. Muß es zugeben, da reine Wahrheit. Mrs. Kiroshi in Kioto mimte tadellose Ohnmacht. Niemand merkte, daß sie alles beobachtete. Resultat: Scheidung. Ehemann von ihr Arm in Arm mit Krankenschwester beobachtet... Meine geehrte Großmutter sagte: »Man braucht nur eine Minute die Augen zu schließen, und der Ehemann tanzt sofort mit einer Geisha auf und davon. Oder mit einem niedrigen weiblichen Geschöpf, das schamlos den Frühling verkauft.« Sie wußte, was sie sagte. Japanische Ehemänner zu treulos selbst für resignierte Ehefrauen.

Ich sammle meine Gedanken und erwache, bevor Liebling den Arzt anrufen kann, da anscheinend etwas in der Küche anbrennt.

Ich bin allein mit dem bildschönen, freundlichen, mitleidigen Ehemann. Wenn Billington-san schwarze Haare zu seinen dunklen leuchtenden Augen hätte, wäre er vollkommen. Er ist aber auch in blonder Ausführung wundervoll. Ob er mich küssen wird? Englandmänner eifrige Küsser – sehe es beständig im Fernsehen, wenn Ehemann Jiro auf angeblicher nächtlicher Konferenz Liebesspiele mit Sekretärin aus Hammersmith inszeniert.

»Geht es Ihnen besser, Madam?« fragt bildschöner Ehemann. Er streicht mir mitleidig, aber kühl eine Haarsträhne aus der Stirn und bittet anschließend um Telefonnummer von Jirosans Büro.

»Ganz recht, Mr. Moribana! – Billington! Wir sind Nachbarn.«

Ich kann leider nicht hören, was Jiro antwortet. Er wird mich, mitten in der Geschäftszeit, auf Mr. Billingtons Vorschlag hier

abholen und den besorgten Ehemann spielen, weil man es von ihm erwartet. Jiro ist viel zu gerissen, um Erwartungen zu enttäuschen. In Tokio könnte ich mir beide Beine brechen, und er würde bis zum Ende der Arbeitszeit in seinem Betrieb bleiben. Glückliche Daphne! Warum nennt Ehemann Billington sie »Liebling«? Sie ist kalt, gleichgültig, faul und grausam, was allerdings ihrer Schönheit keinen Abbruch tut. Damit hat sie mich ebenfalls behext. Aber das ist vorbei. Daphne-san ist nichts als Fledermaus in Verkleidung. Leben Sie wohl, Madam!
Werfe bezauberndem, unschuldigem Ehemann seelenvollen Abschiedsblick zu, den er nicht mitbekommen kann, da Englandmänner prinzipiell in irgendeine Ecke blicken, wenn bewundernder Blick aus Frauenaugen droht. Auf Jiros Armen ziehe ich im Triumph in mein Häuschen. Durch hilfsbereite Güte, Telefonkosten und Wasserbesprengung hat das Ehepaar Billington uns eine *Verpflichtung* aufgeladen, die nur mit einem hervorragenden Abendessen im japanischen Stil abgetragen werden kann. Nicht in einem herzlosen, sinnlos teuren Restaurant – die sind ohnehin nicht ganz erstklassig in diesem London! Ganz gut, aber der letzte Schliff von Kioto fehlt überall. Also daheim, was den Engländern zusagt. Auch den Männern! Unbegreiflich, aber wahr. Eine häusliche Nation. Ich wundere mich beständig über die chronisch überfüllten Bars und Restaurants im sündhaften West End, Soho und Theaterland. Nicht, daß Jiro mich jemals dorthin mitnimmt. Muß mich durch das Anschauen von Illustrierten und durch Filme im Fernsehen orientieren. Diese Welt besteht überall für Männer und ihre Vergnügungen. Aber Ehemann Billington nennt seine Gattin wenigstens »Liebling«. Ob er es meint oder nicht. Bevor Jiro mich so nennen würde, würden die Berge um Kioto einstürzen, die Flüsse austrocknen und die Teezeremonie ein Ding der Vergangenheit werden. Aber ich kann auch so existieren. Ich habe meine geheimen Träume, meine Familie in Kioto und mein Knie. Sehr

viel mehr als jene wilden Enten, die ich als Kind um ihre Freiheit beneidete.

Ich verbringe schlaflose Nächte oder fahre aus Angstträumen auf, weil das Festmahl für das Ehepaar Billington in vierzehn Tagen stattfinden soll. Angsttraum eins: Statt meines Festkimonos mit dem eingestickten Familienwappen trage ich einen zerfransten, wie Wasseralgen zerschlissenen Unterkimono und statt der Obi-Schärpe einen schmucklosen Strick. Zwei: Ich serviere Roastbeef in großen, unhöflichen Scheiben und Sukiyaki aus Regenwürmern und giftigen, ungeputzten Pilzen. Drei: Das in meinen schönsten Lackschalen servierte Essen verschwindet durch Zauberei. Gäste verhungern, und Ehemann verprügelt mich in Gegenwart des hohen Besuchs. Begehe Selbstmord mit Kopf im Gasofen, um Familienehre halbwegs wiederherzustellen, während Jiro-san mit Sekretärin aus Hammersmith tanzen geht und Ehepaar Billington daheim wütenden Hunger mit Sandwiches stillt und sich über weltberühmte japanische Höflichkeit und Gastfreundschaft wundert.
Jiro schläft wie ein voller Reissack. Kein Wunder, er plant ja nicht. Er kocht nicht. Er serviert nicht nach den dreißigtausend Regeln unserer Etikette. Trotz aller Katastrophen, die am Abend des Festmahls eintreten können und werden, plane ich unverdrossen weiter und bespreche viele komplizierte Festmähler mit meinem Knie. Nicht einmal eine unverheiratete Cousine ist hier vorhanden, die mir die heiße Stirn kühlt, das Gemüse putzt, das Kohlebecken füllt oder das Rollbild in der Wandnische bewundern wird. Der Ehrengast, also Pfirsichjunge Billington, wird natürlich dem Rollbild gegenübersitzen. Ich nenne ihn in Gedanken oft »Pfirsichjunge« – der schönste Knabe unserer Legenden. Mr. Billington besucht mich nie – und ich hätte ihm so viel zu sagen. Will er es hören? No, Sir! –

»... der Kraniche wirrer Flug,
in Abendnebeln
der Frösche Lärmen im Fluß –
Und immer bricht mir
aus der Kehle die Klage.«

Wie schön! Wie wahr! Wie wundervoll traurig! Dieser Höfling der Nara-Periode fühlte dasselbe wie ich. Wir beide sehnen uns nach den glücklichen Tagen der Jugend.

Natürlich wird Billington-Ehepaar die Einladung vergessen, oder sie werden etwas Besseres vorhaben, oder sie verachten uns so sehr, daß es ihnen die Mühe nicht lohnt. Ich werde aufs höchste überrascht sein, wenn sie tatsächlich kommen sollten. Aber ich kann nicht ernsthaft damit rechnen. Das verbietet die japanische Angewohnheit, immer das Schlimmste zu erwarten und sich vor Einbruch der Tragödie mit Fassung zu wappnen.

Ich komponiere trotzdem Festmahl Nummer zwölf und kaufe entsprechend ein. Wir haben unseren Gästen, falls sie gegen jede vernünftige Erwartung doch erscheinen sollten, eine überraschende Mitteilung zu machen. Das ist immer sehr angebracht, wenn man sowieso nicht weiß, was man mit Gästen aus dem Westen, noch dazu in London, reden soll. Werden sie die Eßstäbchen gebrauchen? Soll ich ihnen lieber Löffel und Gabel hinlegen? Kein barbarisches Messer kommt mir auf meinen Speisetisch! Messer sind dazu da, um Roastbeef zu zerschneiden oder sich aus guten, wenn auch geheimen Gründen die Kehle aufzuschlitzen.

Wider jede Erwartung ist Billington-Ehepaar etwas zu pünktlich erschienen, und Pfirsichjunge hat mir seinen barbarischen, aber gutgemeinten Blumenstrauß überreicht. Schließlich findet Jiro ein Tongefäß mit einem Sprung, aber trotzdem noch dicht, um die Blumenfülle aufzunehmen. Tongefäß

trauert am Fuß der Wandnische – mit Kioto-Vase mit *einer* Blüte und dreieinhalb Zweigen in vorgeschriebener Position. Überraschungen von anderen Personen bringen mich immer sofort aus der Fassung, und ich habe die fünf Vorgerichte bereits serviert. Billington-Ehemann enthüllt mit landesüblicher Hinterlist, daß er im Auftrag seiner Firma drei Jahre in Tokio war und natürlich um Eßstäbchen bitte. Mir fehlen die Worte, als er mit Jiro japanisch spricht. Daphne war noch nicht aufgetaucht. Pfirsichjunge lächelt mich lieblich an und sagt befriedigt: »Das ist wohl eine Überraschung.« Aber er ist noch nicht so japanisch, daß er weiß, wie sehr wir Überraschungen hassen. Sie sind gegen jede Regel, außer wenn man selbst sie liefert.
Mr. Billington trinkt Sake wie ein richtiger Gaijin – zu schnell und zuviel. *Sie* sagt überhaupt nichts und würgt sich japanische Delikatessen herunter, als ob sie nichts kosten und im Selbstbedienungsladen als Massenfabrikat erstanden werden. Die Männer unterhalten sich glänzend auf japanisch, wovon Daphne-san nichts versteht, schließlich lehren sie hier unsere Sprache nicht einmal in den besseren Schulen. Wie meistens wird es ein guter, festlicher Abend für Männer. Ich serviere das teure, mit Kunstverstand dekorierte Sechs-Gänge-Essen, und Daphne fragt endlich, ob ich mich von der Ohnmacht gut erholt habe.
»Glänzend. Danke sehr, Mrs. Billington! Schmeckt elendes Festessen Ihnen nicht?«
»Es schmeckt mir sehr gut«, lügt Daphne-san. Sie sieht schön und melancholisch aus. Erwartete sie, daß ich ihre entsetzlichen Freundinnen auch einlade, damit sie über uns lachen können?
Endlich wird grüner Tee getrunken, und Gaijin Billington weiß, daß das der Abschluß ist. »Erheb dich, Liebling. Ich helfe dir.« Sie hat vom Hocken auf dem Sitzkissen steife Knie. Meinetwegen!

Endlich, zwischen Tür und Angel, verrät Jiro-san seine Überraschung. Er ist nach San Francisco versetzt. Gratulationen. Pfirsichjunge war auch schon in San Francisco. Wo waren die Engländer nicht?
»Das trifft sich glänzend. Ich fahre auch wieder hin. Nein, meine Frau bleibt daheim. Eine eingeschworene Londonerin.«
Pause. Gleich werden sie gegangen sein. Selbst Daphne lächelt, weil sie mich endlich los wird. »Wir sehen uns noch vor Ihrer Abreise, meine Liebe!« Vorsichtshalber nennt sie kein Datum.
»Sehr gern, Mrs. Billington!« Ich verbeuge mich. Gaijin Billington und mein Ehemann verbeugen sich unzählige Male nach Vorschrift.

Was fand ich an Daphne Billington, das mich zu Extremen trieb? Nichts, was ich nennen könnte. Was bedeutet sie mir? Nichts. Mein Haß ist verflogen. Meine Sehnsucht, ihr Haus zu betreten, wurde auf meine eigene Weise erfüllt. Was bedeutet Ehemann Billington für mich, der sich so für mich interessiert wie für ehrenwerte Fliege an der Wand? Nichts. –
Ich haßte London. Das kann ich nicht ändern. Aber vielleicht hätte ich die Themsestadt geliebt, wenn sie es mir gestattet hätte? Japanische Person liebt gründlich und haßt gründlich. Ist nicht zu ändern. Egal, wo man lebt. In San Francisco oder in Tokio oder in »Tokio an der Themse«.
»Warum schläfst du nicht?« fragt Ehemann Jiro.
»Weil ich wach bin.«
Er hält das für eine befriedigende Antwort und schläft nach fünf Minuten wie ein Kind. Männer sind Kinder. War immer so. Wird immer so sein. Wie traurig für uns!
Gute Nacht, London-Stadt! –

Ich möchte mit Gerald sprechen

The Isle of Dogs, London E

»What's on the table, Mabel?«*

»Bist du es, Gerald?«
»Er ist nicht da. Wer ist am Telefon?«
»Mabel Cross. Wir sind für heut abend verabredet. Wer spricht bitte?«
»Geraldine Hunter. Seine Zwillingsschwester.«
Gerald hatte seine Zwillingsschwester nie erwähnt. Aber er ist ja immer etwas verschwiegen. Ich fragte, ob Gerald ein späteres Flugzeug genommen hätte. Wir wollten in einigen Monaten heiraten und hatten viel zu besprechen – vor allem meinen Umzug von Notting Hill auf die Isle of Dogs. Ich kannte das East End kaum. Auch in Notting Hill war ich nur vorläufig zu Haus. Ich war von Falmouth nach London gekommen, um »feine Küche« zu lernen. Ein fabelhafter Entschluß, denn Gerald ist ein Feinschmecker, obwohl er nur besuchsweise in der Wirklichkeit zu leben scheint. Er entwirft Modellkleider und ist plötzlich reich und berühmt geworden, was aber keinen Einfluß auf seine schwankenden Stimmungen hat. Ich packte den Telefonhörer fester und fragte Miss Hunter, wann Geralds Flugzeug aus Paris hier landen sollte. Ich holte

* (Was gibt's zu essen, Mabel?)

ihn immer ab. Das war schon Tradition. Ich glaube, er freute sich auch ein bißchen, wenn ich da auf ihn lauerte und natürlich in seinem Studio einen feinen Tee vorbereitet hatte. Mit selbstgebackener Leberpastete und all den Kleinigkeiten, die Gerald mochte. Langsam würde ich ihm die Vorteile eines geordneten Lebens klarmachen. Der liebe Gerald wußte nämlich nicht, was das ist. Ordnung langweilt ihn. Leider ist er leicht gelangweilt, und ich gehe deshalb wie auf Eierschalen.
Da Miss Hunter nicht geantwortet hatte, fragte ich noch einmal, mit welchem Flugzeug Gerald hier landen würde.
»Er kommt nicht zurück.«
Was sollte das heißen? Ich mußte mich verhört haben. Mein Herz klopfte ganz albern, und meine Kehle wurde eng. Immer wenn ich mich aufrege, fällt mir das Sprechen schwer.
»WAS sagten Sie, Miss Hunter?«
»Ich sagte, daß Gerald nicht mehr nach London zurückkommt.«
»Hat er Ihnen das in Paris gesagt?«
»Ja. Natürlich.«
Es war vollkommen unnatürlich, wenn man in drei Monaten heiraten sollte. Gerald hatte zwei Ansichtskarten aus Spanien und Paris geschickt. Was war geschehen?
»Hat er ein anderes Mädchen?« fragte ich heiser.
»Darüber hat er mir nichts gesagt, Miss Cross! Aber Sie müßten ja wissen, was für ein Geheimniskrämer er ist.«
Ich schwieg. Der Telefonhörer zitterte in meiner Hand. Träumte ich etwa den üblichen Alptraum von Bräuten? Die Hochzeit ist plötzlich abgeblasen. Bräutigam in Paris verschollen. Braut ertränkt sich anschließend in Falmouth. Sehr bequem, da Elternhaus in einer Hafengasse steht. Mein Bruder ist Fischer und rettet mich schimpfend. Leider! Es geht meinen Bruder nichts an. Auch Miss Hunter ist überflüssig. Diese Hochzeit geht nur Gerald und mich etwas an. Und wir werden heiraten, ob es Miss Hunter gefällt oder nicht. Alles

das schießt mir in Sekunden durch meinen Dickschädel, und ich sage nun doch zu dieser Geraldine, daß Gerald und ich bald heiraten werden. »Davon hat er nichts gesagt, Miss Cross! Aber herzlichen Glückwunsch!«

Hat Gerald die geplante Hochzeit vergessen? Oder schweigend abgeblasen? Ausgeschlossen. Gerald ist etwas komisch und unberechenbar, aber er würde mir sagen, wenn er ... Ein schrecklicher Verdacht quält mich, und ich frage, ob Gerald tot sei.

»Ja und nein, Miss Cross.«

»Hören Sie, Miss Hunter! Entweder jemand lebt, oder er ist tot, nicht wahr? Ich bin nicht in der Stimmung für Witze.«

»Es ist kein Witz.«

Ist Gerald verrückt geworden? Möglich ist alles, aber ich verkneife mir die Frage. Geralds Schwester macht sich über Bräute lustig. Oder nur über mich? Auf dem Land und in der Provinz ist man mit zweiunddreißig Jahren eine alte Jungfer, aber in London sind Gerald und Geraldine blutjung ... Und ich bin mit meinen zweiundzwanzig Jahren beinahe ein Schulmädchen. Ich habe das Gefühl, daß Miss Hunter Schulmädchen nicht leiden kann ...

»Kann ich zu Ihnen kommen, Miss Hunter?«

»Ich kann Ihnen nichts weiter sagen, Miss Cross.«

»Würde es Ihnen in einer Stunde passen?«

»Wenn Sie darauf bestehen – bitte!«

Sie ist offenbar so einsiedlerisch oder ungastlich wie Gerald. Er wundert sich immer über die vielen Gäste in meinem Wohnschlafzimmer bei Mrs. Fordham. Das Schlafsofa gehört mir und soll mitwandern. Geralds große Dachwohnung hat zwei Schlafkammern. Ein gemeinsames Schlafzimmer kommt für ihn nicht in Frage. Und mir ist es recht. Wir sind ein ruhebedürftiges Liebespaar.

Ich sage meinen Kochschülerinnen im Institut für diesen Morgen ab und rase zu Mrs. Fordham, meiner Zimmervermieterin und Freundin. Ich fürchte, Gerald mißfällt ihr mehr, als sie es jemals sagen würde. Einmal sagte sie mehr zu sich als zu mir: »Wo die Liebe hinfällt, da bleibt sie liegen.« Mrs. Fordham sieht immer alles schwarz. Sie hätte es begrüßt, wenn ich ihren Neffen geheiratet hätte. Ein solider Häusermakler und so alltäglich wie ich. Gerald verändert meinen Alltag manchmal, und dann beginnt alles zu leuchten. Was er an mir findet, weiß ich nicht. »Du bist so himmlisch normal, Mabel!« Ich komme eben aus Cornwall.

Dort fangen wir Fische und kochen sie ohne Mithilfe von Nixen und Meerungeheuern. Das ist was für Dichter. Gerald hat einen Band Gedichte geschrieben, der sich mit seinen Modellkleidern verkauft. Ich kann nichts damit anfangen. Es reimt sich nicht einmal.

»Gefallen dir meine Gedichte, Mabel?«

»Ich fürchte, sie gefallen mir nicht.«

»Mir auch nicht.« Gerald lachte. Ausnahmsweise war er guter Laune. Er sagte, er würde nie ein Mädel heiraten, dem seine Gedichte gefallen. Das war süß von ihm. Wie so häufig, wußte ich nicht, ob er im Scherz oder im Ernst sprach. Vielleicht ist es auch besser so ...

Unter normalen Umständen würde ich Mrs. Fordham nicht beim Teetrinken stören, aber dies war eine Notlage. Ich konnte mir vorstellen, wie gut Geraldine Hunter ihr gefallen würde, aber sie sagte ohne Zögern, sie käme natürlich mit mir mit.

»Wir müssen wissen, woran wir sind, Mabel!«

Ich trank gehorsam meine Tasse Tee, während Mrs. Fordham sich bereits ihre Wellingtons anzog, denn es regnete natürlich. Wie damals, sonnabends auf dem Markt in Notting Hill, wo ich Gerald kennengelernt hatte, als er auf der Jagd war nach chinesischen Kuriositäten. Die kleine blaue Ming-Schale, die er bei unserem ersten Treffen kaufte, steht auf dem Wandbrett im Studio. Nichts ist dort hinter Glas, wie daheim die gute Teekanne und die sechs Tassen.

Hoffentlich würde es keine Auseinandersetzung mit dieser Geraldine geben. Ich bin nicht schlagfertig. Die richtige Antwort fällt mir meist erst stundenlang später ein. Gerald hat auf alles sofort drei Antworten: was er meint, was er nicht meint und was er verschweigt.
Ich liebe ihn trotz seiner drei Antworten. Er ist ein bißchen zu auffallend, ich meine: schön. Er hat ein kühnes, wunderbares Profil, dunkle Augen und rotblondes Haar. Mein Bruder mißbilligte Geralds Aussehen, als ich ihn mal nach Cornwall schleppte.
Wie unsere Vorfahren sind Tom und der jüngere Bruder Fischer. Aber Tom erbte allerhand von Onkel Jeremy und hat ein Fischrestaurant gekauft. Ich sollte dort kochen und nach dem Rechten sehen und freundlich versauern. Aber ich habe Gerald und London. Dennoch schrieb Tom neulich, ich könne es mir jederzeit überlegen und sei ihm immer willkommen, falls ich mir die Hochzeit schenken wolle. Ist Tom verrückt? Wir heiraten sehr bald. Möglichst sofort, wenn Gerald wieder in London ist. Seine nächste Reise machen wir zusammen, darauf kann er sich verlassen. Hoffentlich entwickle ich mich nicht zu einem Hausdrachen. Alle Frauen der Familie Cross haben Talent dazu. Aber wir wissen, was wir wollen. Ich will Gerald. Yes, Sir! Er wird sich an die Ehe gewöhnen. Um so eher, als Männer nie wissen, was sie wollen.
»Gehen wir«, sagte Mrs. Fordham in ihrem üblichen Befehlston. Ich habe sie sehr gern, obwohl sie ein Drache ist. Daß dieser Drache sich einen Ehemann sicherte, finde ich beruhigend.
Auf dem Weg zur »Insel der Hunde« sprachen wir kein Wort. Mrs. Fordham haßt Geplauder, und ich behielt natürlich meine Gedanken über Gerald und Geraldine für mich. Keine netten Gedanken. Ich erschrak ein bißchen über so viel Galle. Ich gelte als freundlich und bin es gelegentlich. Ich hatte das Gefühl, Geraldine wäre »zuviel« für mich. Granny in

Falmouth hatte oft gesagt, alles sei zuviel für sie: das Haus mit den Kindern, das Kochen, das sie nach Mutters Tod übernommen hatte, die Stürme, wenn Tom und Bernie auf See waren ... Aber niemand durfte unserer Großmutter etwas abnehmen, obwohl es wohl wirklich zuviel gewesen war. Und so konnte mir auch Mrs. Fordham nichts abnehmen, wenn das Hunter-Mädchen zuviel für mich sein würde. Daß sie sehr viel mehr über Gerald in Spanien und in Paris wußte, als sie mir am Telefon verraten hatte, verstand sich von selbst. Es paßte mir nicht, daß Gerald offenbar mehr Vertrauen zu ihr als zu mir hatte. Aber natürlich kannte er sie von der Stunde der gemeinsamen Geburt an. Warum hatte er sie totgeschwiegen? Wußte er, daß ich keine Zwillingsschwestern neben mir duldete? Ausgeschlossen. Ich war nie auf den Gedanken gekommen, daß er Geschwister haben könnte. Er hatte keine Fotos. Nur das Bild seiner düster blickenden Mutter, die nichts mehr gewünscht hatte, als allein zu sein. Das hatte Gerald mir einmal erzählt. Sein Gesicht war verzerrt gewesen und seine Stimme bitter. »Wer so dumm ist, um Liebe zu betteln, bekommt Steine statt Brot«, hatte er gemurmelt. Dann hatte er plötzlich gelacht, obwohl es nichts zu lachen gab. Sein hohes, schrilles Falsett-Gelächter, das ich irgendwie erschreckend fand. Genau wie seine Posen in einem seiner Modellkleider vor dem hohen Spiegel in seinem Atelier. Die Kleider wurden erst aus Papier oder Baumwolle gemacht, aber er setzte sich eine Lockenperrücke auf und sah bildschön aus.

»Gefalle ich dir in diesem Abendkleid, Mabel?«

»Nein.«

Ich hatte schroffer gesprochen, als ich es beabsichtigte. Mode, von Gerald vorgeführt, ging mir gegen den Strich. Ich war nie eine Kleidernärrin gewesen und lachte mich halbtot über die neuen Moden, die im Frühjahr und Herbst die Zeitschriften überschwemmten. Wer würde das tragen? Ich muß zugeben,

daß Gerald einen sicheren Geschmack hatte. Seine Modelle waren elegant, nicht übertrieben und trotzdem »moderner« als die Skizzen aus Rom und Paris. Er hatte es weit gebracht, weil er behauptete, die englische Mode dürfe sich nie zu weit von einer maßvollen Linie und von hoher Qualität entfernen. Er wollte auch mich anders anziehen. Bis jetzt war es ihm nicht gelungen. Ich hielt an meinen Blusen und Sportrökken fest, und mein »kleines Schwarzes« jagte Gerald einen Schauer über den Rücken.
»Wie lange trägst du dein kleines Schwarzes schon, Mabel?«
»Nur drei Jahre. Es ist wie neu.«
Gerald lachte sein hohes, schrilles Lachen und konnte sich kaum beruhigen. Er hatte nie etwas so Komisches gehört. Ich lachte mit. Ich war glücklich, wenn er sich amüsierte, denn seine Depressionen konnten mich auf die Palme treiben. Noch schlimmer war es, wenn er sich in seinen Modellkleidern spiegelte.
»Warum wollen die Leute eigentlich immer Söhne haben? Weißt du es?«
»Ich vermute, der Familienname soll weiterleben.«
»In welchem Jahrhundert lebst du, Mabel?«
»Geh endlich vom Spiegel weg, Gerald! Und zieh das Kleid aus.«
»Sonst noch Befehle, Madam?«
Ich verabscheute seine Spiegelstunden, obwohl er genau sah, wo ein Saum zu lang oder zu kurz war und wo ein Gürtel hingehörte. Ein Könner in der Modebranche, das mußten selbst meine Brüder ihm lassen. Meine Familie fand neue Moden und die »persönliche Note« entbehrlich. Ich empfand es manchmal als Verrat an Gerald, daß ich so gut ohne Modellkleider leben konnte. Es mußte mein puritanisches Erbteil sein. Als kleines Mädchen durfte ich mich nicht spiegeln. Bis siebzehn trug ich wollene Strümpfe. An Parfüm habe ich mich jetzt noch nicht gewöhnt. Großmutter betrachtete es

als den Duft der Hölle. Bei Licht besehen, passen Gerald und ich nicht besonders gut zusammen. Aber bisher ließ er sich von mir lieben, und ich war zufrieden damit. Ich sagte mir oft, Männer könnten Liebe nicht so zeigen. Das mußte ich mir so fest eingeredet haben, daß ich mich mit Geralds Brosamen begnügte.
Mrs. Fordham fand mich blödsinnig oder mitleiderregend, aber sie war unverändert freundlich, auch zu Gerald, der nun wirklich nicht ihr Geschmack war. Wünschte sie, ich hätte ihn nie auf dem Portobello-Markt kennengelernt? Dort treffen sich die merkwürdigsten Leute. Alle Nationen, alle Hautfarben, alle Geschmäcker ... Nicht, daß ich Gerald lieben wollte! Ich tat es eben. Meine Vernunft verringerte sich so auffallend, daß sogar ich manchmal den Kopf über mich schüttelte. Ich war immer energisch und auf mein Recht bedacht gewesen. Gerald nannte mich aber schon lange nicht mehr: »Kleine Furie.« Meine Wutanfälle hatten sogar ihn belustigt. Jetzt hatte ich die beste Aussicht, eine langweilige, leicht zu täuschende Ehefrau zu werden. Wußte Gerald das?
In meiner großen, praktischen Handtasche war eine gestern gebackene Leberpastete für Gerald. Auf dem Weg zu den Docklands wußte ich, daß ich sie Geraldine Hunter nicht geben würde. Was ich nicht geahnt hatte, war, daß ich kleinlich sein könnte. Das hatte mir bisher niemand vorwerfen können. Trotzdem würde ich Geralds Schwester die Pastete nicht geben. Meine Anpassungsfähigkeit verflüchtigte sich auf der Fahrt zu den Werften. Aber wahrscheinlich war Gerald schon daheim.
Am Anfang seiner Karriere hatte er bescheiden in Archway gewohnt und sich dort unter Griechen, Iren, Asiaten und Afrikanern recht wohl gefühlt. Auch er war vom Land nach London gekommen, und das Völkergemisch faszinierte ihn. Auch bekam er kostenlos eine Menge Anregungen: Karibischer Schmuck und asiatische Grundmuster geben

seinen Entwürfen überraschende Aktualität. Abgesehen von dem Schmutz und der Eintönigkeit an vielen Orten, ist London eine Fundgrube für Ideen. Wenigstens sagt Gerald das oft und nicht ohne Bewunderung. Ohne diese Stadt wäre er wohl nicht, was er heute, Ende der achtziger Jahre, ist: ein Modeschöpfer. International anerkannt. Selbst in Paris, was für viele Modeschöpfer das Endziel der Bemühung ist. Mit seiner letzten Schau hat Gerald wohl Paris erobert. Ob er sich deswegen nicht trennen kann? Oder ist es eine verdammte Mademoiselle? Ich kenne keine Franzosen, habe aber etwas gegen die Frenchies. Warum? Keine Ahnung. Wir mögen eben keine Ausländer. Sie sprechen zuviel und zu lebhaft. Wenigstens ist ganz Falmouth dieser Meinung. Die Fremden mögen uns wohl auch nicht, aber sie sind freundlicher als wir und zahlen gut. Wir wissen, woran wir miteinander sind, was ich leider von mir und Gerald nie ganz genau weiß. Werde ich in der Ehe lernen, ihn besser zu verstehen? Kann man das lernen? Versuchen kann man es wenigstens.
Wir waren angelangt. Ich hatte mich immer noch nicht daran gewöhnt, daß in diesen ehemaligen Armenvierteln zum Teil die elegantesten Wohnhäuser standen, die man für gewöhnlich im Westend findet. London ändert sich zu schnell für mich. Aber noch lange nicht so schnell, wie Gerald sich ändern kann. –

Geraldine Hunter sah aus wie Gerald mit Ohrringen. Die Ähnlichkeit war so auffallend, daß ich ihr die Zwillingsschwester glauben mußte. Sie trug ein langes exotisches Hauskleid und sah leider wundervoll aus. Ihr Blick gefiel mir nicht. Was Mrs. Fordham von Geraldine dachte, weiß ich nicht. Sie wirkte gleichmütig wie immer, aber sie nieste dreimal – stets ein Zeichen, daß irgend etwas oder irgend jemand ihr mißfiel. Ich hatte mich oft darüber amüsiert, daß sie immer niesen konnte, wenn sie wollte. Aber jetzt war mir nicht nach Gelächter zumute.

Miss Hunter war sehr smart und sehr mürrisch und hatte das Talent, es jedem ungemütlich zu machen. Gräßliche Person. Mir war, als ob Gerald hinter ihr stände – groß, elegant, strahlend. (»Was gibt's zu essen, Mabel?«) Ich packte die Tasche mit Geralds Leberpastete fester. Wenn sie so etwas gern aß, sollte sie es sich kaufen. Aus. Aß sie auch so gern wie Gerald, oder war die Ähnlichkeit rein äußerlich? Was ging es mich an?
Mrs. Fordham machte die rettende Bemerkung über das Wetter, und Miss Hunter fragte, ob wir Tee wollten. Natürlich wollten wir. Sie verschwand in der Kochnische, die unauffällig in der Ecke des riesigen Studios stand. Die Sicht auf den Fluß war wirklich wunderbar. Wir standen an dem großen Mittelfenster, als Geraldine den Tee brachte. Sie fragte uns angstvoll, ob wir Kekse haben wollten. Nein, danke. Die große Pause wurde durch Teetrinken überwunden. Was wir ohne Tee anfangen würden, weiß ich nicht. Selbst ich wurde etwas umgänglicher. Der Tee war stark und süß und belebte mich.
Wir sprachen kurz über Zukunftspläne. Das heißt, ich erwähnte unsere Hochzeit, und Geraldine sagte: »Reizend!« Mrs. Fordham hoffte, die Hochzeit würde bei sonnigem Wetter stattfinden. Geraldine hoffte wahrscheinlich, daß diese Hochzeit nie stattfinden würde. Sicher hing sie wie eine Klette an ihrem Zwillingsbruder. Warum hatte Gerald sie nie erwähnt? War sie ihm so kostbar, daß er sie in seinem Herzen verschloß? Ich schob diesen Verdacht von mir. Mann und Frau gehen die engste Verbindung zwischen Menschen ein, und Geraldine würde es nicht ändern können. Das gab mir ein schwaches Gefühl des Triumphs, obwohl ich unerklärlich bedrückt war. War es die unheimliche Ähnlichkeit von Gerald und Geraldine? Sie sprach auch wie er. Das alles hätte sie mir sympathisch machen müssen, aber nach der dritten Tasse Tee haßte ich sie. Ich blickte wieder aus dem großen

Mittelfenster und sah den Pier. Dort waren Gerald und ich an schönen Abenden Arm in Arm spazierengegangen, und er hatte mir seinen Unsinn ins Ohr geflüstert.

Wo war Gerald? Trotz meiner schlechten Stimmung beobachtete ich Geraldine mit Schärfe und Mißtrauen. Ich bin Lehrerin und mußte mir Menschenkenntnis erwerben, ob es sich um eine Cordon-bleu-Köchin oder um Schwestern handelt. Ich muß zugeben, daß Geraldine sich zur Heiterkeit zwang. Eigentlich war sie so mißmutig wie Gerald, aber ohne seinen Witz und seinen Charme. Falls sie beides besaß, lohnte es sich für sie wohl nicht, Mrs. Fordham und mich damit zu beeindrucken. Ich mußte ihr mißfallen, aber sie verbarg ihre Abneigung so geschickt und hinterhältig wie der liebe Gerald. Ob sie gelegentlich ebenfalls in leichte Tobsucht verfiel? Hatte sie auch Geralds Zustände von Schwermut, die sich wie dunkle Wolken von selbst verflüchtigen mußten? Wünschte sie sich manchmal, ein Mann zu sein, wie Gerald sich wünschte, er wäre als Frau geboren worden? Das kommt eben davon, wenn man Abendkleider für Frauen entwirft. Meine Brüder fanden Geralds Beruf nicht wenig lächerlich.

Natürlich hatte er mir nie ernsthaft gestanden, daß er lieber ein Mädchen gewesen wäre und selber seine Modellkleider hätte vorführen wollen. Aber ich ahnte seinen Zwiespalt und wünschte, er wäre, wie alle Männer meiner Familie, ein Fischer in Falmouth gewesen. Waren diese Zwillinge im Mutterschoß vertauscht worden? Sollte Gerald eigentlich Geraldine gewesen sein? Ich blickte in ihre funkelnden Augen und wandte den Blick ab. Plötzlich graute mir vor ihr. Und ich bin kein Angsthase und auch nicht übertrieben empfindlich. Aber als Geraldine sich mit seiner Ungeduld das Haar aus der Stirn strich, lief es mir kalt über den Rücken. Sie betrachtete sich wieder angespannt in dem großen Spiegel und tänzelte hin und her. Hatte sie uns vergessen? Übrigens gelang es ihr, wie es Gerald gelang, gleichzeitig verbindlich und gelangweilt zu sein. Daß wir sie langweilten, war verständlich. Wahrscheinlich hatte sie Geralds Interessen, denn nach dem Tanz betrachtete sie stumm und angespannt einen Druck von Fragonard – eine schöne, auch ziemlich düsterblickende Person, die eine gewisse Ähnlichkeit mit den Zwillingen hatte. Geraldine lächelte merkwürdig. Was ging es mich an? Nichts, liebe Tante!

Auf Geralds Schreibtisch stand ein einziges Bild – seine Mutter, die schwierig gewesen sein sollte. Ich fand Geraldine nicht nur schwierig, sondern unerträglich. Ich hatte das Gefühl, daß irgend etwas mit diesem Mädchen nicht stimmte und daß etwas Unangenehmes passieren würde.

Es passierte.

Ich sagte etwas Abfälliges über Fragonards Modell, und Geraldine fragte, was mir an dieser Dame und ihr mißfiele.

»Sie mißfallen mir nicht, Miss Hunter.«

»Sie sind eine unbegabte Lügnerin, Miss Cross!«

»Ich glaube, wir sollten jetzt gehen.«

»Wie Sie meinen! Wissen Sie, Sie verabscheuen mich so offen und kindlich, daß es mich erheitert. Sind Sie eigentlich zweiundzwanzig oder zwölf Jahre?«

Ich wurde puterrot vor Zorn, was Geraldine Hunter belustigte.

»Komm, Mabel«, sagte Mrs. Fordham, aber ich saß wie angeleimt auf einem von Geralds hochmodernen unbequemen Stühlen.

Ich starrte Geraldine an, als ob ich mich nicht satt sehen könnte. Mrs. Fordham nieste ihr dreimaliges Warnsignal. Ich bin eine ruhige, beinahe phlegmatische Person und wünsche tatsächlich niemandem Schlimmes. Aber in diesem Augenblick wünschte ich, daß Miss Hunter tot umfallen und anschließend in die geduldige Themse vor den Fenstern geworfen würde. Nie im Leben hatte ich so sündhafte Gedanken gehegt. Nichts ist mir verhaßter als Dramen nach einer guten

Tasse Tee. Überhaupt Dramen. Wir sind dagegen in Falmouth. Wir reden über das Wetter für den Fischfang, unseren Entenstall und so weiter, und niemand wünscht niemandem ein böses Ende. Kannte ich mich nicht besonders gut, oder hatte Geraldine mich völlig aus der Fassung gebracht? Ich starrte sie weiter an, obwohl Anstarren die achte Todsünde ist. Ich konnte nicht anders.

»Komm, Mabel«, murmelte Mrs. Fordham besorgt wie eine Glucke. Auch nicht ihre Art. Aber in dieser Sekunde zwischen Versteckspiel und Enthüllung war alles anders als sonst. War eine Schraube bei mir locker? Mir war so schwindelig, daß ich mich an den Stuhllehnen festhalten wollte. Aber Geralds Stühle hatten keine altmodischen Lehnen, und Geralds Schwester, falls sie es überhaupt war, hatte kein Herz.

»Sind Sie wirklich Geralds Schwester?« fragte ich heiser. Mrs. Fordham gab mir einen ihrer diskreten Fußtritte, den ich kaum fühlte. Mein Herz klopfte wild und schmerzhaft, und die Fragonard-Person lachte plötzlich. Aber das war Unsinn. Bilder können nicht lachen. Jemand hatte aber gelacht. Ich hörte deutlich Geralds Falsett, das einem in den Ohren dröhnt. So hoch, so ohne Heiterkeit, so schrill ...

Miss Hunter lachte und lachte. Plötzlich wußte ich Bescheid. Es gab keine Geraldine Hunter. Es gab nur die Fragonard-Person an der Wand, Geralds Mutter als Augenzeugin auf dem Schreibtisch und ...

»Gerald!« schrie ich. Dann flüsterte ich wie eine Nachtwandlerin: »Nein! Nein! Ich ... muß ... aufwachen!«

»Du wachst etwas langsam auf«, sagte Geralds Stimme. Aber Geraldine hatte gesprochen, strich sich die Falten des »Kaftans« glatt und fragte: »Hast du es endlich begriffen?«

Ich hatte begriffen. Mrs. Fordham war neben mir und strich mir Lavendelwasser auf Stirn und Hände. »Immer mit der Ruhe, Liebes.«

»Immer mit der Ruhe, Liebes!« Das Geschöpf in dem exotischen Gewand produzierte wieder Geralds Falsett-Gelächter, das direkt aus der Hölle stammt, ob man an Höllen glaubt oder nicht.

Wie hatte ich so blind und taub sein können? Ist man das immer, oder wird man so, wenn man einen Mann so liebt, wie ich Gerald geliebt hatte? Hatte ich vergessen, wie oft er seine Modellkleider vor dem Spiegel bewunderte, seine Lockenperücke vorsichtig in Position brachte und anmutig in einem langen kostbaren Abendkleid tänzelte? Ich hatte für beruflichen Enthusiasmus gehalten, was offensichtlich sein einziger Wunsch gewesen war: eine Frau zu sein. Er war nicht der einzige in diesem Land, der sich einer entsprechenden Operation unterzogen hatte. Er war nun Geraldine Hunter und würde in kurzer Zeit in Paris Triumphe feiern, wenn »sie« ihre neuen Kleider selbst vorführte. Aber die Frenchies waren nicht mit Gerald intim gewesen, und niemand in Paris wollte ihn heiraten. So blöde konnte nur ich gewesen sein. Warum hatte Mrs. Fordham mich nicht gewarnt? Oder meine Brüder daheim? Als ob ich auf irgend jemanden gehört hätte!

»Endlich werde ich nach meinem Geschmack leben«, murmelte Geraldine. Obwohl ich nichts mehr hören oder sehen wollte, dachte ich an ihre Zukunft. Wie wird man mit männlichen Instinkten und Erinnerungen von zweiunddreißig Jahren fertig? Würde Geraldine sich nicht in ihrer Verwirrung in vielen Situationen als Mann benehmen und Erstaunen, Ärger und Mißtrauen erwecken? Und falls es stimmen sollte, daß Frauen mit zunehmendem Alter männliche Züge und Gewohnheiten entwickeln, wie würde Geraldine enden? Ich sah sie plötzlich als alte Frau, vielmehr als alten Mann in Frauenkleidern, mit Locken und dem Spitzenkragen seiner Mutter ... Verbittert, enttäuscht, unduldsam bis zur Beleidigung und Verfolgungswahn in den Augen. Hager ... verhärmt ... Ohne Freundinnen oder Freunde. Es würde ihr recht geschehen, aber warum schmerzte es mich? Was ging es mich an?

Es gab nichts mehr zu sagen. Die Büchse mit Geralds Leberpastete beschwerte meine Handtasche ...

»Wir können doch Freundinnen werden, Mabel!« War das ein lächerlicher Vorschlag oder eine scheue Bitte?

Ich hatte Gerald nichts abschlagen können. Jetzt sagte ich lauter als nötig: »Nein.«

»Gehen wir«, murmelte Mrs. Fordham.

Im Treppenhaus hörte ich hohes, schrilles Gelächter. Gerald und Geraldine riefen mir nach: »Was gibt's zu essen, Mabel?«

Wie meine Großmutter in ihrer Küche in Falmouth schloß ich einen Augenblick die Augen. Es war zuviel. Dann riß ich mich zusammen und rief zurück: »Es gibt Leberpastete. Das Leibgericht des verstorbenen Mr. Hunter!«

Wenn der Minister zum Essen kommt

Mayfair, London W1

»Jedes Leben hat einen Anfang, eine Mitte und ein Ende – aber nicht unbedingt in dieser Reihenfolge.«
Godard

»Über 250 Jahre ist Mayfair die beste Adresse in London gewesen – die einzige Konkurrenz ist heute Belgravia.«
Mayfair – A Social History

»Mrs. Driscoll! Mrs. DRISCOLL! Ist der chinesische Koch mit dem Essen gekommen? Nein? Es wird höchste Zeit. Der Minister wird um acht erwartet. Natürlich ist er pünktlich, nicht wie der chinesische Koch Ching oder Chang oder wie diese Leute heißen. Höre ich recht, Mrs. Driscoll? Sie haben seine Telefonnummer nicht aufgeschrieben, weil der Minister ihn kennt? Ich meine: sein Essen. Wie bitte? Sind Sie wahnsinnig geworden, meine Gute? Der Minister ißt nur chinesisch, seit er in Hongkong und Singapore war. Bitte beruhigen Sie sich! Natürlich wird Lord Fenton entzückt sein, wenn der Minister nicht chinesisch bei uns essen kann. Er ist noch im Club – ich meine: mein Mann! Natürlich habe ich rasende Kopfschmerzen. Was machen wir, wenn der Chinese – ah! Er ist gekommen? Mit einer Gehilfin? Seine Frau? Mir ist alles recht, Mrs. Driscoll. Bitte, schicken Sie den Koch sofort zu mir. Ins Frühstückszimmer. Die Frau kann inzwischen das Essen auspacken. Nein – unsere Eßstäbchen aus Hongkong! Sie wissen nicht, wo ... die Eßstäbchen sind! Wo sie immer sind. Nicht die schwarzen Dinger. Die aus Elfenbein. Sie werden sie schon finden. Nein? Nicht in der Speisekammer? Keine Sorge! Mr. Poole wird sie finden.

Vielleicht hat er sie zum Silber gelegt. Ja, ich möchte den Chinesen sofort sehen. Mit dem Menü-Zettel! Hoffentlich hat er nicht die Hälfte vergessen. Das wäre nicht gut, wenn der Minister ...«

»Guten Abend, mein guter Mann.«

»Name ist Mr. Cheng.«

»Sicher, sicher! Das Menü, bitte! Tut mir leid, mein guter – Mr. Cheng, ich kann nicht chinesisch lesen. Natürlich kann der Minister Ihr Menü lesen, wo er so lange ... Was ist das? Oh! Schweinefleisch mit Chinakohl? Sehr schön, mein Guter, ich meine: Mr. Cheng! Wie bitte? Der Name Ihrer Frau ist ›Kleine Morgenwolke‹. Entzückend, aber bitte weiter im Text! Ich esse alles, Mr. Cheng. Auch chinesisch ... Ja. Wenn Sie nichts dagegen haben, wird die Eistorte mit den Litschifrüchten für den Minister serviert. Nein, nein, mein guter Mann! Nichts gegen Ihre Früchte! Sehr erfrischend. Also Litschi für die beiden Herren und die Eistorte. Das wäre alles, Mr. Cheng! Reis und grüner Tee zum Abschluß? Wenn der Minister es neuerdings so gewöhnt ist ... *Guten* Abend.« –

So. Ich kann noch eine Stunde ruhen. Was soll ich anziehen? Es spielt keine Rolle, er sieht mich nie mehr richtig an. Er blickt an mir vorbei auf sein verdammtes Schweinefleisch mit Chinakohl ... Ob er eine kleine Chinesin da unten hatte? Sicher. Er hatte schon vor zwanzig Jahren ein Faible für angenehme Mädchen. Ich weiß nicht, ob ich damals ein besonders angenehmer Anblick war mit meinem wilden roten Haar und den dreckigen Reithosen, aber der Minister blickte mich beinahe unverwandt an. Natürlich war er damals erst ein aufsteigender Stern in der Konservativen Partei. Aber, schüchtern, wie er war – und ein Fremdling in Mayfair, wo jeder jeden seit Jahrhunderten kennt, wußte er, was er wollte, dieser Tom Marsden aus dem East End. Er war Papa sofort aufgefallen, schon die ersten Reden. Er hat Mayfair bis heut nicht verraten, warum er die Labour Party, wo Großvater und Vater Reden geschwungen hatten, für die Konservativen verließ. Es stört ihn nicht, daß er ein bewunderter Outsider in Mayfair geblieben ist, sooo eng wollte er offenbar nicht zu uns gehören. Einmal, damals, im ersten Jahr unserer Liebe, nahm er mich zu seiner verwitweten Mutter ins East End mit. Manches war natürlich urkomisch – der gestickte Tischläufer auf dem Teetisch, der leere Raum im Wandschrank mit den Glastüren, wo sonst »die guten Tassen« schlummerten, und die mit Heckenrosen bestickten Sofakissen, auf denen niemand sitzen durfte. Mrs. Marsden hatte die Kissen an den äußersten Rand der Sofalehne geschoben. Sie selbst war groß, knochig, mit Toms scharfen, klugen Augen hinter der Hornbrille von der Krankenkasse. Sie hatte Toms Schildpattbrille freundlich, aber energisch abgelehnt. Sie trug das »gute Schwarze« mir zu Ehren. Sie hatte Großmamas Würde, aber nicht ihren Humor. Tom war die ganze Zeit um sie herum, und irgendwie fand ich sie beneidenswert. Denn der große Sohn, schon sehr bekannt und wohlwollend gefördert von maßgebenden Konservativen, vergötterte seine Mum ganz offensichtlich und war lächerlich bemüht, ihr alles recht zu machen. Auch ich sollte ihr recht sein, aber das mißlang. Mrs. Marsden war freundlich, aber auf unüberbrückbare Distanz bedacht. Zum Abschied sagte sie, sie hätte sich über meinen Besuch gefreut. Aber kein Wort darüber, daß ich wiederkommen sollte. Niemand bei uns in Mayfair hätte die Abfuhr geschickter ausdrücken können. Tom hatte viel von ihr, seinen Dickkopf, den scharfen, nüchternen Verstand und die gradlinige Ehrlichkeit. Nie hatte ich solche Ergebenheit von einem Sohn gesehen. Meine beiden Brüder schrieben Postkarten von ihren Reisen und waren fast unsichtbar, wenn sie in London waren. Lag es an den Müttern? An der Erziehung in Eton? Oder war Tom eine Ausnahme, auch im East End? Ich weiß es heut noch nicht. Auch nicht, ob

Mrs. Marsden ihm sagte, ich wäre keine Frau für ihn, womit sie recht hatte. Sie hat uns nicht auseinandergebracht. Das tat ich selbst. Lange bevor Lucinda mir diesen Mann stahl. Den einzigen, den ich liebte, soweit ich dazu fähig bin ...

Erst einmal waren wir blutjung und verliebt. Daran konnte auch Mrs. Marsden nichts ändern. Tom tat alles, damit Mum sich ausruhen konnte. Als Toms politische Karriere von keiner Partei übersehen werden konnte, lud meine Mutter Mrs. Marsden zum Tee ein. Sie mußte absagen, weil sie im Sterben lag. Ich habe kein Talent zur Trösterin, aber mein Körper konnte Tom trösten. Ich war allein in dem großen, leeren Haus. Nur mit den Dienern, die unterm Dach schliefen oder abends nach Haus gingen. In jedem Fall kümmerten sie sich nicht darum, wie Lady Rosamond den jungen Mrs. Marsden tröstete. Tom wohnte bereits in Albany, einen Katzensprung von Piccadilly entfernt. Papa hatte ihm dort eine Wohnung verschafft – eine der schwierigsten Unternehmungen in London, einem Platz mit großer Geschichte, berühmten Bewohnern und kalten, feuchten Steintreppen. Aber was für Lord Byron und Edward Heath gut genug gewesen war, sollte für Tom Marsden genügen ... Sein erstes Buch war erschienen – lebendige Politik und politisches Leben – mit einer Einführung meines Vaters. Es war sofort ein Erfolg. Falls es Eindruck auf Tom machte, zeigte er es nicht. Wenigstens mir zeigte er es nicht, denn er hatte längst gelernt, daß man in der Hochburg von Mayfair persönliche Triumphe verschleiert, verschweigt oder, wenn der Triumph öffentlich ist, ihn offensichtlich vergißt. Nichts ist bei uns beliebter, als sich so klein zu machen, wie es gerade noch glaubhaft ist. Aber wenigstens braucht niemand in Mayfair zu erklären, wer er ist. Das weiß man meistens schon vor der Geburt des betreffenden Karnickels.

Natürlich konnte ich Tom in keiner Weise über den Verlust seiner Mutter hinwegtrösten – dazu saß der Kummer zu tief. Aber ich lenkte ihn ab, daheim und in Albany.

Es war ein milder, mattgrüner Hyde-Park-Sommer. Tom fragte mich, wann wir heiraten könnten. Er nannte mich Rosie, was niemand je mehr getan hatte. Er war kraftvoll, liebevoll und immer noch etwas zu ernsthaft. Wahrscheinlich würde er nie unsere Meinung, daß nichts wirklich wichtig ist, unterschreiben.
Wie ich ihm gesagt habe, daß ich natürlich eines Tages Lord Fenton heiraten würde - was seit Ewigkeiten von unseren Eltern und ganz Mayfair erwartet wurde -, weiß ich nicht mehr genau. Aber wenn jemand im Hyde Park zur Salzsäule erstarren konnte, dann war es damals Tom. Ich sollte mit etwa vierundzwanzig heiraten, und das wäre in sechs Jahren.
Timothy Fenton war für einige Jahre in Afrika, später würde er den Landsitz in Wiltshire und das Stadthaus in Mayfair übernehmen. Einziger Sohn, klug, aber nicht unangenehm klug. Geld wie Heu und freundlich. Er hatte auch wirklich keinen Grund, unfreundlich zu sein. Allererste Familie und genau richtig für Papa und mich. Timothy und ich waren Freunde und sind es auch heute noch. Er hat nie Leidenschaft in mir erwecken können, und das war richtig so. Tom und seine Leidenschaft, die in kalte Nichtbeachtung umschlug, soweit es gesellschaftlich möglich war, hat mir gelangt. Aber es wäre nett gewesen, wenn er mich in den letzten zwanzig Jahren ein einziges Mal »Rosie« genannt hätte. Wenn ich ihn heute bei einem unvermeidlichem Dinner etwas über Politik frage, sagt er: »Meine Lippen sind versiegelt, Lady Fenton! Es würde Mrs. Thatcher nicht gefallen, wenn ich hier auspackte. Was meinen Sie?«
Ganz der Minister. Immer der Minister.
Er soll verdammt sein.

Endlich hat mein Pulver gegen Kopfschmerzen und Erinnerungen gewirkt. Ich trage mein taubenblaues Abendkleid, weil der Minister die Farbe liebte, als er noch mein Tom war, und die strenge Moral des East End ihr Schlangenhaupt noch nicht erhoben hatte. Timothy hat seit Jahren ein Verhältnis mit einer berühmten, wirklich ziemlich alten Schauspielerin des West End, die mir oft meine ehelichen Pflichten abnimmt. Glanzvoll auf der Bühne, erstaunlich langweilig bei Parties. Oder müde vom Spielen und dem Wettlauf mit dem Nachwuchs! Lucinda, meine beste Feindin, die Tom regelmäßig umgarnt, sehe ich niemals mehr. Außer bei Hochzeiten oder Beerdigungen, wo wir stets dieselben Leute betrauern. Manchmal träume ich noch von Tom. Aber ich brauche nur an den Minister zu denken, um zu wissen, daß Träume niederträchtige Friedensstörer sind.

Die Tischordnung ist traditionell. Timothy mit dem weiblichen Ehrengast am Kopfende der langen »Diplomatentafel« und ich mit dem Minister und seiner Tischdame am anderen Ende. Es muß mindestens hundert Jahre her sein, daß der junge Tom Marsden mich verstohlen, aber scharf dabei beobachtete, wie ich Hummer oder Austern behandelte ... Alles ist hundert Jahre her. Links von mir sitzt der Herzog von L., unser alter Familienfreund und irgendwie mit Mutter verwandt. Sie ist heute nicht erschienen. Keine Lust oder eine andere Party. Mutter hat stets dreiundfünfzig glaubwürdige Ausreden zur Hand. Sie konnte den jungen Tom nicht leiden, weil er »schlecht« für mich war, und mag den Minister nicht, weil er seine geistige Brillanz nicht immer so verbirgt, wie es erwartet wird. Papa ist lange tot. Nur ich habe ihn tief und schmerzlich betrauert. Und ich glaube, der Minister auch. Papa sagte manchmal: »Der junge Tom ist aufrichtig und loyal. Manche könnten sich ein Beispiel an ihm nehmen.« Er nannte nie Namen. Das ist gegen jede Etikette ... Heute beherrscht der Minister diese Etikette, wie man es von ihm erwartet. Aber er macht weiterhin keine Witze über die Ehe oder über Beischläferinnen jeglicher Preislage. Das ganze »lose Geschwätz« ist ihm zuwider und wesensfremd. Wenn er nicht diese Geistesschärfe und eiserne Energie hätte, würde Mayfair ihn wohl zum Langweiler des Jahres erklären. Er kommt nur zu unseren diplomatischen Dinners, weil es in diesen Kreisen nicht zu vermeiden ist. Aber er ist immer noch so grundehrlich, daß ich ihm laut in sein grimmiges Gesicht lachen könnte. Dann würde er, wie in einem anderen Leben, sagen: »Laß das, Rosie! Das sind ernste Sachen, die du nicht verstehst.« Natürlich verstand ich etwas von diplomatischen Schlichen, ließ ihm aber die altmodische Illusion, daß Mayfair-Mädchen nur etwas von Mode, Skandalen und Tee im Dorchester-Hotel verstehen. Vielleicht war das wirklich vor dem Zweiten Weltkrieg der Fall gewesen, aber heute? Wo die Hälfte von Mayfair arabischen Ölhändlern gehört?

Wo so viele Herrenhäusser leer stehen? Wo die Töchter unserer alten Familien kreuzfidel Blusen und Wäsche in Boutiquen in Chelsea verkaufen und das Mayfair-Hotel jedem zahlungskräftigen Gast aus dem allernächsten Osten »Herzlich willkommen in London« zuruft? Und doch erzählt unser Herzog von den Galas im »Ritz« oder davon, wie die ersten Bomben in Mayfair fielen, und ... und ...! Unsere Urgroßmütter trugen Federn in der Frisur – alle Hühner aus dem allerbesten Stall –, und sie hatte Liebesgeschichten ... Aber nichts war ihnen wirklich wichtig. Der Schaum auf dem Champagner genügte. Unsere Vorfahren verstanden sich prächtig auf liebenswürdiges Einschüchtern. Sie machten eine Kunst daraus, einen großen Gelehrten vom europäischen Kontinent zu einer Null in Mayfair zu machen. Kein Wunder, daß der junge Tom Marsden unseren »Klub« haßte, aber einen großen Teil konservativer Prinzipien logisch, praktisch und gut fand für England.

Da sitzt er in meiner nächsten Nähe! Und blickt an mir vorbei, selbst wenn er eine meiner Fragen beantworten muß. Ich frage nicht, wie es Lucinda geht. Brummt sie in der Park Lane, oder tanzt sie irgendwo? Sie ist und tanzt zeitlos, und

der Minister ist ihr treu. Ich weiß es aus zuverlässiger Quelle. Aber was geht es mich an? Und wenn ganz Mayfair sich freut, daß der Minister mich damals »wegen Lucinda« verließ, es ist nicht wahr. Er verließ mich, weil ich später – viel später – Timothy heiraten sollte. Jawohl, Herr Minister!
»Sagten sie etwas, Lady Fenton?«
Ich schüttelte den Kopf. Etwas zu stürmisch. Nächstens wird er mir abfallen. Auch kein großer Verlust. Ich betrachte gedankenverloren Lady Laura Herbert, eine unserer alten Damen, die darauf besteht, überall eingeladen zu werden, weil ihre längst verstorbenen Eltern ein großes Haus in Grosvenor Square führten. Heut wohnen dort Araber und Griechen, und Laura residiert bei einer Cousine im Dachzimmer in Shepherd's Place. Aber sie trägt den Familienschmuck, und sie ist selbstsicher und ziemlich amüsant, wenn es sich für sie lohnt. Wieder einmal denke ich, daß es bei uns in England Junggesellinnen gibt, die nichts mit komischen oder tragischen »alten Jungfern« zu tun haben. Laura ist in ihrer Dachkammer genauso selbstbewußt, wie sie es in ihrem berühmten Elternhaus war. Die passenden Männer fielen im Zweiten Weltkrieg. »Pech«, sagte Laura trocken. Nur kein Drama daraus machen! Gott bewahre!
Eines muß ich dem Minister lassen: Er machte kein Drama aus meiner Verlobung und Hochzeit. Und das hat nichts mit Rang und Klasse zu tun. Das ist einfach englisch.
Ich bekomme beim Anblick des Ministers, dem sein chinesischer Kohl wie Ambrosia zu schmecken scheint, zwar immer noch das Kribbeln in der Magengrube, aber keine Sorge, Tom wird sich nicht plötzlich als verzichtender, todtrauriger Liebhaber entpuppen, der jahrelang vergeblich nach mir gehungert und gedürstet hat. Wenn er eine Erfrischung brauchen sollte, sind seine Litschi-Früchte die richtige Antwort, während mir bei der Eistorte noch übler werden wird. Und das nicht, weil ich es ohne Tom nicht aushalte, Timothy ist ein

besonders taktvoller Ehemann, sondern weil ich seit einigen Tagen Magenverstimmung habe. Zu viele Dinners, zu viele Gäste, zu viel Vergnügen.
Um gerecht zu sein: Der Minister belästigt mich nicht mit Konversation, da er immer nur darüber spricht, was ihn interessiert. Und das war nie ein Tischgespräch in Mayfair. Es schmeckt ihm so aufrichtig gut, wie er lebt und denkt. Neuerdings gibt es Gerüchte über ihn. Daß er sich »verändern« will. Will er also doch Lucinda zu einer »ehrlichen Frau« machen? Das wird selbst ihm nicht gelingen. Sie ist so hinterhältig, wie er aufrichtig ist. Natürlich hat er längst herausbekommen, wann, politisch betrachtet, Aufrichtigkeit angebracht und wann sie idiotisch ist.
Onkel George, unser Herzog, erzählt eine Anekdote aus Eton. Um sie wirklich zu genießen, muß man Griechisch und Latein können. Alle alten Eton-Schulknaben lachen. Tom verzieht natürlich keine Miene, oder er zeigt die Andeutung eines höflichen Lächelns. Wäre er gern in Eton erzogen worden – ein Held beim Cricket? Ich hatte nie gewagt, ihn zu fragen. Ich weiß nur, daß er ein Stipendiat in Oxford war.
Heut abend ist er nicht ganz er selbst oder besonders er selbst. Plötzlich sieht er mich an – groß und sinnend und vertraut – und fragt: »Wo ist Rosie?«
»Sie ist tot«, sage ich hart. »Kein Verlust.«
»Sie war das süßeste Mädchen auf der Welt.«
Ich presse die Lippen zusammen. Ich unterdrücke keinen Schrei, vergieße keine Träne oder ähnliche Theatertricks. Ich blicke vor mich hin. Meine Hände zittern, und ich verstecke sie unter der Serviette. Es gibt nichts zu sagen, und Tom sagt nichts. Ich glaube, ich bin soeben gestorben, frage aber Onkel George, ob er diese Saison auch nach Wimbledon kommt. Sein Rheuma, sein Alter, seine wachsende Lust am Alleinsein ... Ja, Onkel George wird mit uns hinfahren.
»Das ist wundervoll.«

»Du bist heiser, Kleine! Heiße Milch und Honig, sagt Sharples.«
Sharples – ohne Vorname – ist Onkels »Mann«, sein alter Diener, Butler, Freund und Vertrauter. Augenblicklich wartet er in der Halle, um Onkel George nach Haus zu fahren. Nichts geschieht ohne Sharples, und wir wissen, daß George ihm den Sessel am Kamin anbietet, wenn die Abendgespräche der beiden alten Herren beginnen. Sharples hat sein Leben Onkel George gewidmet. Er hat ebenfalls kein Weib und keine Kinder, und ihn bewegt nur die immerwache glukkenhafte Sorge, daß »His Grace« alles so hat und bekommt, wie er es braucht und »erwarten darf«. Sharples ist natürlich ein Fossil der bösen alten Zeit, aber das Wichtigste ist, daß er den Herzog überlebt ... Das weiß ganz Mayfair, und Sharples weiß es auch. Er hat seinen Altersruheplatz bei einer Nichte in Wiltshire, wo Onkel George und er daheim sind. Sie verbringen stets einige Sommerwochen dort, George und Sharples im Schloß und die Nichte im Dorf. Sie darf immer einmal zum Tee ins Herrenhaus kommen, und George und Sharples haben einen enormen Wiltshire-Tee in ihrem Häuschen.
Plötzlich geht auch dieser Abend zu Ende. Onkel George und der Minister – heute der einzige Gast in Wiltshire und von Sharples geduldet – verabschieden sich von mir.
»Milch und Honig«, sagt Onkel George.
»Besten Dank für den Chinakohl, Lady Fenton.«
»Sie müssen ihn bald wieder essen, Herr Minister!«
Tom blickt Onkel George an. Der nickt und studiert die Statue der Minerva in der Ecke der Halle. Gräßliche Person – weiß alles besser. Aber Timothy mag Minerva seit der Schulzeit in Eton. Da steht sie in der Halle, und da bleibt sie. Bronze. Unzerstörbar, wie Sharples. –
Der Minister räuspert sich, wie vor einer Rede im Parlament. Aber er teilt nur mir mit, daß er »wegen Meinungsverschie-

denheiten« seinen sofortigen Abschied eingereicht hat. Einzelheiten in der Morgenzeitung.
»Was wollen Sie machen?« frage ich entsetzt.
»Erst einmal erholt er sich bei uns in Wiltshire«, sagt Onkel George beschwörend. »Und dann ...«
»Ich werde eine Zeitlang auf Haiti leben, Lady Fenton.«
»Auf Haiti?«
»Ja. Wir werden ihn dort besuchen, Rosamond«, sagt Onkel George. »Das heißt, wenn wir nicht stören.«
»Hahaha«, sagt der Minister. »Ich will dort ein Buch schreiben. Meine Memoiren. Band eins.«
Ich frage, ob Lucinda auch nach Haiti auswandert, und der Minister fragt ohne Umschweife, ob ich verrückt geworden sei.
»Er muß allein sein«, erklärt Onkel George, der alles zu wissen scheint.
Tom gibt ihm einen dankbaren und beinah liebevollen Blick. So sah er manchmal seine Rosie an.
Timothy erscheint im richtigen Augenblick. Allgemeines erleichtertes Abschiednehmen. Man redet noch etwas Chinakohl.
Der Minister ist bereits gegangen.
Vielleicht werden wir ihn auf Haiti besuchen. Wahrscheinlich nicht. Es würden sowieso nur Onkel George, Sharples und ich sein. Timothy hat sich nie mit dem Minister angefreundet. Für ihn war und ist er ein Außenseiter. Er hat nichts gegen Tom, aber auch nicht das geringste für ihn. Timothy findet Onkel George fast unbegreiflich, aber war der Herzog nicht immer ein Exzentriker? Wittert mein Mann, der seine eigene ruhige Schläue besitzt, daß ich Tom heute oder übermorgen wieder so lieben könnte, wie ich ihn immer geliebt habe? Daß der Minister dieses Gefühl nicht erwidert – oder nur sekundenlang –, stört mich nicht.
Ich lernte allerhand von Tom. Noch mehr von Sharples. Er

sagt oft, daß alles vorübergehe, aber daß man nicht immer wisse, wann etwas zu Ende gegangen sei.
War es zu Ende mit Tom?
Es war zu Ende. Tom wollte die längst entschwundene Rosie, und der Minister will seine Ruhe. Tom war ein junger Romantiker gewesen; und der Minister ist ein harter Politiker, der nach einem sensationellen Rücktritt eines Tages wiederkommen wird. Zu seinen Bedingungen, nehme ich an.
Was sagt Lucinda zu der Bescherung? Ich werde ihr mit Onkel George einen Beileidsbesuch machen. Jetzt, wo der Minister nicht mehr zum Essen kommt, kann meine beste Feindin wieder meine beste Freundin werden. –
»Alles hat seine zwei Seiten«, sagt Sharples.
Wer wüßte es besser als er?

Für Helga Eberhard

Unsere Deern

Hamburg – Pimlico, London SW1

»Wenn hier 'n Pott mit Bohnen steiht
un dort 'n Pott mit Brie,
denn laat ick Brie un Bohnen staan
und danz mit mien Marie.«
Niederdeutsches Liebeslied

Was haben sie in London mit unserer Deern angestellt? Sie hatte immer nach Haus geschrieben, ich mein Blankenese, nich?, und nun hörten wir kein Wort mehr. Ich kann einfach nich dahinterkommen. Ein Brief kommt ja nich von allein, sie muß ihn schreiben, und unsere Deern is nich tüffelig, sie schreibt 'n netten Brief, wenn sie nur will. Sie will nich. Und wenn unsere Deern nich will, denn is dat nicks. Ich weiß nich, was ich tun soll, und ihre Mutti weiß es auch nich. Sie war immer »unsere Deern« gewesen. Ich mein, ihr lieber Vater, Kapitän Sturm, war auf See geblieben, und die Lütte hat ihn nie gesehen. Als sie da war, da war der Käpt'n längst, längst im Himmel, wie wir ihr später sagten. Wenn die Lütte die großen blauen Augen aufriß und kiekte un kiekte, denn konnten wir ihr nicks abschlagen – ganz Blankenese schlug ihr nie was ab. Das is der Haken. Die Deern is nu achtzehn und hat ihren Dickkopf. Und ich bin achtundzwanzig – und kann ihr immer noch nicks abschlagen. Ich bin Steuermann auf der »Hammonia«, nich? Und immer, wenn wir daheim sind, da steht die Deern und ruft: »Fiedje, na endlich!« Und mir is ganz gediegen zu Sinn, und ich sag nicks und kiek die Deern nur an. 'ne junge Dame – aber immer noch die lütte

Deern, die ich als Buttje von zehn Jahren rumtrug, besonders wenn mein Vadder auf See war. »Du bist wohl nich recht klug, mein Jung«, sagt Großvater Brodersen. »Schon beinah 'ne Teerjacke und spielt mit der Lütten von nebenan. Die Leute finden das bannig komisch, Jung!«
»Da kümmere ich mich nich drum. Ich will Frau Sturm mit der Lütten helfen, nich?«
»Immer mit Maß und Ziel«, sagt Großvater streng. Und da steht die Deern in der Tür, schon vier oder fünf Jahr, und ruft: »Fiedje! Mein Fiedje! Wo steckst du bloß? Ich will spielen und Krabben fangen.« Weg sind wir. Nachher is sie müde, und ich trag sie heim. Bin zu spät zum Abendbrot zu Haus, aber Großvater sagt nicks. Mein Vater is auf See und meine Mutter in Hamburg. Da sind nur die Deern und ich und die Elbe und der Himmel über Blankenese. »Das is kein böser Kram«, sag ich zu mir selbst. »Die Lütte braucht 'n Bruder, nich? *Einer* muß doch ›Lütt Matten de Haas‹ mit ihr singen.«
Ich kann es verstehen, daß Frau Sturm nich singen oder mit der Lütten spielen kann. Sie kommt einfach über ihr Unglück nich drüber weg. Natürlich liebt sie die Lütte. Aber sie kann's nich so recht zeigen. Und im Kindergarten hat unsere Deern keine Freundinnen; nich, daß ich wüßte! Sie is lieber mit mir. Ich erzähl ihr auch Geschichten, wenn sie artig ist. Aber wenn sie bockt und denn plötzlich zu mir läuft, daß die langen blonden Zöpfe fliegen und leise bittet: »Vertell mi wat, mein Fiedje«, denn kann ich nich widerstehn.
Das is nu allens viele Jahre her. Großvater is tot, mein Vater sitzt nu auf seinem Sorgensessel und blickt vom Gärtchen auf den Fluß, ich bin Steuermann und vor einer Woche an Land gegangen, und die Deern is in London verschollen. Achtzehn Jahr seit vier Wochen und keinen Schimmer von Tuten un Blasen. Sie is zu grün für eine Stadt wie London. Sie grünt nich nur zur Sommerzeit, nein, auch im Winter, wenn es schneit. Wir gehen manchmal auf'm Weg nach Trinidad in London an

Land. ’ne grandiose Stadt, nicks dagegen zu sagen. Aber unsere Deern is zu unschuldsvoll, um als Au-pair-Mädchen nach Pimlico auszuwandern. Wenn ich zu Haus gewesen wär, da würden wir jetzt segeln oder Karten spielen oder Frau Sturm beim Aufwaschen und Nachspülen helfen.

Sie is so allein, wenn die Deern nich zur Stelle is. »So sind Kinder«, denk ich bei mir. »Sind immer da, wolln immerzu was von uns, und denn sind sie plötzlich in London … Ich bin Junggeselle, ein Glück, nich?

Und denn hat die Deern alles hinter mein’ nichtsahnenden Rücken geregelt. Sie war in der Agentur in Hamburg und alles un jedes. Man kann tüdelig werden, aber ich muß nu handeln und ’n klaren Verstand bewahren. Dadrin bin ich der Deern und ihrer Mutti über. Frau Sturm flennt und stöhnt. Ich sitz tüffelig dabei. Aber denn hat’s gefunkt. Nich etwa, daß die Deern geschrieben hat! Sie is und bleibt stumm wien Schellfisch. Ich sollte die dösige Deern zufrieden lassen und mich absetzen, nich? Aber was tu ich? Ich sag zu ihrer Mutti: »Liebe Frau Sturm! Ich kann’s verstehn, aber das Dibbern helpt nu nicks, nich? Ich flieg nach London und kiek mal nach der Deern.«

»Aber …«

»In zwei Tagen geht’s los. Tschüs!«

Wenn die »Hammonia« in London anlegt und wir die Stadt für uns haben, wohnen wir immer bei »Tante Paula« um die Ecke von Victoria Station. Sie is aus Blankenese und die Witwe von John Brick, einem englischen Seemann, der sie vor Jahren in Hamburg sichtete. Paula is treu und ruhig und immer für uns da. ’n Stück von zu Haus in dieser Riesenstadt, nich? Dat helpt …

Ich find mich ganz nett zurecht, bin aber nie in Pimlico gewesen. Als die Deern noch nach Haus schrieb, sagte sie, daß viele Deutsche und Griechen in Pimlico leben. Was will

sie mit Griechen? – Aber sie is natürlich als Au-pair bei Engländern, denn sie will die Sprache klarkriegen. Aber die is so undurchsichtig wie die Johannisbeeren, die Himbeeren und Brombeeren in 'ner gut gerührten roten Grütze. Und wenn die Engländer »Well!« sagen und das kurze Wort wie 'n Gummiband hinziehn, denn heißt das: »Laß mich zufrieden!«, oder »Ich weiß von nichts«, und damit hat es sich. Und unsere Deern is gradeaus und sagt, was sie meint. Well!
Unsere Paula hat mich aufgeklärt, was ein Au-pair-Girl ist. Köksch, Kindermädchen, Waschfrau und alles, was die Madamm nich tun will im Haushalt. Gewiß, unsere Anke scheut sich nich vor Arbeit, aber die Deern is 'n büschen jung für den Kram, find ich.
»Eure Deern is noch grün«, sagt Paula. »Paß auf, mein Jung, es kommt alles in Ordnung, wo du nu hier bist.«
»Meinst du?«
Da Paula es absolut nich meint, schneidet sie mir noch 'n Stück von ihrem berühmten Puffer ab und schenkt starken Kaffee nach ... Ich wollte ja eigentlich meinen Urlaub mit meinem Freund Tetje in Norwegen auf Segeltour verbringen – aber das muß warten. Erst muß ich die Deern nach Haus schleifen, nich? Bin schon ganz überkandidelt, aber muß nu gehn. Ich weiß nicks mehr von der Deern, ahne aber verstohlen, daß irgendwas nich stimmt ...
»Kommst du zum Abendbrot, Fiedje?«
»Leider nein, mein Deern. Ich muß unserer Anke den Dickkopf zurechtsetzen, nich?«
»Tu das, mein Jung! Alles Gute denn, nich?«

Mir is ungemütlich, und ich weiß nich genau, warum. Pimlico is, stellenweise, 'n büschen wie Sankt-Pauli und denn wieder piekfeine Geschäfte auf der Elizabeth Street und Villen und denn wieder ausgebombte Winkel. Viele Ausländer. Alle Farben und Sprachen. Was ich nich klarkriegen kann, is wohl

Griechisch oder afrikanischer Schnack. Karibisches Englisch kenn ich ja ziemlich. Gibt's auch massenhaft in Pimlico, aber die Madam von der Deern is englisch, wie Gott sie erschaffen hat, nich? Er auch, wie die Deern schrieb, als sie sich noch an uns erinnerte. »Nich doch, Minsch«, ermahne ich mich auf der Stelle. Bin bitter und sauer wie Bitterkraut und Essiggurke. Paula macht Gurken ein, überhaupt 'ne famose Deern, die ich heiraten sollte. Is nur vier Johr älter als ich. Und die Deern zehn Johr jünger. Da bin ich, mitten auf der Elizabeth Street, wieder bei Miss Anna Sturm gelandet, die wir immer »Anke« nennen. »Kumm, kumm, Jung«, sag ich zu mir selbst. »Denk nich an die Deern, sonst willst du sie abmurksen. Verdirbt mir mein Norwegen mit Tetje, bricht ihrer Mutter dat Herz und stiftet Unfug weit und breit ...«
»Na, man soll immer das Beste annehmen«, sagte Großvater. Und denn seggt he: »Dat Schlechte kümmt von selbst.« – Hätt ich nich kommen sollen?
Kreuzhimmeldonnerwetter! Da bin ick nu, und da is der Ausstellungsraum von Mister W. Dowell auf der Elizabeth Street. Er is Innenarchitekt, schrieb die Deern damals. Na, ich schenk seinem kostspieligen Kram 'nen halben Blick und frag auf der Straße jemand nach der Wohn-Anschrift, die die Deern damals angab, wie wir noch Briefe wechselten und sie wußte, daß wir zu Haus über die Elbe nach London kiekten ...
Is sie tot? Ick segg nicks. Ick denk nicks. »Die Deern lebt und hat uns vergessen«, sag ich zu mir in feinstem Hochdeutsch. Hätt das nie von ihr gedacht, aber so is dat nu mal. Ich steh vor der polierten Haustür und klopfe mit dem Messingklopfer. 'ne nette alte Sitte. Irgendwas klopft noch lauter als der Messingklopfer. Es muß mein dösiges Herz sein ... Na! Jemand kommt an die Tür. Muß die Deern sein. »Sie wünschen?« fragt eine hagere englische Fregatte mit Küchenschürze und Brille. Na, ich sag denn, ich bin Besuch für Miss Sturm, nich?

»Wer ist da?« fragt jemand in Oberklasse-Englisch. Muß die Madam sein. Es is die »Madam«. Sie rauscht runter, und ich geh ihr tüffelig nach in ein großes, scheunes, halbdusteres Zimmer. Ihr muß was geschwant haben, denn sie stiert mich an und überlegt, was sie über Miss Sturm sagen soll. Ich hab ihr indessen in meinem eigenen Englisch erklärt, daß ich Miss Sturm nach Haus nehmen möchte, falls es Madam passen täte. So schnell wie möchlich ...

Sie stiert. Kein Sterbenswörtchen. Sie is kunstvoll geschminkt und allens. Bunt aufgetakelt wie 'n Papagei im Busch. Alle Regenbogenfarben. Nach dem versprochenen Familienanschluß, den die Deern in diesem Haus haben sollte, sieht sie mir nich aus. No, Sir! Aber sie is klug oder schlau, denn sie versteht jedes Wort, was ich zu laut und zu deutlich von mir geb. Nie hab ich einen so mißvergnügten Kakadu gesehen! Aber schließlich muß sie doch mit mir klönen und antworten, nich? Tee läßt sie nich auffahren, was ich durchaus versteh. Ich bin nich eingeladen worden ... Na, was sie endlich sagt, würde einen schwächeren Burschen glatt umwerfen, nich?

DIE DEERN IS NICH MEHR HIER. Sie is ohne Kündigung weggerannt und: »Ich habe mich sehr über diese Manieren gewundert«, sagt Mrs. Kakadu mit lobenswerter Zurückhaltung. Bei uns schimpft man los, alles kommt raus, und meistens is die Luft danach reiner. Madam sagt mürrisch, aber weiterhin sehr leise, daß diese ungehörige und abschiedslose Flucht sie und Mr. Dowell »erstaunt« hätte.

»Da kommt mein Mann», ruft sie erlöst, und ich kann sie nich tadeln. Sie will mich los sein und nich mehr meine wilden Blicke in ihrem Haus sehen. Auch zu verstehen. –

Ich begrüße Mr. Dowells Rückkehr zum Tee mit Erleichterung. Der Kakadu is zu schwierig für 'n einfachen Steuermann wie Friedrich Brodersen. Mr. Dowell is ein ganz anderer Fischkessel.

Hab nie einen so gutgelaunten Mann getroffen, und das will denn wohl was heißen bei seinem Sauertopf im Seidenkleid. Na, Madam schenkt den Tee ein und verschwindet mit steifem Kopfnicken wie 'n Bonze im chinesischen Theater. Bestimmt der ungemütlichste Familienschluß in Großbritannien. Wo is die Deern? Das is das einzigste, was ich noch wissen will.
Mr. Dowell is und bleibt gediegen. Er hat natürlich auch mehrere Spazierstöcke verschluckt, die Sache is ihm eklig, was er nich zeigt, aber ich weiß es eben, und nach der dritten Tasse Tee und seinen wabbeligen, belegten Brotschnitten taut er langsam auf.
Kann es selbst nich glauben, aber irgendwas wie Mitgefühl oder so 'n Ding leuchtet in seinen kalten Augen auf, und er is friedlich und geduldig mit mir, lauscht ohne Wimperzucken meinem persönlichen Englisch, bedauert, daß er kein Sterbenswort Deutsch spreche, bestimmt nich wahr, aber nett gemeint, nich?, und sagt schließlich beinah verlegen und ohne mich anzukieken, daß er helfen möchte. Und ich solle es nicht so ernst nehmen. Und denn sagt er, nebenan sei auch ein Aupair-Girl. Freulein Benecke aus Berlin. Und er, Mr. Dowell, müsse sich *sehr* irren, wenn die junge Dame nicht wüßte, wo Miss Sturm sich augenblicklich aufhalte. Er spricht sehr langsam, schreibt mir Namen und Telefonnummer von Miss Berlinerin auf und fragt, ob er mal fix telefonieren solle. Ja, und ich solle es nich *so* ernst nehmen, nich? Er, Mr. Dowell, wisse ziemlich genau Bescheid über junge Mädels in London. Allerdings hätte er nie persönlich mit Miss Benecke parliert und nur dreimal mit Miss Sturm, die ihm wie ein Kind in Aupair-Verkleidung erschienen war.
»Zu grün«, murmelt der Hausherr. Wohl das einzige, wo wir beide haargenau übereinstimmen! Ich bin ihm so dankbar, daß es mir glatt die Sprache verschlägt, als er mich mit seinen Segenswünschen zu der Berlinerin schickt. Er will mich na-

türlich los sein. Verständlich! Aber er gibt ohne Zögern Hilfestellung, wo es ihm angebracht erscheint. Ohne Getue. Ohne viel Worte. Wenn er unserer Deern 'n büschen zugesprochen hätte, wie er's eben bei mir tat, denn wüßt ich vielleicht, was passiert war. Ich wußte nur, daß es nichts Gutes war. Fräulein Benecke hatte gesagt, Anke sei nicht bei ihr.
Wo is sie?

Ulla Benecke is etwa zweiunddreißig Sommer und sieht so aus. 'n büschen verlebt, aber gut auf'm Damm. Ich frag nach unserer Deern, und sie kiekt weg. Na, denn geht es doch los, und sie schnackt mit 'ner tiefen Stimme und ohne Komma und Punkt, nich? Sie meint es gut. Wo wär die Deern ohne sie?
»In der Themse, Herr Brodersen! Die dusselige Jöhre wollte Schluß machen. So 'n Quatsch. Ick meene ...«
Sie verstummt. Was meint sie? Ich weiß Bescheid. Mir is so heiß und kalt, wie wenn's ans Sterben geht.
»Wo is der Kerl? Ick dreh dem Swien den Hals um.«
»Das lassense lieber bleiben, Herr! Det is nich anjebracht. Det Aas is üba alle Berge. Jibt's ooch woanders, aber besonders hier. Abends wird de janze Stadt een jrosses Nachtlokal.«
Na, und denn packt Fräulein Ulla aus ...
»Wissense, det Jöhr is nich janz ausjebacken. Se hat jenug Grips und Vastehste für ihre jrünen Jahre, aber wie man se alleene in London lassen läßt – hat se keene Mutta, die ihr Bescheid stößt?
Wat soll ich viel quasseln, Herr Brodersen? Wir fahren in eene Nachtbar, meen Boyfriend und ick, und ich sahre noch zu der Anke: ›Verdufte, du Wickelkind! Jeh zu deinen Dowells, heerste?‹ – Keene Ahnung von irgendwat oder det männliche Jeschlecht, aber se will mitkommen nach Earls Court, det letzte, wo ick meene Tochter hinschleppe, falls ick eene hätte. ›Nee‹, sag ich noch zur Anke: ›Türme! Adjee.‹ Se

bittet und fleht, se will endlich London in der Nacht kennenlernen, und mein Freund, der olle Dussel, sagt ooch nischt dajejen, und ick nehmse mit.
Kurz und klein: an der Bar sitzt so 'n fieser Koofmich aus Osteuropa, ein Whisky nach dem andren, wo die Jöhre fier jeweenlich Milch säuft, vermute ich. Et wird zehn und später. ›Komm‹, saach ich zur Anke, ›wir jehen.‹
›Ich bleibe.‹ Se sieht stattlich und bildscheen aus, det muß der Neid ihr lassen – und als ob se erwachsen is, isse aber nich, und ick rüttele se am Arm. Der Gentleman, ooch besoffen, schweigt. Also: Ihre liebe Anke säuft sich ahnunglos in ihr Unjlück. Keenen Schimmer, wo der Kunde se ... na, Se wissen wohl, wat ick meene?«
»Na, und denn?« frag ich stockheiser.
»Ladenschluß. Keene Ahnung, wohin der Gent sie zu amourösen Zwecken schleppte. Da is een Schlupfwinkel nach 'm andren in Earls Court. Nischt jejen die Jejend! Jibt's, wie jesaacht, in jeder Metropole, wat? Na, irgendwann muß die Anke im Morjengrauen, wo einem egal graut, bei Ehepaar Dowell injetroffen sein, und ick heere und seh nischt von der Kleenen. ›Dennich, liebe Tante‹, denk ich noch und ahne nischt Beeses. Meine Miss Moffat hat zwei meeblierte Mieterinnen, Studentinnen, und ick hab alle Hände voll zu tun als Au-pair mit Koch-Anschluß. So 'n Theater wie die Anke veranschtaltet hat, hab ich selten jesehn. Wollense wat futtern, Herr Brodersen? Hackepeter oder 'ne Stulle mit nischt druff? Se sind janz bläulich um de Neese. Hie! Erst mal 'n Schnapps! Det is besser. Ick hole 'ne Bulette. Se müssen wat futtern, Mensch! Jajaja. Nachher fahren Se ins Hospital. Nee, wat denn? Se lebt, Herr! Unkraut verjeht nich. Prösterchen!«
Ulla Benecke will nix davon wissen, daß sie der Deern das Leben gerettet hat.
»Sehnse! Se haben alles uffjefuttert! Na, ick höre und sehe nischt von Ihrer Jöhre, bis se nach etwa neun Wochen anjeloo-

fen kommt mit Heulen und Zähneklappern und dem Baby vom Koofmich – Name und Adresse unbekannt – im Bauch. Heiliger Strohsack, der Zustand von Ihrer Jöhre is nich zu schildern. Wie jesagt, se will in die Themse springen und mir nur noch adjee sagen. Habense Töne? Na, ick stoß ihr jehörig Bescheid und bitte meine Miss Moffat, ob ich ihren Mini fürs Krankenhaus benutzen darf, denn mein Damenbesuch blutet auf der Badezimmermatte. Jott sei Dank Gummi und von meinem Jehalt zu ersetzen. Und se kotzt zum Steineklopppen, imma mein Besuch, nich Miss Moffat! Und wat soll ick Ihnen sahren, Herr Brodersen? Miss Moffat, 'ne Nurse im Unruhestand, immer bereit, an een Krankenbett zu rasen, hilft mir mit der Anke, die mittlerweile 75 Prozent ohnmächtig vom Blutverlust ist. Miss Moffat telefoniert, kühl wie 'ne Salatgurke, mit ›ihrer‹ Oberschwester, und wir verladen die Anke ins Hospital, nich weit von Victoria Station, und der Hauschirurg räumtse perseenlich aus. Wissense, die Anke is nich halb so dusslig, wie se bisweilen tut. Als se merkte, was bei ihr los war oder nich losging, verschaffte se sich Pillen, um die Jeschichte wieder loszuwerden, und wie se denn blutete, bekam se det Heulen und Zähneklappern. Wollense nu 'ne Taxe, Herr Brodersen? Ich hab Se vorhin anjemeldet. Besuch aus Hamburch, sagte ick. Wer kann ›Blankenese‹ in London sagen? Se dürfen dreimal raten!«

Ich danke ihr mit 'nem Händedruck, der 'n büschen zu kräftig sein muß, denn sie macht 'ne Schnute. Ich fahr nu los, nich? Ich fahr zur Deern.

»Anne Marie, kumm, danz mit mir.« Dat is jundert Johr her. Als Miss Sturm noch unsere Deern war. In Hamburg-Blankenese ...

Ich hab nicks mit Krankenhäusern im Sinn. Die langen Korridore, der Duft von Lysol, Seife und Tod, die Schwestern in gestärkter Tracht, die Ärzte ...

Bevor ich die Deern zu sehen krieg, hat ihr Chirurg 'n ganz kurzen Schnack mit mir. Miss Sturm is beinah in Ordnung. In etwa drei Wochen kann ich sie nach Haus holen. Sonst noch was?
Ich kiek stur vor mich hin, und Mr. Russel seggt ooch nix mehr. Wie alle Engländer lauert er höflich, daß der Ausländer nu endlich dat Feld räumt und ihn zufrieden läßt, aber da er sehr beschäftigt ist, fragt er schließlich, ob ich noch etwas besprechen möchte?
Ich bin verdattert. Wieso weiß er das? Weil er nich Brauder Jakob, der Schnapskopp, is, sondern einer, der die Deern gesund macht.
Na, endlich frag ich denn doch, ob die Deern nach dem Eingriff noch Kinder kriegen kann. Ich fühl, daß ich rot geworden bin. Ich, Fiedje Brodersen, der vor keiner netten Deern in tropischen Häfen zurückschreckte! Ich hab ja früher nix anbrennen lassen, nich? Die Deern war 'n lüttes Göhr und wollte Krabben fangen und »wat vertellt« kriegen. Und nu is sie 'ne junge Frau, un da kann ich nich gegenan ...
Mr. Russel sagt sehr freundlich, daß Miss Sturm jung, kerngesund und leider etwas launenhaft mit den Schwestern und der ausgezeichneten Miss Benecke, einer Landsmännin, sei. Aber dem Kinderkriegen stehe nichts im Wege. Der Eingriff war harmlos. Man habe nur »saubergemacht«, was der Unfall begonnen hatte. Man müsse beim Treppensteigen aufpassen, besonders in dem Zustand. Glaubt er an die Kellertreppe oder nich? ...
»Ich bringe Sie nun zu Miss Sturm, nicht wahr?« Er wehrt meinen Dank ab und bringt mich zu dem Saal, wo die Deern zwischen jungen Müttern und alten Huren oder so was liegt und keinen Besuch haben will.
Sonst hätt sie ja mal geschrieben, nich?
Die junge Saalschwester zieht die Plastikvorhänge zu, damit so 'ne Art Privatleben stattfinden kann, und bringt zwei Tassen

Tee. Is doch nett, aber die Deern sagt nix. Sie is noch schöner geworden, wenn das möchlich war, aber mürrisch und kein bißchen erfreut, mich zu sehen. Ich hab 'nen Zentnerstein in der Brust. Zu albern, denn die Dame im Bett is fühnsch (böse). Sie fragt endlich, was ich hier wolle.
»Ich wollt mal fragen, wie's dir geht, Deern. Oder is das verboten?«
»Es is verboten. Geh weg, Friedrich!«
Ich pralle um ein Haar zurück. Nie hat die Deern mich »Friedrich« genannt. Immer »Fiedje« und zu Weihnachten »mien Söten«. Es is also zu Ende mit uns. Nach achtzehn Jahren. Solange sie auf der Welt is, nich? Ich bin kein Dummerjaan und weiß Bescheid. Bitten und betteln um ein nettes Wort tu *ich* nich. Wie Lütt Matten de Haas, danz ick ganz alleen op de achtersten Been, nich?
Die Deern is es nich gewohnt, daß ich finster wie die Elbe bei Sturm vor mich hin kieke. Sie öffnet die Augen ganz weit und wispert: »Ich mag nich mehr, mein Fiedje.« Zwei dicke Tränen laufen langsam ihr kleines schönes Gesicht runter und bleiben in dem Spitzenkragen von ihrer Bettjacke hängen, die ihre Mutti ihr gestrickt hat.
Ich nehm sie mit Vorsicht in den Arm, sie is leicht jetzt wie als Lütte. Sie *hat* Gewicht verloren, aber das wird allens wieder kommen.
»Mien Söten, mien lütte Deern, ween nich, Kinning! Ich bin bei dir, immer un ewig, nich?«
»Mien söten Mann!«
Ihr lütter Kopf liegt da, wo er hingehört, an meiner Brust. Sie wispert, daß sie immer müde is, und ich leg sie sachte auf ihr Kissen zurück. Streich ihr das Haar aus der Stirn.
Ihre Tränen kann ich nich ab ...
Sie schläft. Ich sitz da und denk plötzlich an alte Zeiten. Wie sie sich, vier Johr alt, im Garten »versteckte« und ich, mit vierzehn, sie »suchte«. Ihr Haar leuchtete wie die Sonne auf

den Wellen, und sie rief: »Frölen Kiekbusch! Wo is Frölen Kiekbusch?«, und ich »suchte« sie weiter, und sie kicherte denn selig hintern Gebüsch.
Sie schlief nu ganz ruhig.
Sie war nich mehr »unsere Deern«. Sie war *meine* Deern. Das war sie immer gewesen. Ich Döskopp hatte es eben nich gewußt. Deswegen war ich 'n seebefahrenen, kräftigen Mann, mit achtundzwanzig noch zu haben ...
Ich stand mucksmäuschenstill und bewachte ihren Schlaf. Jetzt war Februar. In drei Wochen hole ich sie nach Haus, und wenn sie später den ganzen Schiet vergessen hat, denn würde Hochzeit gemacht werden.
Und wenn ganz Blankenese dibbert, ich sei zu alt für sie und sie zu jung für mich, ich hatte diese Deern, und keine sonst, an mein Herz genommen. – »Lanterne, Lanterne – Sonne, Mond und Sterne« ... Friedrich Brodersen und Anna Sturm. Vielmehr: Fiedje und Frölen Kiekbusch.
»Slaap, Kinning, slaap!«

Das Straßenfest

East End

»Amor omnia vincit – Liebe besiegt alles.«
Lateinisches Sprichwort

Ich sage zu meinem Mädel: »Peggy, wir haben alles zusammen geschafft. Dein alter Dad und du. Erinnerst du dich? Wir werden auch damit fertig werden.«

»Nie.«

Peggy ist neunzehn. In dem Alter sagt man so was. Da gibt's alles oder nichts. Peggy hatte alles. Überall Nummer eins. In der Schule, beim Schwimmen und Laufen, beim Tanzen. Jetzt hat sie nichts.

Morgen steigt unser Straßenfest. Die ganze Brick Lane kocht und backt schon seit ein paar Tagen. Alle machen mit. Ist doch selbstverständlich. Nachbarn und alte Freunde tun wirklich ihr Bestes für mein Mädel. Selbst die junge Frau aus Bengalen brachte Peggy neulich eine nette tropische Frucht. Das ist doch wirklich mehr, als man von Indern erwarten kann. Wir haben längst gelernt, daß der jungen Frau mit ihren vielen Schleiern nicht die Hand gedrückt werden darf – Gott behüte! Das ist beinahe ein Verbrechen, wie Raubmord. Komische Leute. Aber unsere alte Brick Lane ist beinahe 'ne indische Straße geworden. Macht nichts, solange sie sich benehmen. Wir werden morgen für uns feiern. Die Bengalen-Brüder feiern für sich. Klar! Es ist nicht ihr komisches Eng-

lisch, ich glaub, es ist, was sie über uns denken und nicht sagen ... Ich war natürlich nie in Indien und weiß nicht, ob sie alle solche Geheimniskrämer wie die in der Brick Lane sind. Aber sie werden unser Straßenfest unter sich feiern. Das murmelte die junge Frau mit der Mangofrucht. Sie wünschte Peggy viel Vergnügen. Mein Mädel dankte ihr viel netter, als sie mit uns in der Familie ist. Aber wir sind nur ihr Daddy, ihre Mum und ihre Granny. Seit dem Tode meines Vaters lebt meine Mum natürlich bei uns. Ich muß sagen, Peggys Gran ist die einzige, die mit ihr fertig wird, weil sie ihr gelegentlich tüchtig Bescheid sagt. Meine Frau und ich können das nicht. Wenn ich mein Mädel ansehe, so jung, so hübsch und mit dem neuen bitteren Zug um den Mund, denn bring ich kein Wort raus. Wie soll sie mit ihrem Pech fertig werden, wenn ich nicht damit fertig werde? Sicher erwartet sie Trost von mir. Die verdammte Sache ist, daß ich selbst Trost brauche. Ich werde ja auch nicht damit fertig, daß mein Mädel im Rollstuhl sitzt. Es bringt mich um, und ich alter Narr darf Peggy nichts zeigen. Das wär ja noch schöner!
Sie war immer fröhlich. Jetzt hat sie manchmal so 'n komischen strengen Ausdruck, daß ich sie kaum wiedererkenne. Aber ich hab sie soweit gebracht, oder ihre Gran, daß sie beim Straßenfest mitmachen wird. Sie hat es mir versprochen. Und was Peggy verspricht, das hält sie. Daran hat sich nichts geändert. Ich bin ihr nicht böse, wenn sie manchmal direkt unangenehm wird. Mit ihrem süßen jungen Gesicht und der feinen Wolldecke, die ihre Mum ihr gestrickt hat, und dem gottverdammten Rollstuhl! Ich weiß, es ist albern. Aber ich hasse den Rollstuhl wie jemanden, der sich in unsere Familie gedrängt hat und alles verdirbt.
Das Wetter sieht gut aus. Wir werden die langen Tische decken und die Speisen aufstellen können. Natürlich auch die Getränke. Jeder hat gespendet, was er kann. Auch Mr. Matthews vom Pub an der Ecke und nicht zu knapp. Hoffentlich

wird Peggy sich ein bißchen zusammenreißen. Dann wäre alles nur halb so schlimm. Aber ich hab gut reden! Ich kann laufen, wohin ich will.

Herrliches Sommerwetter fürs Straßenfest! Meine Frau und die Nachbarn decken schon die langen Tische, und die Kinder sind noch mit ihren Papiergirlanden beschäftigt. Peggy ist nicht da. Oder Gran hilft ihr noch beim Anziehen. Sie kann nichts mehr allein machen, obwohl sie es immerzu versucht. Ich sehe dann weg. Was zuviel is, is zuviel.
Da kommen sie aus der Haustür! Meine Mum in ihrem Sonntagskleid und mein Mädel in Rosa, mit einer seidenen Schleife in den langen blonden Haaren. Grans Werk. Ich atme auf. Peggy macht bei dem Fest mit. Sie machte es schon als Baby auf meinem Arm mit. Gran schiebt Peggy in ihrem Rollstuhl dicht an mich ran.
»Da sind wir, Sohn!«
»Hallo, Dad!«
»Fein, daß du da bist, Mädel«, sage ich heiser. Ich seh Peggy nicht an. Sie blickt auch woandershin.
So beginnt das Straßenfest.

Ich sollte wirklich nicht an die Fruchtbonbons denken, wenn wir feiern wollen. Für diese roten und grünen Fruchtkugeln hatte Peggy seit ihrer Kindheit eine Vorliebe. Als ich ihr neulich welche brachte, warf sie sie später in den Mülleimer, aus dem ich die Bonbons rausfischte und sie den Kindern auf der Straße gab. Nie im Leben hätte mein Mädel früher so was gemacht! Sie mußte wohl 'nen schwarzen Tag haben, ich war wirklich ärgerlich. Ich weiß, es ist albern, aber die Sache tat mir was an. Vor allem die Sorge um Peggy! Wie soll das enden, wenn sie sich mit ihrem Pech nicht abfinden kann? Sie ist doch kein Kind mehr. Schließlich ist sie neunzehn und hat ihren klaren Verstand. Sie arbeitet jetzt flink und prima bei

Mr. Smart, unserm alten Freund, in seinem Krämerladen, solange der noch besteht. Sie reißen ja rechts und links die alten Häuser runter, bloß damit niemand das East End erkennen kann! Paß ich nicht mehr in diese Zeit? Ich bin doch schließlich noch kein Greis. Oder ist zweiundvierzig heutzutage schon uralt? Gehör ich in ein Altersheim? Neulich sagte jemand, Peggy würde am besten mit »ihresgleichen« in einem Heim aufgehoben sein. Ich ballte die Fäuste, damit ich ihm nicht an die Gurgel spränge. Mein Mädel hat ihr Heim und ihre Familie. Schluß. Glücklicherweise hörte Peggy es nicht. Sie war in der Küche und half ihrer Mutter beim Gemüseputzen. Es war am Wochenende, und sie war nicht im Geschäft. Wie kann man sie vor solchen wohlmeinenden Narren schützen? Und wie lange noch? Ich mag nicht daran denken, was wir alle in zehn Jahren machen werden, falls wir überhaupt noch irgendwo ein Straßenfest feiern. Es wird überall alles abgerissen und neu gebaut, und wir »alte Garde« in der Brick Lane in unserem alten Spitalsfields werden ja niemals die neuen Mieten bezahlen können. Komische Gedanken beim Straßenfest! Als Peggy noch tanzte und herumsprang, kam ich überhaupt nicht auf so was. Ich muß mich zusammenreißen. Möglich, daß Bob trotz allem unser Fest mitmacht. Ich traue es ihm zu. Bob ist kein schlechter Bursche und ein guter Arbeiter in der Konservenfabrik, aber er hat mein Mädel in diesen Zustand gebracht. Er fuhr immer zu schnell. Und dann der Zusammenstoß! Peggy fliegt aus dem Wagen und verletzt sich das Rückgrat. Er kommt mit 'ner Fleischwunde davon. Sie wollten heiraten. Mein Mädel hat ihn sofort beruhigt und ihm gesagt, daß sie ihn nicht heiraten wird. Ich muß sagen, er war ganz anständig. Er murmelte: »Unsinn«, aber Peggy glaubte ihm nicht.

Er glaubte es ja selber nicht. Meine Frau weinte, und Gran sagte: »Never mind! Peggy war sowieso zu gut für ihn.« Wenn meine Mutter das wirklich glaubte, freß ich 'nen Besen.

Ist diese launische, scharfzüngige junge Person überhaupt noch unsere Peggy? Wenn sie nur gelegentlich mal lachen würde! Ich meine, das Mädel war immer heiter, freundlich und energisch. Wir waren so stolz auf sie. Die alte Mrs. Sherman von nebenan sagte immer: »Wenn meine Enkelin nur ein bißchen wie Ihre Peggy wäre, ich würd mich selbst beneiden.« Das Mädel war so unschuldig und vertrauensvoll. Wir im East End waren ja streng erzogen und hielten auf Moral, wenn's auch heute altmodisch und lächerlich ist. Aber ich hatte meinem Mädel beigebracht, was recht und unrecht ist, und sie weiß es. Ich muß wohl mehr Geduld mit ihr haben.

Eben sagt sie zu mir: »Warum siehst du mich so an, Dad? Was hab ich jetzt wieder verbrochen?«

»Lach mal, Mädel.«

»Nenne mir einen einzigen Grund, warum ich lachen sollte.«

Ich sag nichts mehr. Bin sowieso kein Schwätzer. Fresse alles in mich rein. Wenn ich früher an Peggy dachte, dachte ich: »Meine kleine Sonne.« Tja: Nicht, daß ich es ihr je gesagt hätte! Da biß ich mich lieber auf die eigene Zunge. Aber mein Mädel wußte Bescheid. Lachte hell, ihre blauen Augen blitzten, und ihre Zöpfe flogen. Dann sprang sie auf meinen Schoß. »Daddy!«

Ich darf nicht an so was denken. Schon gar nicht beim Straßenfest, wo alle Leute scherzen, lachen und kreuzfidel sind. Das Unglück passierte an Peggys achtzehntem Geburtstag. Bei uns zu Haus lacht keiner mehr. Aber Gran versteht's noch am besten mit ihr. Sie hilft ihr, weil sie nie weint. Meine arme Frau kann es nicht immer schaffen. Alle Nachbarn lieben meine Mutter. Kein Wunder, sie hilft, wo sie kann. Neulich brachte sie eine andere junge Frau aus Bengalen ins Krankenhaus, weil der Ehemann nicht aufzufinden war. Nur meinem Mädel kann sie nicht helfen. Niemand kann Peggy helfen, wenn sie es nicht selbst versucht. Ich weiß, daß meine Mutter und meine Frau für Peggy beten – nicht nur sonntags in der Kirche. Ich hab das Beten lange verlernt. Zu müde oder sonstwas. Ich denke manchmal, wie Gott so ein Unglück zulassen konnte. Was hatte meine Peggy verbrochen? Aber das ist alles Quatsch. Wir müssen unser Bestes versuchen, und falls Gott uns dabei hilft, hab ich nichts dagegen. Das sagte ich neulich meiner Mum. Sie fragte, ob ich noch einen Apfel essen wollte ... Sie weiß genau, was in mir vorgeht. Sie sagt: »Du brauchst Zeit. Wie Peggy!« Manchmal glaube ich, meine Mutter hält uns für gleichaltrig.

Das Fest ist richtig im Gange. Ich glaube, ich trinke etwas mehr, als gut für mich ist. Aber irgendwie muß ich mich auf Trab bringen. Peggy sitzt in ihrem Rollstuhl und ist sogar sehr nett mit unseren Nachbarn. Bedeutend netter als mit uns! Vielleicht würde es besser für Peggy sein, wenn sie sich mal richtig ausheulen würde. Sie ist wie Eis, und das mitten im Sommer! – Es ist nicht fair.

Am liebsten würde ich die Augen schließen, wenn Peggy angerollt kommt. Dabei hatte ich jetzt ein Jahr lang Zeit, um mich an den Anblick zu gewöhnen. »Es gibt Schlimmeres«, sagt meine Mum. Natürlich gibt es Schlimmeres, aber es gibt auch bedeutend Besseres. Mit sechzehn gewann Peggy einen Tanzpreis. Die beste Turniertänzerin der Schule. Und sie schwamm wie 'n Fisch.
Du lieber Himmel! Ich bin doch 'n großer, kräftiger Mann, der es mit jedem Burschen aus Bengalen aufnimmt. Aber mein Mädel im Rollstuhl macht mir weiche Knie. Wenn Peggy die Lippen zusammenpreßt oder mich nie richtig ansieht – das ist nicht einfach. Nach dem Unfall, noch im Hospital, schlief sie sanft und süß und wußte nicht, daß sie nie wieder laufen würde. Als der Chirurg ihr dann vorsichtig die Wahrheit sagen mußte, sah sie mich an.

»Oh, *nein,* Dad!«
»Schlaf, Mädelchen! Es wird sich alles finden.«
Es fand sich alles, vor allem der Rollstuhl für mein Mädel. Vorige Woche fragte mich meine Frau mitten in der Nacht, was wir verbrochen hätten, daß unserm Mädel so was passierte. Was sollte ich darauf antworten? Ich hörte nur ihr schreckliches, trockenes Schluchzen. Sie hat nichts verbrochen. Sie war immer eine gute Frau und Mutter. Jetzt kann sie nicht mehr mit Peggy umgehen. Nur Gran hat eine kleine Chance.

Wenn nur das Straßenfest schon vorbei wäre! In einiger Entfernung von uns steht Peggys ehemaliger Bob mit einer neuen Braut. Ganz ausgeschlossen, daß mein Mädel ihn nicht sieht! Richtig, sie preßt die Lippen noch fester zusammen und bemüht sich, eine alte Jungfer zu spielen. Gelingt ihr zwar nicht mit den Augen und dem Haar und überhaupt mit dem Gesichtchen, aber sie bemüht sich ... Alle unsere Freunde sind um uns rum, und das ist gut so. Auch Mr. Graham, mein Boß. Er bringt Peggy Blumen, scherzt etwas mit ihr, klopft mir die Schulter, stürzt sein Bier runter, und weg ist er! Aber die ganze Straße hat gesehen, daß Mr. Graham Peggy Blumen gebracht hat. Sie lächelt beinahe wie früher, und Bob mit der neuen Braut ist verschwunden. Wahrscheinlich hat er doch ein Haar in der Suppe gefunden. Ich alter Blödian möchte plötzlich auch heulen, aber das tu ich der Familie und mir nicht an. Das is was für Frauen. Ich schlucke und schlucke ...

Wer kommt denn da? Das ist doch Tim, unser netter junger Wachtmeister! Er bringt ein kleines Geschenk für Peggy. Alle verwöhnen sie. Nett von Tim! Er ist immer vergnügt, wenn es sich nicht um Verhaftungen handelt. Gott sei Dank redet er mit Peggy, als ob nichts vorgefallen wäre oder als würde der Rollstuhl nicht zwischen ihnen stehen ... Tadelloser Mann, Tim! Sieht nett aus, kerngesund, freundlich. Wir alle haben

ihn gern, ich meine, die ganze Straße, und Gran ganz besonders. Und das tollste ist, daß mein Mädel mit Tim beinahe so ist wie früher. Sie lacht sogar. Ich kann meinen Ohren nicht trauen. Peggy lacht doch nie mehr.
Kurz und gut: Tim und Peggy reden und lachen wie zwei junge Leute, die keine Sorge auf der Welt haben. Dann nimmt Tim den Rollstuhl, als sei es das Natürlichste auf der Welt, und sagt, daß Peggy und er nun ein bißchen spazierengehen wollen. Meine Frau ist sprachlos, denn kein junger Mann hat sich seit Peggys Pech um sie gekümmert.
Und das ist nicht alles. Unser famoser Wachtmeister zeigt sich auch nach dem Straßenfest bei uns, wenn er etwas freie Zeit hat. Ich weiß, mein Mädel wartet auf ihn. Meine Frau gibt ihm Tee, er macht seine kleinen Scherze mit Gran. Und dann nimmt er den Rollstuhl und geht mit Peggy spazieren. Es ist Sommer, und wir könnten nicht zufriedener sein. Peggy wird abgelenkt, von einem netten jungen Mann unterhalten und wie jedes andere Mädel behandelt. Das geht so lange, bis ich zwei Monate später höre, daß Tim mit einem Mädel aus Fulham verlobt ist. Habe ich recht gehört? Ich spreche mit meiner Mutter darüber, um meine Frau nicht noch mehr aufzuregen. Also ich muß Tim Barker meine Meinung sagen, und zwar gründlich. Der Schweinehund wird mir nicht mehr ins Haus kommen und mein Mädel ganz offenbar in falschen Hoffnungen wiegen.
Wie alles, was man sich vornimmt, geht die Unterredung nicht ganz so, wie ich mir das dachte.
Aber ich fühlte endlich wieder eine gesunde Wut, als ich den lieben Tim anschrie.
»Was haben Sie sich bei der ganzen Sache mit meiner Tochter gedacht? Schämen Sie sich nicht?«
»Ich weiß leider nicht, wovon Sie reden.«
»Oho, Sie sind verlobt und verbringen Ihre freie Zeit mit meiner Tochter, Sie Kerl!«

»Ich bin überhaupt nicht verlobt. Das haben Sie falsch verstanden! Mein Bruder ist verlobt. Ich bin mit Peggy befreundet, und dabei bleibt es.«
Ich starre ihn an. Da haben mir die Nachbarn wieder mal was Falsches erzählt. Na, zum Schluß klopf ich Tim auf die Schulter, und wir trinken was, und dann geht er zu Peggy. Und ich höre sie lachen und flüstern. Es ist schönes Wetter draußen. Ich sehe durch die Gardinen, wie Tim und mein Mädel lachend und schwatzend um die Ecke biegen. Ist das möglich? Ich sage mir ganz vernünftig, solange mein Mädel vergnügt ist, soll es mir recht sein.
Zu unserm Erstaunen kommt Tim wieder und wieder. Mein Mädel ist umgänglicher und gelegentlich direkt nett zu mir. Ich bin nichts mehr gewöhnt und sehr zufrieden. Es kann natürlich nichts aus der Sache werden. Und wenn Tim eines Tages ein Mädel zum Heiraten findet, dann will ich verdammt noch mal zufrieden damit sein, daß er Peggy soviel Zeit, Freundlichkeit und Frohsinn gegeben hat. Meine Frau hat nicht den geringsten Grund zu weinen; vor allem nicht über Dinge, die man nicht ändern kann. Ich sage es ihr so liebevoll wie möglich, wenn auch etwas zu laut, und sie nickt – die arme Seele! Meine Mum ist ganz zufrieden und steht, wie immer, mit beiden Beinen auf der Erde. »Wir wollen uns freuen, solange es dauert, Sohn!«
»Hast du mit ihr gesprochen, Mum?«
»Ich werde mich hüten.«

Niemand braucht mit Peggy zu sprechen. Tim ist nicht nur freundlich, sondern er scheint mein Mädel sogar besonders gern zu haben. Als er mir ganz verlegen mitteilt, er möchte Peggy heiraten, weiß ich einen Augenblick nicht, was ich sagen soll. Dann frage ich ihn, ob er sich das gründlich überlegt hätte.
»Natürlich habe ich mir's gründlich überlegt. Sehen Sie, ich

kann mit Peggy umgehen und sie mit mir. Ich bin auch nicht der Einfachste.«
»Wissen Sie, was Sie auf sich nehmen?« frage ich heiser.
»Natürlich weiß ich es. Ich passe tüchtig auf Peggy auf. Das wissen Sie doch hoffentlich!«
Wir trinken noch was zusammen, und Tim sagt, es gebe eine neue Operation, und darüber solle man nachdenken. Nicht heut oder morgen, und es habe nichts mit der Hochzeit zu tun. Ich sage sofort, ich werde die Operation, falls möglich, ratenweise abstottern. Tim sagt, das machen wir alles zusammen. Famoser Bursche! Aber ich frage ihn noch mal, ob er wirklich ... Er sagt ruhig: »Ich will Peggy.« Gerade neulich habe ich im Fernsehen gehört, daß diese drei Worte die längste Liebeserklärung auf der ganzen Welt sind.
Warum soll ich meckern?
Wenn meine Peggy glücklich ist und es 'ne hübsche Zeitlang dauert mit ihrem Tim, dann bin ich auch zufrieden.
Ob sie es weiß oder nicht, sie bleibt mein Mädel. Und ich bin immer für sie da, falls sie mich brauchen sollte.
Hoffentlich wird sie mich nicht brauchen.

Tee und Toast

Endstation Richmond

In Richmond an der Themse
steht ein verwunschenes Haus.
Ein Dutzend Türen führen hinein
und keine Tür führt heraus.

In diesem Haus leben Damen
im Ruhe- und Unruhestand.
Sie sind irgendwie abgeschoben
und wohnen im Niemandsland.

Sie träumen manchmal von früher,
von Jugend und Spaß und Glück.
Die Zeiten sind vergangen
und kehren nicht zurück.

Sie sind englisch bis in die Knochen
und wandern bei Wetter und Wind.
Sie wundern sich nicht, wenn ein Herz bricht,
weil Herzen zerbrechlich sind.

Sie mögen Roastbeef mit zwei Gemüsen
und nicht allzuviel Musik.
Sie geh'n Ausländern gern aus dem Wege
denn die üben an allem Kritik.

Nicht, daß sie sich erregen,
kein Ausländer stört ihre Ruh.
Sie lassen den »kleinen Mann« reden
und hören einfach nicht zu.

Manch eine hat Söhne und Töchter
und liebte sie schweigsam und tief.
Heut hören sie nur noch in Träumen,
wie Tommy nach ihnen rief.

Die schönen Erinnerungen
tun leider ziemlich weh.
Die Damen lächeln stoisch
bei ihrem Toast und Tee.

Manche machten sich einen Namen
und wurden berühmt über Nacht.
Die Zeit fraß den Ruhm, wie sie alles frißt,
aber langsam verliert sie die Macht.

Die Damen lächeln stoisch,
Es klappt oder es klappt nicht.
Sie sind wie verschlossene Türen –
seh'n niemandem ins Gesicht . . .

Manchmal kommen Besucher aus London –
Jener Stadt ohne Rast und Ruh.
Die Damen nicken versonnen –
Gehörten sie jemals dazu?

Hyde Park und Piccadilly,
Hampstead und Pimlico –
Die Damen werden schläfrig.
Wer sagte das? Wann? Und wo?

Sie wollen es nicht mehr wissen.
London? Versunkene Welt!
Sie reden mit ihren Vögeln,
was ihnen besser gefällt.

Warum sind die Kinder erwachsen
und sitzen gern zu Gericht?
Die Damen grübeln vergeblich –
Sie wissen es eben nicht.

Wenn die Familien kommen,
sind die Mütter steif und stumm.
Und neulich sagte ein Enkel:
»Granny, sei nicht so dumm!«

Er erzählte von Elektronen.
Das ging die Dame nichts an.
Der Enkel war nicht mehr ihr Tommy,
sondern ein wildfremder Mann …

Das erleben sie immer wieder.
Da gibt es keinen Trost.
Die Damen lächeln heroisch
und geben ihm Tee und Toast.

Sie verbieten sich tröstliche Tränen,
denn sie sind englisch und zäh,
wie das meiste auf dieser Insel –
Was weh tut, tut eben weh.

Doch in Richmond gibt's Wälder und Wiesen,
und da sind die Hirsche im Park.
Die Damen flüstern mit ihnen –
Und fühlen sich wieder stark.

Im Altersheim in Richmond
verrinnt das Leben sacht.
Man trinkt noch eine Tasse Tee
vor der Reise in die Nacht.

Die Damen scheiden gelassen.
Das Alter war lang und schwer.
Sie ertrugen es mit Anstand
und mögen nun nicht mehr.

In Richmond an der Themse
steht ein verwunschenes Haus.
Ein Dutzend Türen führen hinein,
und keine Tür führt heraus.

Miss Chatterbox

I

»Hallo, Sally: Hier spricht Emily. Ja, natürlich! Emily Chatwick. Für den Fall, daß du nicht mehr weißt, wer ich bin: Wir waren zusammen im College in Cheltenham. Natürlich, es ist Ewigkeiten her! Aber ich erinnere mich zufällig meiner Freunde ... Vorausgesetzt, du zählst dich noch dazu?
Warum läßt du nichts von dir hören, Sally? Nur, weil ich Hilda sagte, daß dein Harold morgen heiratet? Das war doch ganz in Ordnung, da du die Scheidung von diesem Windbeu-

tel beantragt hattest. *Liebe* Sally, ganz London weiß, was Harold getrieben hat, als er noch dein Ehemann war! Ist es meine Schuld? Ich habe dich vor Jahren wegen seines Rufes gewarnt. Übrigens wiederholte ich nur, was Lady Sanderson vor Monaten Hilda im Vertrauen erzählte. Du kannst Hilda soviel Vertrauen schenken wie dem Heiratsschwindler, dem die arme Lucinda so albern vertraut hat! Ich weiß, Sally, das ist auch fünf Jahre her! Es war nur so komisch, weil Lucinda so glücklich mit dem Burschen war. Aber sie war immer eine Närrin. Auch etwas, was Mayfair nie herausfand ... Na ja, wer hört auf mich?

Was wollte ich noch sagen? Bist du noch am Apparat, Sally? Ich frage nur, weil du so finster schweigst. Dein Schweigen *ist* finster, auch das weiß ganz Mayfair. Ich habe es *nicht* aus der Luft gegriffen, Sally Ellis! Ich greife nie etwas aus der Luft. Ich halte mich an Tatsachen. Nicht meine Schuld, wenn sie unverdaulich sind ...

Ich soll endlich zur Sache kommen? Warum die Eile? Du hast doch sowieso nichts zu tun. Aber wie du willst. Ich wollte dich nur von deiner Ehetragödie ablenken! Natürlich war es lächerlich, einen Ehemann wie deinen Charles anbinden zu wollen. Noch dazu in Mayfair, wo die Männer sowieso gefährdet sind ...

Ja, ja, ja. Ich komme zur Sache. Also ich wollte dich fragen, ob ich eine Woche bei dir, ich meine, bei euch wohnen könnte. Warum? Das ist eine lange, unerfreuliche Geschichte. Ich will mich kurz fassen. Ich zog vor zwei Monaten – nur zur Erholung und von Ellens alter Mutter eingeladen – ins Altersheim Richmond. Ja, wo diese gräßliche Oberschwester regiert! Jeder findet ›Matron‹ gräßlich, bis auf dich! Also: Ich sagte nur zu Lady Robertson – ihr Mann kam im Falkland-Konflikt ums Leben, sehr heroisch natürlich, er war ja Jahrhunderte jünger als seine Frau –, also ich sagte zu Lady Robertson, sie sollte stolz darauf sein, daß ihr Mann für sein

Land sterben durfte. Ich sagte es *sehr* taktvoll natürlich. Was meinst du, was die gute Sybil Robertson tut? Die Person rennt schnurstracks zu Matron. Die beiden sind ein Herz und eine Seele. Sie sagt, sie habe einen Nervenschock wegen meiner unverschämten Bemerkung, und sie müsse leider ausziehen, obwohl sie so zufrieden im Richmond sei. Aber sie wohne mit ›Miss Chatterbox‹ nicht unter einem Dach.
Hast du Worte, Sally? Matron, bei ihr haben Personen mit Titeln *immer* recht, legte mir nahe, das Altersheim umgehend zu verlassen, wie sie im ›Richmond‹ einen Rausschmiß nennen. Weil ich angeblich schwatze und klatsche und ernste Konflikte heraufbeschwöre. Matron sagte außerdem, sie wisse, was sie sage. Ich sagte sehr ruhig, wenn jemand in diesem Altersheim etwas anrichte, so sei es die alte Herzogin von Springfield gewesen, die in ihrer Zeit täglich ein Dutzend Leute fertiggemacht hat. Weißt du, was Matron antwortete? Sie sagte: ›Das genügt, Miss Chatwick.‹ Wenn diese Person sagt, daß es genügt, könnte selbst ein Mitglied der königlichen Familie nicht weiterreden. Kurz und gut: Ich packte meine Sachen. Mir blieb nichts anderes übrig.
Matron brachte mich persönlich zum Gartentor. Wahrscheinlich wollte sie sehen, ob ich wirklich ginge. Eine Taxe zum Bahnhof hatte sie bereits bestellt. Sie krönte ihre Heuchelei damit, daß sie mir alles Gute wünschte. Ich sagte nur besonders leise: ›Ich habe allerhand an Ihrem Heim auszusetzen, Matron! Ich habe den Eindruck, daß . . .‹
Für gewöhnlich ist Matron sehr formell. Aber dieses Mal unterbrach sie mich, was man unter keinen Umständen tut, nicht wahr? Auch nicht, wenn die alten Hennen im Heim einen zu Tode langweilen mit diesen Erzählungen aus der glücklichen, grauen Vorzeit. Also Matron sagte in einem furchtbaren Ton: ›Nochmals alles Gute, Miss Chatwick!‹, und rauschte ins Haus zurück.
Die Sache ist nun folgendermaßen: Mrs. Drinkwater, meine

Zimmerwirtin in St. John's Wood, erwartet mich erst in vierzehn Tagen, und sie verabscheut Überraschungen. Natürlich kann ich ihr nicht sagen, daß Matron mich an die Luft gesetzt hat. Was würde Mrs. Drinkwater von mir denken? Wenn ich vierzehn Tage bei dir wohnen könnte, ich habe kein Geld für ein Hotel, wenigstens nicht im Augenblick, wäre das sehr wünschenswert. Du brauchst nicht so entsetzt ›Oh dear, oh dear!‹ zu sagen, Sally Ellis! Wenn du Familienbesuch aus Sydenham erwartest oder dir das in diesem Augenblick ausgedacht hast, dann eben nicht, liebe Tante! Selbstverständlich geht deine Nichte Vera vor, obwohl sie es nicht verdient, wenn du mich fragst. Ja, ja, ja, Sally! Ich weiß, daß Vera in Bayswater überfallen und beraubt worden ist. Natürlich *sehr* bedauerlich! Aber wer weiß, ob Vera nicht selber schuld daran war? Sie ist zu entgegenkommend, wenn du weißt, was ich meine. Also: Du willst es nicht wissen, Sally! Ich muß sagen, ich bin sprachlos. Natürlich tut Vera mir leid, aber wer nimmt hundert Pfund zum Einkaufen mit? Also bitte, es war nicht mein Geld! Sei doch nicht immer beleidigt, Sally! Ich werde Vera Blumen ins Krankenhaus schicken, obwohl sie es nicht verdient. Vor einem halben Jahr hat sie mich bei Harrods glatt geschnitten. Deswegen springe ich nicht in die Themse wie gewisse Personen, die ich nicht nennen will ... Also, falls Vera direkt vom Krankenhaus zu dir kommt, muß ich eben meine Mrs. Drinkwater und meinen Papagei anrufen.
Nein, Sally, ich bin *nicht* enttäuscht, daß es dir im Augenblick nicht paßt! Ich habe mir abgewöhnt, gute Taten von meinen Freunden zu erwarten.
Wie bitte? Du bist auf Matrons Seite? Man sagt frischgebackenen Witwen nicht, daß sie stolz sein sollten? Ich bin *nicht* erstaunt, meine liebe Sally! Du warst immer eine hinterlistige und taktlose Person, wenn ich so sagen darf. Voller Vorurteile und nicht einen Funken Nächstenliebe. Entschuldige meine

Offenheit bitte! Aber das sollte zwischen Freunden selbstverständlich sein.
Ja, ja, ja! Wir sind geschiedene Leute, Sally Ellis! Trotzdem wünsche ich dir alles Gute – wie Matron.« –

II

Gleich bin ich bei meinem Odysseus. Auf diesen Papagei ist Verlaß. Hoffentlich ist Mrs. Drinkwater bei ihrer schrecklichen Nichte in Barnes. Der Ehemann der Nichte treibt sich dort bei den Fernsehstudios herum. Glücklicherweise kenne ich diese Leute nicht, und was Mrs. Drinkwater voller Stolz von ihnen erzählt, erregt nicht den Wunsch in mir, sie kennenzulernen. Außerdem ist dieses Fernsehgesindel Jahrzehnte jünger als ich. Ich bin zwar erst fünfundsechzig, also ein Frühlingskücken im Altersheim, aber immerhin. Die Nichte ist zweiundzwanzig. Von Tuten und Blasen keine Ahnung. Aber London gehört jetzt Fernsehschwätzern, Taschendieben und Ehebrechern im jugendlichen Alter. Erfahrung zählt nicht mehr. Mein Papagei ist auch schon in der Seniorenklasse. Er hat mehr Lebenserfahrung als einige Leute, die ich *nicht* nennen will ...

Warum hält der Taxifahrer nicht vor unserem Haus? Es ist sehr dunkel jetzt. Gerade neulich warnte die Zeitung die Damen davor, allein in der Dunkelheit herumzulaufen. Zu Mamas Zeiten waren die Straßen hell beleuchtet. Wir sind heruntergekommen.
Ich mag keine dunklen Straßen. Es ist schlimmer als das Feuer in King's Cross im vergangenem Jahr.
Warum hält der Chauffeur drei Häuser entfernt von Mrs. Drinkwater? Ist etwas passiert? Der Fahrer fragt, ob er mich in ein Hotel fahren soll. Aber er verdirbt sein gutes Werk mit der Bemerkung, ich sei auch nicht mehr die Jüngste, und –

Es ist etwas passiert. Wo bleibt die Polizei? *Nie* zur Stelle, wenn man sie braucht! Ich zittere doch nicht etwa? Vor unserem Haus liegt eine Person, tot oder lebendig, und das Blut fließt aufs Straßenpflaster. Neben der Person liegt ihre leere Handtasche. Entsetzlich! Sie hat graue Haare und muß in meinem Alter sein. Ich sehe noch, wie ein junger Lümmel, der Angreifer?, zur Hauptstraße läuft. Um Himmels willen, er hat *mich* gesehen! Er kommt auf mich zu. Der Taxifahrer ist weg. Ich schreie um Hilfe. Kein Ton kommt aus meiner Kehle. Wie in einem bösen Traum …

Ich muß träumen. Ich muß noch im Richmond sein. Matron ist in sich gegangen und lädt mich zu Tee und Toast in ihre Privaträume …

Nein, nein! Ich träume nicht. Ich sehe nur meine leere Handtasche. Und Blut. Der Kerl muß mir einen Schlag gegeben haben. Dann wird alles schwarz vor meinen Augen.

III

Für einen Augenblick öffne ich die Augen. Die Polizei ist da. Ich flüstere: »Zu Mrs. Drinkwater, bitte!«

Ich erwache in meinem Bett. Mrs. Drinkwater glättet begeistert meine Bettdecke. Sie ist Krankenschwester im Ruhestand, und die einzigen Leute, die sie interessieren, sind Kranke. Möglichst hilflos. Wie ich im Augenblick. Sie hat meinen Papagei, vielmehr seinen Käfig, mit einem Tuch bedeckt.

Der Arzt sagt: »Es sind nur Fleischwunden.« Ich weiß, Mrs. Drinkwater ist enttäuscht. Der Räuber gab mir einen Schlag auf den Mund. Ich kann kaum reden.

»Immer mit der Ruhe, meine Damen«, sagt der Polizeiarzt. »Erst einmal nicht reden, Miss Chatwick! Ihr Kiefer ist angeschwollen. Die Ambulanz kommt so schnell es geht.«

Ich will nie wieder reden. Es tut weh.

Ich hasse London.

Ballade von Miss Chatwick

Miss Emily Chatwick in London
war voller Niedertracht.
Sie klatschte und schwatzte,
verleumdete, tratschte
von morgens bis Mitternacht.

Sie hatte kein eigenes Leben.
Ihre Welt war stumm und leer.
Und so wurden die Leute
Miss Chatwicks Beute –
Und sie wollte immer mehr …

Sie war schlauer als die Füchse –
vorsichtig, voller Trug.
Weil sie mitfühlend fragte,
hartes Schicksal beklagte,
erfuhr sie mehr als genug.

Auch Miss Chatwick war jung gewesen
und träumte von Ehe und Glück.
Doch wer kann auf Männer bauen?
Sie wählten andere Frauen,
und Emily blieb zurück.

Ein versauertes Mauerblümchen
ohne Arbeit und ohne Geld
wurde Emily ohne Frage
eine alternde Londoner Plage
in ihrer geschrumpften Welt.

Ihre Brüder verließen die City
und räumten das Bankfach aus.

Der ältere ging nach Australien,
der jüngere trank Wein in Italien –
Und Emily blieb zu Haus.

Sie besuchte zum Tee junge Frauen.
Sie rückte einfach an.
Wenn der Ehemann kam, dann ging sie –
Keiner von ihnen fing sie.
Und das böse Werk war getan.

Die Ehefrau glaubte Miss Chatwick
und sah ihren Mann nicht mehr an.
Oder sie tobte und flennte,
bis man sich endlich trennte.
Auch Selbstmord gab's dann und wann.

Eines Tages war Miss Chatwick verschwunden.
Man suchte sie hier und dort.
Sie suchten Miss Chatwick
in Heathrow und Gatwick –
War es ein Rachemord?

Miss Chatwick fuhr in die Hölle.
Satans Großmutter gab ihr Tee.
Sie lachten und schwatzten
und klatschten und tratschten –
Doch dann sagte Granny: »GEH!«

Miss Chatwick aus Londons Westen
war selbst für die Hölle zuviel.
Sie verließ den gastlichen Teetisch
mit einem höllischen Fetisch –
Es war ein Besenstiel.

Miss Chatwick flog durch die Lüfte
und konnte nicht herab.
Sie blieb in der Ferne,
in der Nähe der Sterne
und fand nicht einmal ihr Grab.

Die Londoner sahen Miss Chatwick
und blickten eilig weg.
Der Besenstiel schwankte,
doch niemand bangte –
Niemand bekam einen Schreck.

Dies war Miss Chatwicks Strafe.
Sie flog ohne Rast und Ruh.
Über Plätze und Straßen
von Menschen verlassen –
Nur die Tiere sahen ihr zu.

Ein Fischlein im East End,
ein Vöglein im West End,
ein Schakal am Regent's-Kanal.
In Highgate zwei Spatzen,
in Hampstead drei Katzen
und eine Nachtigall.

Ein Vöglein im East End,
ein Fischlein im West End,
ein Raubtier in Hungerford.
Eine einzelne Mücke
auf der Hammersmith-Brücke,
im Hyde Park ein Hund namens »Lord«.

Dies war Miss Chatwicks Strafe.
Sie flog ohne Rast und Ruh.

Über Plätze und Straßen
von allen verlassen –
Nur die Tiere sahen ihr zu.

Annie oder der Witwenball

»Wunschlosigkeit führt zu innerem Frieden.«
Laotse

I

Manchmal frage ich mich, ob alle frischgebackenen Witwen so viele Fehler machen, wie ich sie nach dem plötzlichen Tod meines Mannes gemacht habe. Ich dachte, mein Leben würde in gewohnten Bahnen weitergehen – nur ohne ihn. Jeremy war immer gesund gewesen und bekam plötzlich einen Herzschlag. Sie brachten ihn tot nach Haus. Es war gegen Abend, und ich wartete mit dem Dinner auf ihn. Er war immer so müde von der Arbeit in seinem Laboratorium, daß er am liebsten daheim, in dem großen Haus in der Park Lane, blieb, wo seine Großeltern und Eltern schon gewohnt hatten. Ich war Jeremys Sekretärin gewesen, hatte seine Briefe geschrieben und hatte nichts mit seiner Atomphysik zu tun. Daheim wollte er sich von seinen unverständlichen Tätigkeiten erholen, und ich sorgte dafür, daß möglichst wenig Besuch kam. Natürlich mußten wir gelegentlich Gesellschaften geben, bei denen ich ihm die Hauptsache abnahm. Es war immer genug Bedienung da, und das Essen wurde bestellt. Wir hatten eine Menge Freunde, und ich dachte, solche Freundschaften würden bleiben, auch ohne meinen Mann. Das war der erste große Fehler, den ich als frischgebackene Witwe machte. Es dauerte eine Weile, bis ich herausfand, daß unsere Freunde mich nur wegen meines Mannes eingeladen hatten. Jeremy war nicht nur ein großer Wissenschaftler gewesen, er konnte auch, wenn er dazu aufgelegt war, eine ganze Gesellschaft witzig unterhalten, was von mir selbst mein bester Freund nicht sagen könnte. Aber ich tat immer, was man von mir erwartete. Ich saß elegant und heiter an der großen Tafel, dirigierte die Diener mit einem Blick und lächelte lieblich. Damals hielt ich eine strenge Diät, denn Jeremy haßte angeblich füllige Frauen. Auch das stimmte nicht ganz, denn ich fand nach seinem Tod im Geheimfach seines Schreibtisches zwei Photos einer besonders üppigen Dame mit unmißverständlichen Liebesbriefen ... Wer hätte das von meinem Mann gedacht? Ich vermute, daß seine Freunde und Feinde Bescheid gewußt hatten. Nur die Ehefrau ist immer die Dumme. Ich las die Liebesbriefe der dicken Dame aufmerksam. Ich wollte herausfinden, was Jeremy an ihr gefunden hatte, vielmehr, was ich, vom Übergewicht abgesehen, nicht hatte. Ich soll es noch heute herausfinden.

Tat diese Entdeckung mir weh? Ich war so kaputt von seinem plötzlichen Tod, daß mich nichts noch mehr verwunden konnte. Wenigstens dachte ich das im ersten Schmerz und Schock. Ich ahnte nicht, was meine einzige Tochter mir antun würde. Wie sich fast alles änderte, verwandelte sich auch Carol von einer aufmerksamen und liebevollen Tochter, die uns mit ihrem Ehemann jeden Sonntag zum Essen besuchte, in eine herzlose, äußerst kritische Feindin, die ich nicht loswerden konnte. Leider hatte ich sie und ihren jungen Ehemann in dem großen, leeren Haus aufgenommen. Sie hatten ihre Wohnung aufgegeben, Keith verdiente noch sehr wenig, und sie hatten sich häuslich in der Park Lane eingerichtet. Ich sehe es Gästen an der Nasenspitze an, wie lange sie bleiben wollen. Die beiden würden für ewig und drei Tage bleiben – aber schließlich war es Carols Elternhaus. Keith machte Interviews beim Fernsehen, die wahrscheinlich niemand ansah, der nicht zufällig mit ihm verheiratet war. – Was ging es mich an? Ich hatte ihn nie gemocht, und er erwiderte diese Abneigung mit Zinsen. Wenn er in seinem Beruf als Fernsehjournalist halb so ironisch gewesen wäre, wie er es zu mir war, dann hätte er Erfolg gehabt. Er hatte ein gewisses Talent für Beleidigungen mit Zuckerguß. Er hätte es im Fernsehen weit damit gebracht. Übrigens war Keith so zerstreut wie mein Mann. Ließ er auch, falls er sie bekam, Liebesbriefe in seinem Schreibtisch? Übrigens arbeitete er jetzt am Schreibtisch meines Mannes, was ich als Tempelschändung betrachtete. Da aber meine Ansichten meinen Schwiegersohn nicht interessierten, behielt ich sie weise für mich, denn ich wäre mit Keith nicht fertig geworden. Ich wurde auch mit meiner Tochter nicht fertig. Wenn Menschen sich plötzlich ändern wie Keith und Carol nach dem Tod meines Mannes, ist es nicht einfach, mit diesen neuen, unfreundlichen und undankbaren Dauergästen fertig zu werden. Ich hatte einen ungeheuren Fehler begangen, als ich das junge Paar in meinem Haus aufnahm, denn es war jetzt nicht mehr mein Haus. Nur ein Beispiel: sie hatten, ohne mich zu fragen, das große Gästezimmer, das meine Jugendfreundin Ellen immer bewohnt hatte, in das künftige Kinderzimmer umgewandelt. Es stand sogar schon Spielzeug auf dem leergeräumten Bücherbord. Ich betrachtete den schuldlosen Teddybären mit lächerlichem Haß. Dort hatten Ellens Gedichtbände gestanden. Ellen war überhaupt mein einziger Trost in diesen Wochen und Monaten. Sie riet mir wiederholt, meine lieben Kinder zu ersuchen, sich eine eigene Wohnung einzurichten. Das klang sehr vernünftig, denn die Kinder hatten ganz nett geerbt. Aber Daddys Haus gefiel ihnen wohl besser, und Carol war sein kleiner Liebling gewesen. Den Sohn, der eventuell zu mir gehalten hätte, gab es leider nicht. Meine Ehe war so angenehm, so reibungslos und machmal sogar glücklich gewesen, daß der Unterschied zu meiner jetzigen Lebensweise jeden erschüttert hätte. Meine gute Ellen war eine Kopfschüttlerin geworden. Sie sagte mir immer wieder, ich könnte mir dieses und jenes nicht gefallen lassen. Ich war wohl so müde, daß ich mir beinahe alles gefallen ließ. Solche Müdigkeit ist ein Charakterfehler, und ich wußte es. Ich war nie ein Feigling gewesen, jetzt war ich ein Wurm. Es mußte der Schock sein, oder es war Schwäche und Bequemlichkeit, denn mein Leben war vielleicht zu angenehm gewesen. Unsere Ehe war ohne ernste Konflikte verlaufen, denn mein Mann hätte seine kostbare Zeit niemals für »Seelenwühlerei«, wie er es nannte, verschwendet. Wissenschaftler sind wohl so. Außerdem wühlte ich eben nicht in seinem Privatleben und seinem Schreibtisch herum. Ich war immer dafür gewesen, schlafende Hunde nicht aufzuwecken. Das mag weise sein; aber vor allem ist es bequem.

Natürlich dachte ich immer darüber nach, was jene korpulente Briefschreiberin gehabt hatte, was ich nicht habe. In einem Punkt begann ich ihr zu ähneln: Ich gab meine Diät auf und füllte die innere Leere mit Nahrungsmitteln, die ich jahrelang gemieden hatte: Nudeln, Pfannkuchen, geröstete Kartoffeln und geröstete chinesische Entenhaut, die ich nie angerührt hatte. Ich stellte mich nicht mehr auf die Waage im Badezimmer und vermied auf diese Weise unangenehme Tatsachen. Mein Familienleben war unangenehm genug. Carol registrierte jedes neue Kilo und schüttelte den Kopf. Einmal fragte sie, ob ich eine Tonne werden wolle, die bei einem Dinner als Scherzartikel erscheint. Ich erwiderte so scharf und unfreundlich, wie ich nie früher gesprochen hatte: »Kümmere dich um deine eigene Nase! Ich will nichts mehr hören.« Ich hörte eine ganze Woche nichts, was auch merkwürdig war. Dann begann Carols Nörgelei von neuem. Mein Schwiegersohn schwieg bei unseren Wortgefechten, immer das Vernünftigste, was ein Mann in solcher Situation tun kann. Er ermahnte aber seine Frau niemals, ihrer Mutter gegenüber etwas mehr Respekt zu zeigen, von Liebe war sowieso nie die Rede gewesen. Sobald sie in die Schule gekommen war, hatte Carol nur ihrem Vater fanatische Liebe und gespannte Aufmerksamkeit gezeigt. Natürlich hatte er immer Bemerkenswertes zu sagen. Ich war und blieb die Sekretärin aus Hammersmith, die ihn eingefangen hatte. Zumindestens in Carols Augen. Aber mein Mann war immer auf meiner Seite gewesen. In seiner Art bestand er auf Eheglück. Vielleicht war es nicht das gewesen, was ich darunter verstehe, aber wir hatten angenehme Jahre miteinander verbracht. Jetzt war es für uns beide vorbei.

Auch mein gesellschaftliches Leben war definitiv vorbei. Ich lernte nun, daß Witwen die Spielverderberinnen beim Abendessen sind. Jede einzelne Frau ist überflüssig. Die Gastgeberin mußte sich plötzlich den Kopf zerbrechen, mit wem ich an der festlichen Tafel sitzen sollte. Das war zu Lebzeiten meines Mannes nie der Fall gewesen. Er hatte natürlich einen Ehrenplatz, und ich, heiter und elegant, hatte immer ganz bemerkenswerte Tischnachbarn, was jede Gastgeberin für selbstverständlich hielt. Jetzt hockte ich mit einem zu alten Mann am Tischende, wo niemand etwas zum Zuhören erzählte. Außerdem saß ich in meinem Trauerkleid wie eine Eule unter den vergnügten Leuten.

Es dauerte nicht lange, und die bekannten Londoner Gastgeberinnen luden mich mit einer anderen Witwe nachmittags zu Tee und Toast ein ... Sie taten es nicht lange, denn ich sagte immer häufiger ab. Ich war immer noch nicht so besiegt, daß ich »meinen Platz kannte«.

War es nicht Zeit, daß ich meine Lektion lernte? Vielleicht beurteilten meine Kinder die Situation richtiger als ich. Es wäre natürlich anders gewesen, wenn ich einen Beruf gehabt hätte oder von Natur aus eine Messalina gewesen wäre, was im Londoner Regen mit Schwierigkeiten verbunden ist. Ich konnte nicht einmal einen eigenen Wagen fahren. Ich war zweimal durch die Prüfung gefallen, und mein Mann hatte freundlich gesagt, daß das langte. Er fuhr natürlich wundervoll. Wie es mit allem war, was er sich vornahm. Übrigens war seine langjährige Sekretärin bedeutend tüchtiger, als ich es gewesen war, und betete ihn in angeborener Prüderie gefahrlos an. Wie alle Frauen, mit denen er im Beruf zu tun hatte. Dazu gehörten übrigens auch Professorinnen und junge Barmädchen, worüber er sich milde amüsierte.

Er war so rührend altmodisch, daß ihm mein Beruf als seine Ehefrau genügte. Er ahnte nichts von meinem Wissensdurst. Ich lernte heimlich Latein, um seinen Unterhaltungen mit Kollegen folgen zu können, während sie Rehbraten aßen, Rotwein tranken und Witze erzählten, die nichts mit Latein zu tun hatten. Übrigens verstand ich nie, worüber man in Oxford gelacht hatte und, Jahrzehnte später, immer noch lachte. Sie alle gehörten zu einem Club, der Ehefrauen ausschloß.

Ich machte mir wirkliche Sorgen um das Zusammenleben mit Tochter und Schwiegersohn. Wie sollte das enden? Sie wußten ebenfalls, daß es täglich schwieriger wurde. Aber ein eingerichtetes Kinderzimmer und eine junge Frau mit einer etwas schwierigen Schwangerschaft waren machtvolle Argumente. Jeden Sonntag war es sehr nett gewesen. Man solle alte Regeln nicht umstoßen.

Neuerdings traf ich mich mit meiner Freundin Ellen in kleinen Restaurants oder Teestuben, weil wir ungestört sein wollten.

»In deinem eigenen Haus!«

»Es ist Carols Elternhaus.«

»Sei nicht so edelmütig, Annie! Das bekommt dir nicht. Carol ist eine unverschämte junge Person. Und du weißt es.«

Über Carols Ehemann verlor meine Freundin kein Wort. Sie mochte ihn nicht, verbarg aber ihre Abneigung glaubwürdiger, als ich es gekonnt hätte.

Als ich mich eine Woche später mit meiner Freundin traf, liefen mir die Tränen über mein rundes Gesicht. Ellen wartete geduldig und streichelte meine zittenden Hände.
»Ich werde Carol nie verzeihen können«, sagte ich lauter, als man in einem Lokal in Knightsbridge spricht. »Die beiden müssen ausziehen. Aber sie werden es nicht tun. Das Kinderzimmer ist schon eingerichtet und ...«
Ich konnte nicht weiterreden. Ellen gab mir aus alter Gewohnheit ihr Taschentuch, ich hatte nie eins bei mir.
Was war geschehen? Meine Tochter hatte die Grenze des Erträglichen überschritten. Sie hatte gesagt, es würde immer schlimmer mit mir, ich vergäße jetzt alles und weitere Liebenswürdigkeiten. Ich hatte geschwiegen und sie schließlich gefragt, was sie mir eigentlich sagen wollte. Meine Tochter gab sich einen Ruck. Dann sagte sie ohne Hemmung:
»Das beste wäre, du gingest in ein Altersheim, Mutter!«
Ich sagte, ich wäre erst siebenundfünfzig Jahre, und sie sagte:
»Eben.«
»Ist das dein Ernst, Carol?«
»Nur ein Vorschlag.« Sie war wenigstens rot geworden. »Es ist natürlich deine eigene Entscheidung, Mutter!«
»Natürlich.«
Ich rannte hinaus und übergab mich im Badezimmer. Glücklicherweise erinnerte ich mich, daß meine Nanny in jeder Krise kaltes Duschen empfohlen hatte. Also duschte ich so kalt, wie man es noch aushalten kann, und fühlte mich besser. Tatsächlich fühlte ich mich so gut, daß ich Carols Altersheim total vergaß. Sie hatte recht, ich vergaß wirklich alles ... Dann hörte ich einen Knall. Die kürzlich reparierte Dusche war in die Badewanne gefallen. Nach sechs Telefonanrufen und zwei Stunden erschien Mr. Dribble, unser Klempner, und erklärte, wie immer, da könnte man nichts machen. Ich stärkte ihn mit Tee und Toast, und er reparierte die Sache ohne Murren. Mr. Dribble erwartete Sonderbehandlung.

Zwei Tage später begab sich die Zentralheizung in den Ruhestand. Der Heizungsmonteur erklärte stirnrunzelnd, das System sei »launenhaft«. Mit Tee und Toast brachte er die Heizung in Ordnung, nachdem er mir wiederholt versichert hatte, mit dieser Heizung wären Hopfen und Malz verloren, und er wisse wirklich nicht, warum man die netten alten Kamine abgeschafft hätte. »Brennholz funktioniert immer«, erklärte er. Es klang sehnsüchtig, aber ich überhörte es. Wer sollte das Holz zerkleinern, das Feuer anfachen und den Rauch so lange aus den Fenstern lassen, bis das Zimmer wieder eiskalt sein würde?

Bevor ich diese Handlungen vollziehen würde, ginge ich lieber in das Altersheim an der Themse.

Drei Wochen später war ich im »Richmond.« –

II

Matron dachte, Ellen und ich wollten irgendeine Greisin besuchen, und war etwas erstaunt, daß ich die neue Greisin war. Sie fragte, ob ich mir die Sache richtig überlegt hätte und ob ich nicht besser in zwanzig Jahren wieder vorfragen sollte. Ich sagte, ich hätte alles überlegt und wollte mich im »Richmond« einnisten: Ellen nickte, und Matron betrachtete einen Augenblick den Himmel oder die Zimmerdecke.

Ich hatte ein schönes Eckzimmer mit Bad und Familienanschluß.

Es war entsetzlich. Heute weiß ich nicht mehr, warum ich damals meiner Tochter nachgab, mein eigenes Heim verließ und mich in die Steinzeit begab. Vorbei! Sind alle Greisinnen so unterträglich, schwatzhaft, zänkisch und kindisch wie die Damen im »Richmond«? Matron und Nurse Cunningham allerdings wurden spielend mit ihnen fertig. Einmal hatten sie gesunden Menschenverstand, und dann waren sie sorgfältig trainiert. Matron hatte außerdem in Oxford studiert. Ich

fragte nicht, was sie studiert hätte, und sie verriet es mir nicht. Ich wurde nicht warm mit Matron oder sie nicht mit mir. Ob sie mich gern in ein Heim für Geisteskranke abgeschoben hätte, weiß ich nicht. Wahrscheinlich. Sie war zu klug und zu höflich, um es zu äußern.
Nurse Cunningham hatte, im Gegensatz zur Oberin, keine Hemmungen und redete mich zu meinem Erstaunen gleich mit »Annie« an. Ich teilte ihr noch am Tage meiner Ankunft mit, daß mein Name nicht »Annie« und ich daran gewöhnt sei, von Fremden mit »Mrs. Hopkins« angeredet zu werden. Ob dieser Verweis die Pflegerin amüsierte oder nicht, weiß ich nicht, sie wieherte jedenfalls vor Lachen. Dann erklärte sie mir, daß wir hier alle eine große Familie wären – eine Schrekkensbotschaft, die ich in tiefem Schweigen verdaute. War ich von einer Familie, die ich kannte, in eine andere, unbekannte Familie geraten? Ich rieb meine Nase mit meinem Zeigefinger, was ich immer tat, wenn ich nicht weiterwußte. Würde Nurse C. das auch wahnsinnig komisch finden? Aber sie war bereits verschwunden. Sie hatte wohl keine Zeit, sich mit einem »hochnäsigen Ekel«, wie sie mich nannte und was Mrs. Desmond mir hinterbrachte, »nett zu unterhalten«. Miss Cunningham war und blieb meine erste, ernsthafte Feindin im »Richmond«. Sie erschwerte mir jeden Schritt so schlau und unauffällig, daß selbst ich, die immer etwas an Leuten auszusetzen hat, sie nie einer Missetat beschuldigen konnte. In diesem Sinne war Sophie Cunningham ein Naturtalent, was meinen Mann nicht wenig erheitert hätte. Jeremy war viel nachsichtiger gewesen als ich.
Während meiner Zeit im Altersheim freundete ich mich mit niemandem an, es war, als ob hohes Alter ansteckend wäre. Ellen besuchte mich, wann immer ihre freie Zeit als Beamtin in Camden ihr Zeit dazu ließ. »Du solltest dir Freunde aus London einladen, Annie!«
»Wen?«

Wir lachten. Als wäre es komisch, daß Jeremys Freunde nicht meine Freunde gewesen waren, daß ich jahrelang, ohne es zu ahnen, in einem gesellschaftlich glänzenden Narrenparadies gelebt hatte. Ob meine Tochter mich deswegen so geringschätzte? Nun hatte ich genügend Zeit, um über meine Beziehung zu Carol nachzudenken. Mein Schwiegersohn war ein Fremder. Er ging mich also nichts an. Aber Carol ging mich eine verdammte Menge an. Haßte ich sie? Unsinn! Dazu war sie zu albern. Ich glaube, man liebt oder haßt nur Leute, die man tief respektiert – wie ich Jeremy geliebt hatte. Carol war ein Ärgernis. Nicht mehr. Aber auch nicht weniger. Schließlich hatte sie mir das Leben in meinem Heim unerträglich gemacht. Sonst wäre ich nicht ins Altersheim geflüchtet, nur weil sie es vorgeschlagen hatte.

Ich saß zwischen allen Stühlen und Lebensaltern. Carol und Keith waren wirklich zu jung für mich, und die alten und steinalten Hennen im Heim waren eben Fossilien. Bis auf Lady Westcott mit ihrem Jägerhut. Eine kühne und fabelhafte Person, die nur zu Tee und Toast im Heim erschien, mit niemandem redete und immer ihren alten Filzhut trug. Sie gehörte zu den wenigen Insassen, die Matron von Zeit zu Zeit in ihre Privaträume zum Tee einlud. Das war im »Richmond« wie eine Einladung in den Buckingham-Palast in London.

Lady Westcott warf manchmal ihren Kopf wie ein widerspenstiges Pferd zurück. In solchen Augenblicken ging selbst Nurse Cunningham in weitem Bogen um sie herum. Die hätte meiner Tochter Bescheid gesagt! Lady Westcott hätte das spielend, mit gesträubter Mähne, fertiggebracht. Ein einziges Mal ruhte ihr Blick prüfend auf mir, als ich ihr zum Tee »ihren Apple-Pie« brachte. Es war, als fragte sie sich, was ich in diesem Altersheim verloren hätte. Aber sie sagte nichts und stürmte ins Freie, mit ihrem Jägerhut auf dem Kopf. Ich fand sie unvergeßlich. Vielleicht, weil sie mich einfach durch ihr Dasein vor den üblichen verallgemeinernden Urteilen über alte Menschen bewahrte. Wir sind wohl im Alter selten so alt, wie der Kalender uns mitteilt. Das sagte sie mir und wieherte gutgelaunt. Sie war selten guter Laune, und wenn es doch mal so aussah, machte sie es immer durch ein plötzlich verfinstertes Gesicht wieder gut. Sie verließ das Altersheim drei Tage vor dem alljährlichen »Witwenball« und kehrte nicht zurück. Selbst Matron gab widerwillig zu, daß Lady Westcott »eine gewisse Lücke« hinterlassen hätte.

Was ich in furchtbarer Vorahnung den »Witwenball« nannte, fand immer am Silvesterabend im Heim statt. Der ehemalige Ballsaal dieses riesigen Herrenhauses war hell erleuchtet, so daß Besucher jede Runzel in den geschminkten Gesichtern der alten Damen sehen konnten. Sie waren aufgetakelt wie zu den vergangenen Bällen der Debütantinnen auf der Walzerjagd nach passenden Ehemännern und tanzten unschuldig miteinander, falls sie noch tanzen konnten, ohne umzufallen. Hohes Alter scheint der Kindheit zu gleichen – Sex erhebt nicht mehr das schöne oder häßliche Haupt, wie Jeremy behauptet hatte. Er hatte nicht das Alter erreicht, um es herauszufinden. Ich war nicht gerade in Festtagslaune, mußte aber mitmachen. In dieser Beziehung erinnerte das »Richmond« mich an die Schule: Spielverderberinnen werden nicht geduldet. »Fröhliches Mithalten« wird erwartet und durchexerziert.

Ich trug – zum ersten Mal – mein ausgeschnittenes »kleines Schwarzes« mit dem kirschroten Samtumhang, auch Lippenstift und Make-up wie in guten Tagen mit Jeremy. Ich erntete einen wohlwollenden Blick und ein freundliches Kopfnicken von Matron, die ihrer tadellos geschnittenen Uniform eine gräßliche, aber kostbare Brosche zugefügt hatte. Nurse Cunningham hatte sich in keiner Form geschmückt, da sie wußte, wie alles kommen würde. Wie lange würden die alten Hen-

nen tanzen, bis sie wie Stoffpuppen des Kasperletheaters umfielen? Hahaha!
Jeremy hatte mich einmal zu einer Kunstausstellung von Daumier geschleuppt. Er kannte alles, auch französische Malerei. Wenn etwas mich an jenen Maler erinnerte, waren es die tanzenden Gespenster mit den dürren oder fetten Hälsen, die wie alte Bäume Ringe und Furchen zeigten. Aber auch sie waren einmal Frauen und Mütter gewesen, geliebt oder wenigstens respektiert. Hatten sie dieses Leben so gründlich hinter sich gelassen oder vergessen, als sie da so unschuldig miteinander tanzten und kicherten? Hätte Lady Westcott die Tänzerinnen erschossen? Offenbar besaß Matron ihren gewohnten Falkenblick, denn sie flüsterte Miss Cunningham zu, daß Lady Robertson und Mrs. Brandon genug getanzt hätten. Sie sollten nun ihr Eis essen und sofort nach Mitternacht ins Bett gehen. Cunningham nickte. Sie war sehr zufrieden, daß sie nicht tanzen mußte.
Noch eine volle Stunde bis Mitternacht! Mein kleines Schwarzes spannte unterm Arm, aber sonst war es lose geschnitten, und das rote Cape verbarg meine aufdringlichen Rundungen. Ich sah wirklich recht nett aus. Aber wozu eigentlich?
Eine halbe Stunde später wußte ich es. Aber mir war nicht klar, ob ich wachte, Wein trank und kaltes Huhn aß oder träumte. Das gab's doch nicht in einem Altersheim! Aber da Matron mich dem Unbekannten vorstellte, schien ich immer noch auf dem Witwenball zu sein.
Dr. Robert Gordon, ein Facharzt für Nervenleiden aus London, hatte sich Matron zuliebe von einer Familienfeier (Großeltern!) losgerissen und wollte doch noch schnell im »alten Jahr« nach seinen alten Damen sehen. Er besuchte das Heim für gewöhnlich einmal im Monat, war aber zu einem Psychiater-Kongreß in Paris gewesen, »wo sie alles besser wissen, auch was sie nicht wissen«, wie er Matron sagte. Aber er lächelte so liebenswürdig und mit Selbstironie, als teilte er

die Meinung der »Frenchies«. Er sah großartig aus, war etwa zehn Jahre jünger als ich, was ja für einen Mann als das beste Alter gilt, und er belebte mich erstaunlich. Er fragte, wen ich hier zum »Witwenball« besuche. Ich sagte, ich wäre hier Mitglied. Er bat mich, keine Witze zu machen, und ich erklärte ihm, es wäre kein Witz.

Matron lauschte diesem Gedankenaustausch ohne Kommentar. Dann zog sie Lady Knight geschickt vom Tanzboden, verstaute sie in einem bequemen Sessel, zog für sich einen Hocker heran und beruhigte die erschöpfte alte Frau mit Zuspruch und Limonade. In ihrer Art blieb Matron mir unvergeßlich. Sie lebte wirklich für ihre alten Hennen.

Was dachte sie von diesem festlichen Verfall? Sie verriet es mir mit keinem Wort und keiner Geste, während Nurse Cunningham sich keinen Zwang antat und ihre weißhaarigen Schützlinge gutmütig neckte und zum Narren hielt. Ihr Wiehern gehörte wohl zu diesem makabren Fest. Wie die Papiergirlanden und die komischen Papierhüte, die schauerlich auf den alten Köpfen wippten.

Ich zog mein Cape fester um die Schultern.

»Wollen wir tanzen?« fragte Dr. Gordon.

III

Verführte er mich, oder verführte ich ihn? In jedem Fall mußten wir beide zur gleichen Zeit für eine Abwechslung oder ein Erlebnis reif gewesen sein.

Was am Witwenball begonnen hatte, entwickelte sich zu einer Beziehung, die wir niemals als »Liebe« bezeichneten. Vielleicht war ich zehn Jahre zu alt dazu und er zehn Jahre zu jung. Aber ich wußte, ich liebte ihn auf eine ganz andere Art, als ich Jeremy geliebt hatte. Ich meinte auch, daß diese Beziehung eventuell zu einer Ehe führen könnte, da Robert allein mit seiner älteren Schwester in einem Haus in der Heide von

Hampstead lebte. Die Schwester war auf Reisen, und er mußte ziemlich einsam sein. Die Heide von Hampstead ist allgemein beliebt und bewundert, aber Robert äußerte sich niemals über dieses Naturereignis in einer Riesenstadt. Auch über seine Schwester schwieg er so beharrlich, daß ich ihn nicht mehr fragte. Ich hatte meinen Mann alles fragen können, und Jeremy hatte milde und geduldig geantwortet. Vielleicht merkte ich erst jetzt, wie verwöhnt ich gewesen war.
Indessen hatte meine Tochter den Sohn und Erben zur Welt gebracht. Ich fuhr ins Krankenhaus nach London, um meinen Enkel zu sehen. Er lag in der Familienwiege und blickte mich freundlich mit Jeremys Augen an. Ich war so erschüttert über diese Augen, daß ich mir die Tränen verbeißen mußte. Meine Tochter war freundlicher als üblich und sagte sogar: »Du siehst fabelhaft aus, Mum!«
Sie hatte mich ewig nicht mehr so genannt, und eine kleine warme Welle stieg doch in mir hoch. Dann stillte sie das Baby, und wir drei waren tatsächlich glücklich miteinander. Aber ich fühlte, daß das junge Ehepaar und der kleine Jeremy eine Einheit in meinem Haus waren, und die wollte ich nicht stören. Doch das ist nur die halbe Wahrheit, denn ich wollte ja Robert Gordon heiraten und in dem Haus in Hampstead mit ihm leben. Seine Schwester könnte dann in ein Altersheim gehen – am besten ins »Richmond«. Es ist einfach wunderbar, wie man die Angelegenheiten unbekannter Schwestern arrangiert! Robert hätte gestaunt, aber so einfältig war ich nun doch nicht, daß ich die Zukunft seiner Schwester mit ihm besprechen würde. Da er nie eine eventuelle Heirat erwähnte, konnte ich nichts sagen. Ich gehörte zu den altmodischen Frauen, die warten, bis man sie fragt.
Robert und ich verbrachten unseren Liebesfrühling im Hause eines seiner abwesenden Freunde in Richmond. Das Haus lag an der Themse, und für den Sommer würde es ein Segelboot und Gelegentheit zum Schwimmen geben. Aber soweit war

es noch lange nicht. Der Freund machte Studien in Asien, und wir waren ungestört. Es würde ein wunderbarer Sommer werden. Leider konnte ich Baby Jeremy nicht hierherbringen. Aber man kann eben nicht alles haben.
Ich bemühte mich ehrlich, keine Illusionen zu nähren. Ich durfte eben nicht vergessen, daß ich über zehn Jahre älter als Robert war, selbst wenn ich es oft völlig vergaß. Oder er . . . Robert war sehr verschlossen, und ich versuchte ohne Erfolg, ihn vorsichtig auszufragen. Über seine Eltern, seine Verwandten und natürlich seine Schwester.
In dieser Zeit hatte ich merkwürdige, etwas erschreckende Träume. Das war befremdlich, weil ich so glücklich war. Aber manchmal erschien Robert in meinen Träumen mit einem gräßlichen Vogelkopf, oder er hatte ein Gesicht wie ein Hund, und es war trotzdem Robert. Ich schrie so laut, bis ich aufwachte und mir den Schweiß von der Denkerstirn wischte. Ich trank abends vor dem Einschlafen heiße Milch mit Honig. Es nützte nichts. Die Träume wurden erschreckender in dem Maße, wie der wirkliche Robert zärtlicher wurde. Ein herrlicher Fall für Freud oder Jung. Schwamm drüber!
Da ich nichts aus dem lieben Robert herausbekommen konnte, fragte ich schließlich Matron, ob sie seine Schwester kenne. »Nur vom Hörensagen«, sagte Matron. »Haben Sie Miss Allens Strickwesten gesehen, Annie?« Matron verstand es wie keine zweite, das Thema blitzschnell und dabei diskret zu wechseln. Wo immer sie konnte, vermied sie persönliche Auskünfte, was in einem solchen Betrieb natürlich das einzig Richtige ist. Bei Tee und Toast schoß der Klatsch wie Unkraut um den Teetisch hervor, und Tränen und Beleidigungen waren an der Tagesordnung. Wie überall, wo das Leben definierte Begrenzungen hat und eine gewisse Todesnähe besitzt.
Einmal sagte Robert: »Ich liebe dich mehr, als ich möchte und dürfte.« Eine sonderbare Bemerkung. Er war doch sein eigener Herr und konnte sich Gefühle leisten. Oder etwa nicht?

Ich verstand diese Bemerkung nicht. Wenn Robert nicht so ehrlich gewesen wäre, hätte ich ein unangenehmes Geheimnis gewittert.
»Was soll das heißen, Robert?«
»Vergiß es!«
Viel später, in einer anderen Situation, erinnerte ich mich an diesen Ausspruch. Aber später ist immer zu spät.
Robert blickte so düster, wie meine Tante Rebecca ohne jeden Grund geblickt hatte. Oder ich kannte ihre Gründe sowenig, wie ich seine Probleme kannte. Man kennt fast niemanden näher. Vielleicht ist das auch gut so. Ich meine, wenn man seine Illusionen einpökeln will, damit sie sich länger halten.
»Oh, Robert!«
Er küßte mich endlich, und alles war in Ordnung. So einfach ist das. Ist es so einfach?
Nun lachte er wieder.
Was quälte ihn? Oder wer? Wußte er nicht, daß ich ihn liebte und daß er mir alles sagen konnte? Irrtum, meine Dame! Man kann und muß und soll nicht alles sagen. Niemals! Robert mußte das genau wissen, denn er sagte mir weder »alles« noch überhaupt irgend etwas.
Ein kühler Wind wehte von der Themse. Ich fröstelte. Es war Februar. Plötzlich konnte ich mir nicht vorstellen, daß es jemals Frühling werden würde, und verbiß mir die Tränen. War etwa das Ende in Sicht, und nur ich sah es nicht? Unsinn. Robert konnte nicht liebevoller und erfahrener sein. Er erklärte mir fast alles über plötzliche Depressionen. Sie kommen und gehen. Wie der Winter und der Steuerberater. Es wurde ein reizender Abend. Der letzte im Haus von Roberts Freund. Wo sollten wir uns jetzt verstecken? Warum machte Robert nicht Schluß mit einem Zustand, der eigentlich nicht mehr zu unseren Gefühlen paßte? Oder jedenfalls zu meinen ... Er versetzte mich immer noch gelegentlich in Euphorie, obwohl Überschwang mir eigentlich wesensfremd ist. »Du bist so

herrlich praktisch«, hatte mein Mann oft gesagt. Er hatte nie meine Stimmung in Höhen getrieben, wie Robert es vermochte. Oder hatte mein Mann das unpassend für Ehefrauen gefunden? Von eigenen Zerstreuungen abgesehen, war er etwas puritanisch angehaucht gewesen. Lieber Jeremy! *Er* hatte mich umgehend geheiratet.

Hatte Robert eine Phobie vor der Ehe entwickelt, weil er in seiner Praxis so viele mißratene Verbindungen sah? Oder wollte er nicht heiraten, weil die schöne Erregung sich mit der Zeit in Alltagsstimmung verwandelt? Wer wußte es besser als der Herr Psychiater R. Gordon? Gegen ihn war Jeremy direkt einfach gewesen. Ich zog ein durchsichtiges Seelengewebe den verschleierten Zuständen vor, aber wie konnte ich das Robert klarmachen, ohne ihn tief zu kränken? Er war ja nicht unaufrichtig, nur verschlossen. Und falls er irgendein privates Geheimnis hütete, so war das nach Landessitte ausschließlich seine eigene Angelegenheit.

Aber ich hätte gern gewußt, was er vor mir verbarg, falls er etwas verbarg ... Ich wußte nur eins mit Sicherheit: Was immer es war, es würde mir nicht besonders gefallen. Woher wußte ich das? Weiblicher Instinkt? Ahnungsvermögen? Mutmaßung? Da ich kein Seelenarzt bin, weiß ich es nicht. Wer immer gesagt hat, daß Ahnungslosigkeit glücklicher macht als Wissen, der wußte, was er sagte.

Erst einmal zerbrach der liebe Robert sich den Kopf darüber, wo wir uns nun ungestört treffen könnten. Mein Haus war von meiner Familie besetzt. Ellen lebte in einem Wohnblock, wo jeder die Nachbarn kannte und beobachtete. Aber da war Roberts leeres Haus in der Heide von Hampstead. Seine ältere Schwester war immer noch in Hongkong, also in ziemlich sicherer Entfernung. Ich wartete darauf, daß er diesen Ausweg vorschlagen würde, aber da er es nicht tat, kam ich auf diese Lösung. Ich wollte sowieso mein künftiges Heim besichtigen, denn daß wir heiraten würden, sowie ich Robert an diesen Gedanken gewöhnt hatte, war selbtverständlich. Der Plan gefiel mir ausnehmend gut. Ich würde nicht nur einen guten Blick auf mein künftiges Heim werfen können, sondern auch schon jetzt wissen, was alles geändert und erneuert werden mußte. Junggesellen und alte Mädchen haben keine Ahnung. Wahrscheinlich war das Haus grauenhaft ungemütlich, verwohnt und keine Verlockung für Besucher.

Das ziemlich große Haus mit dem romantisch verwilderten Garten lag zurückhaltend im Dunkeln. Allein hätte ich mich nie in diese Finsternis gewagt. Die Heide lag drohend im Hintergrund. War das Hampstead oder ein besonders böser Traum? Robert beleuchtete die Anfahrt und die Freitreppe mit seiner starken Taschenlampe und suchte nach seinen Türschlüsseln mit derselben ungeduldigen Hast, wie mein Mann seine Schlüssel gesucht hatte. Es war die einzige Ähnlichkeit zwischen ihnen und wahrscheinlich allen Männern, denn auch mein Schwiegersohn suchte verärgert und wild nach den Schlüsseln zu unserem gemeinsamen Heim.
»Laß uns lieber in ein Hotel fahren, Anne!« Er nannte mich nie »Annie«, und ich nannte ihn nie »Bob«.
»Aber, Robert!«
»Schon gut.« Es klang beinahe mürrisch. Ich wäre ganz gern zu Baby Jeremy gefahren, konnte aber Robert unmöglich darum bitten, da eine Nacht der Liebe vorgesehen war und alle Männer einen Gegenvorschlag übelnehmen. Hätte ich nur diesen Gegenvorschlag geäußert!
Mir wäre viel erspart geblieben.

IV

Die große, dunkle Halle des Hauses in der Heide war nicht gerade einladend. Wenn Robert mich nicht gehalten hätte, wäre ich über einen Bärenkopf mit anschließendem Fell gestolpert.

»Paß doch auf«, sagte er im Ton eines langjährigen, schlechtgelaunten Ehemannes, den die Ungeschicklichket seiner Frau zur Raserei bringt. Mir blieb vor Staunen die Sprache weg, was mir nicht oft passiert.

Inzwischen hatte Robert die Halle schwach erleuchtet, was ihr nichts von ihrer öden Ungastlichkeit nahm. Hinter einer Säule schlängelte sich eine Treppe zum ersten Stockwerk mit einer imposanten Galerie empor. Sicher hingen dort die Ahnen der Familie Gordon. Ich hätte mich nicht gewundert, wenn ein Ahnherr seinen Bilderrahmen verlassen und mich mit einem Feuerhaken erschlagen hätte. Dieses Haus verabscheute Besucher. Ich witterte es und nieste. Robert zuckte zusammen.

War dies überhaupt sein Haus, wenn man nicht einmal niesen durfte? Es *war* sein Haus, aber ...

Statt des Ahnherrn mit dem Feuerhaken erschien eine große, knochige, grauhaarige Frau am Geländer der Galerie. Sie hatte ein helles Licht angeknipst und starrte uns einen Augenblick sprachlos an. Seine Schwester!

Selten hatte ich eine so unsympathische Person gesehen. Miss Gordon, Vorname unbekannt, starrte erst ihren Bruder und dann mich ungeniert und mit unverhohlener Abneigung an.

»Da bist du ja endlich! Wo hast du dich herumgetrieben?«

»In Richmond.«

»Es tut mir leid, daß ich Ihnen den Abend verderbe«, sagte sie mit so offensichtlichem Hohn, daß ich zusammenzuckte. »Aber mein Mann sollte endlich wissen, daß unser Haus kein Absteigequartier ist.«

Mein Mann? Hatte ich mich verhört? Ich blickte Robert benommen an. Oder wollte ihn anblicken. Aber er war hinter einer der schweren Eichentüren in der Halle verschwunden. Das Vernünftigste, was er tun konnte. Oder die feigste Flucht dieses Jahrhunderts.

Er ließ mich mit dieser Ehefrau allein. Sie blickte in jeder

Beziehung auf mich herab. Einen Augenblick lang fühlte ich etwas von ihrer sarkastischen Empörung. Aber sie war so gräßlich und dabei so exzentrisch, daß ich sie verabscheute. Viel tiefer aber verabscheute ich meinen Liebhaber, der sich dieser Situation durch Flucht entzogen hatte.

»Was hat er Ihnen für einen Unsinn erzählt?« fragte sie ganz milde. Auf ihrer Schulter hockte ein Papagei, der ungeniert »Unsinn, Unsinn« schrie. Aber sie hatten ja beide recht.

Jetzt fiel mir ein, wie Robert es einmal beklagt hatte, daß er mich überhaupt liebte. Diese Klage hätte er sich schenken können, denn er liebte nur die Abwechslung und vielleicht noch seine Frau. Sonst wäre er wohl kaum bei ihr geblieben.

Mrs. Gordon trug ein kostbares, aber abgetragenes und mit Flecken verziertes Hausgewand, das sie noch dürrer und größer erscheinen ließ, als sie sowieso war. Sie mußte in ihrer Jugend gut und nicht alltäglich ausgesehen haben; jetzt wirkte sie wie ein ausgegrabenes tragisches Monument – gebunden an einen jüngeren Mann, der sie betrog, wo er konnte, und doch geheimnisvoll an sie gebunden war, wie es nur in einer langjährigen Ehe der Fall sein kann. Was immer Robert Gordon in seiner freien Zeit trieb, er wohnte und lebte mit seiner Ehefrau in demselben Haus. Wenn er mich nicht beim Witwenball nach allen Regeln der Verführungskunst verrückt gemacht hätte, dann wäre ich jetzt noch im »Richmond« oder bei Baby Jeremy.

Da mir schwindelig war, setzte ich mich uneingeladen auf eine Truhe in der Halle. Sie war reich geschnitzt und ein etwas schmerzhafter Ruheplatz. Ich murmelte, daß ich in einigen Minuten gehen würde.

»Eine ausgezeichnete Idee«, sagte Mrs. Gordon mit hörbarer Ungeduld. Wahrscheinlich hatte sie mit dem Abendessen auf ihren Mann gewartet, wie alle betrogenen Ehefrauen auf der Welt.

Der Regen donnerte an die hohen bunten Fensterscheiben

der Halle. Wie sollte ich zu Ellen kommen? Ich mußte telefonieren. Die einfachste Sache auf der Welt unter normalen Umständen. Nur begünstigten Mrs. Gordon und ihr Papagei keine normalen Umstände. Aber mein Auftauchen war wohl wirklich zuviel. Das durfte man nicht vergessen. Was hätte ich gesagt und getan, wenn Jeremy mit seiner korpulenten Konkubine bei uns daheim angerückt wäre? Wenn ich nicht apathisch vor Schock gewesen wäre, hätte ich meinen Sinn für Gerechtigkeit bewundert. Witwen neigen zum Weihrauchschnuppern an der eigenen Person. (Ausspruch von Jeremy, der eine gewisse Witwe nicht bei einem fröhlichen Dinner sehen wollte. Nicht in seiner Nähe und überhaupt nicht. Er hatte mir geraten, sie mit einer anderen Witwe zum Nachmittagstee einzuladen. Jeremy war wunderbar gewesen, aber natürlich auch nur ein Mann. Sein Dickerchen war Leiterin einer großen Werbefirma gewesen. Alle hatten gearbeitet, nur ich nicht.) Später las ich im »Guardian«, daß Mrs. Elvira Gordon, die Gattin des bekannten Psychiaters, gelehrte Bücher über Vögel schrieb (Photos von Ehemann Gordon). Also bei den Vögeln trafen sie sich! In Ordnung. Ein Ehepaar mit einem gemeinsamen Lebensinteresse bleibt wie Pech und Schwefel zusammen.
Ein Hauch von Schwefel mußte wohl auch diese Halle durchziehen, denn mir wurde so elend auf der Truhe, daß ich mich nicht erkundigte, wo die Gordons ihr Telefon versteckten. Ich mußte Ellen anrufen. Ich stürzte nur wildfremden Leuten ins Haus, nie meinen Freunden oder Verwandten. Selbst in meinem eigenen Haus meldete ich mein Erscheinen bei Tochter und Schwiegersohn an. Aber das hatte Zeit.
Mein Blutdruck mußte in die Höhe geklettert sein, denn mein Herz klopfte aufdringlich laut, und meine Stirn bedeckte sich mit kaltem Schweiß, wie damals bei der Trauerfeier für meinen Mann. Damals war ich in feierliches Schwarz gehüllt gewesen, jetzt saß ich in einem alten triefenden Regenmantel

auf einer Art Prokrustesbett und hätte mir gern einen unerwähnbaren Körperteil gerieben. Der Papagei mußte im Nebenberuf Gedankenleser sein, denn er schrie »es juckt« und lachte mit seiner »Madam« um die Wette.
»Entschuldigen Sie«, gluckste Mrs. Gordon, »Sie sehen wahnsinnig komisch auf der Truhe aus.«
»Kann ich irgendwo telefonieren?«
Mrs. Gordon ging von grausamem Gelächter sofort zur Tagesordnung über. Auch der Papagei machte ein ernstes Gesicht, da er seine Winke von ihr erhielt. Er war besser dressiert als ihr Ehemann hinter der Tür.
Anstatt mir zu erklären, wo sie das Telefon versteckten, starrte Madam mich sprachlos an, als ob ich gefragt hätte, wo sie gestohlene Gemälde verbargen. Dann fragte sie, wie in aller Welt ich auf ihren Ehemann hatte hereinfallen können.
»Sie sind schließlich kein Frühlingsküken, nicht wahr? Mein Mann liebt ältere Jahrgänge.« Sie und der Papagei lachten unangenehm. »Es mag Ihnen komisch vorkommen, aber mein Mann braucht bei seiner schwierigen Arbeit eine Menge Ruhe. Du lieber Himmel, es gibt so viele Männer, die man belästigen kann! Theatermänner, Computer-Verkäufer, Gärtner, Verfasser politischer Reden, Hundezüchter – alle haben mehr Zeit für Sie als er.«
Woher wußte sie das? Ich schwieg und suchte verstohlen nach dem Telefon, das jeder Psychiater braucht wie seinen Tee und seinen Spaß. Mrs. Gordon, die sich an ihrem Thema festgebissen hatte wie ein Köter an einem Wurstende, erwähnte noch männliche Klatschbasen, die sich als Journalisten bezeichnen, Taubstumme und Kartenspieler.
»Wo kann ich nach einer Taxe telefonieren, Mrs. Gordon?«
»Eine ausgezeichnete Idee! Aber mein Fahrer wartet draußen auf Sie.«
»Vielen Dank«, sagte ich mit einer fremden, schrillen Stimme, die dem Papagei so gefiel, daß er dreimal hintereinander die

Danksagung wiederholte. Am liebsten hätte ich mir die Ohren zugehalten, aber das hätte den beiden in der Galerie nur Spaß gemacht. Ich bewahrte Fassung, was immer die Anstrengung mich kosten würde. Ich erwartete nicht mehr, daß Dr. Gordon erscheinen und seine Gattin ersuchen würde, den Mund zu halten. Kurzum, daß er sich wie ein normaler Ehemann benehmen würde, obwohl er es ablehnte, mich vor Vögeln mit sonderbarem Gefieder zu beschützen. Aber da er Vögel studierte, würden die Exemplare in der Galerie ihn wohl nicht erstaunen. Wenn nur meine Freundin Ellen hier gewesen wäre! Sie war schlagfertig, furchtlos und mitfühlend und hätte Madam und ihrem Vogel Bescheid gesagt. Aber ich durfte nicht an Ellen denken oder an den Mann, in den ich mich in Richmond verliebt hatte. Ich mußte endlich versuchen, auf den eigenen wackligen Füßen zu stehen.

Madam unterhielt sich mit ihrem Papagei. Sie sprach, als hätte sie Kieselsteine im Mund, die bei jedem Wort klirrten. Im Augenblick sprach sie zu der Tür, hinter der ihr Mann sich verbarg.

»Du kannst rauskommen! Die Person ist gegangen.«

Wenn etwas mir die Energie zur Flucht gab, war es diese raffinierte Lüge. Gestützt von Madams Fahrer, übergab ich mich in den Büschen.

»Es regnet«, bemerkte ich idiotisch.

»Dafür ist es London«, erwiderte der Fahrer befriedigt.

Auf dem Weg zu Ellen fiel mir ein, daß ich sie nicht angerufen hatte. Glücklicherweise war sie daheim. Ihre Schlüssel lagen nämlich in meiner Schublade im Altersheim. Sie machte mir ein heißes Bad und heißen Tee mit Zucker. Ich konnte nichts anderes herunterbringen, obwohl meine Diät mit meinem Liebestraum nun ins Reich der Fabel gehörte. Jetzt konnte ich so fett sein, wie ich wollte. Der erste Silberstreifen am Horizont.

Die Heimkehr verlief einfacher und angenehmer, als ich in meinen kühnsten Träumen erwartet hatte. Meine Tochter schien entgegen jeder Erwartung erfreut zu sein. Wahrscheinlich fühlte sie keine Gewissensbisse mehr, daß sie mich eigenhändig ins Altersheim getrieben hatte. Ich hatte diese Tatsache nie bei ihren Besuchen im Heim erwähnt, und ich glaube, sie war mir pathetisch dankbar dafür. Aber sie suchten bereits eine kleine, sonnige Wohnung für sich und das Baby, das mich weiterhin mit Jeremys Augen anblickte.

Das Altersheim, mein Liebhaber und Madam mit ihrem Papagei waren nach kurzer Zeit einfach nicht mehr wahr. Sie verblaßten wie alte Fotos mit bräunlichen Rändern.

Ich nahm mir meine Strickmaschine vor und strickte einen Pullover für Matron. Sie hatte nicht gelogen, als sie sagte, sie kenne Roberts ältere Schwester nur vom Hörensagen. Diese Dame beobachtete Vögel in Oxford, und sie hatte meinen Segen. Matron log nie. Als ich meinen Kram aus dem Heim abholte, lud Matron mich zum Tee ein. Sie trug meinen Pullover. Sie sagte, ich könnte Geld mit solchen Modellstükken verdienen. Da Matron nie log, mußte auch das stimmen. Ich sagte, ich würde es mir überlegen, denn da war ein leeres Haus in der Park Lane und reichlich Platz für eine Werkstatt. Matron gab mir zwei nützliche Adressen von Fachleuten und bat mich, es nicht bis zum Jüngsten Tag zu überlegen. Sie kannte ihre Damen, das mußte man ihr lassen.

War ich jetzt glücklich oder unglücklich? Ich habe keine blasse Ahnung. Es genügte mir, daß ich nicht unzufrieden, nicht ruhelos, nicht ewig im Kampf mit Tochter und Schwiegersohn war. Sowie wir getrennt lebten, würden wir wieder Freunde sein. Wir paßten nicht zusammen, und ich hatte eingesehen, daß niemand schuld daran war. – Eine frischgebackene Witwe macht allerhand Fehler, die mir jetzt nicht mehr unterlaufen würden. Man lebt, heult und lernt!

Auch beim Witwenball in Richmond hatte ich etwas dazuge-

lernt. Ich konnte es nur nicht ausdrücken. Das war mir immer schwergefallen. Jeremy hatte alles gesagt, was nicht von mir kommen konnte. Hatte er mich zu sehr verwöhnt? Wahrscheinlich und in hohem Maße verzeihlich.
Was hatte ich also bei jenem Witwenball gelernt oder erfahren? Daß nicht alles Gold ist, was eine Nacht lang glänzt? So etwas Ähnliches. Daß man keinem Mann trauen darf? Unsinn! Ich kannte Dr. Gordon überhaupt nicht und hatte ihn zum ersten Mal in seinem Haus erblickt.
Romantische Liebe? Dazu war ich zu alt und erfahren gewesen, hatte es mir aber damals nicht zugegeben. Man glaubt eben, was man glauben möchte, und mein Partner beim Witwenball stampfte Illusionen aus einem müden Erdreich. Ein großes Talent, das er immer wieder anwenden würde. Vielleicht hatte er bereits überlegt, wie er mich mit Anstand abschieben könnte, bevor Madam das Haus in der Heide von Hampstead betrat? Vielleicht. Aber es mußte nicht so gewesen sein. Ich wußte es nicht und wollte es nicht mehr wissen.
Aber natürlich dachte ich gelegentlich über meine Erfahrung beim Witwenball nach. Über den Aschermittwoch. Über Rausch, Feuer, Rauch und Asche. Über Witwen. Aber nie über Witwenbälle. Die waren wohlgemeinte Fehlanzeigen. Eine zweite und dritte aufgeputzte Kindheit ist nichts Frohes und Erheiterndes, auch nicht, wenn solche Feste Tradition geworden sind. Wie im »Richmond«. Aber was immer man darüber dachte, ich hatte meine Lektion über Frühling und Herbst gelernt.
Nur finde ich es weiterhin bedauerlich, daß wir fast ausschließlich aus unseren schlimmen Erfahrungen etwas lernen, während wir im Glückszustand nicht selten negative Züge des Charakters zeigen: Gleichgültigkeit gegen fremdes Leid, Selbstsucht, Arroganz und Mangel an Phantasie im Umgang mit unseren Nächsten und Liebsten. Warum ist das so?
Was nützt das Grübeln? Die komischen und tragischen Lek-

tionen – was nützen sie zu einer späteren Zeit, in einer anderen Situation?
Je rascher die Jahre vergehen, desto langsamer erkläre ich mir die Reinfälle, die das Leben mir serviert hat.
Wenn ich ganz ehrlich mit mir bin, habe ich nur bei jenem Witwenball meine Lektion gelernt. Dafür sollte ich Dr. Gordon, Madam und dem Papagei dankbar sein.
Bin ich ihnen dankbar? Manchmal. Aber meistens nicht. Und wenn ich, wie man das nennt, ein gesegnetes Greisenalter erreichen sollte, dann werde ich sagen: »Witwenball? Was ist das?«
Und nur eine Närrin wartet auf Antwort.

Indiras Fenster

East End: Spitalfields

»Wir alle sehnen uns nach Zugehörigkeit.«
Radek Sikorski

Vor meiner Heirat sagte mein Mann: »Deine Augen sind tief und leuchtend wie die indische Nacht.« Jetzt sagt er: »Starr mich nicht an, dummes Weib!« Daheim hätte er sich eine so grausame und respektlose Rede nicht geleistet, denn er stand gesellschaftlich zu tief unter der Familie Mukerjee in Delhi. Hier in London ist alles recht. Hari kann mich anbeten, was er tat, oder beschimpfen, meine Familie ignoriert ihn, mich und unsere Wohnstätte in der Brick Lane, ungefähr die schlechteste Adresse für die Enkelin von Brahmanen.
Ich wurde daheim sorgfältig erzogen und studierte ein bißchen Poesie, Hindu-Weisheit und Rechenkunst. Hari ist nur ein Kellner und hat nie etwas, außer Frauen und Trinkgeld, studiert. Aber er ist schön wie der Gott Shiva und genauso hinterhältig. Ich liebe und hasse ihn abwechselnd.
Meine Eltern schickten mich vor drei Jahren zu meinen Verwandten nach London. Sie haben eine Villa in Belsize Park und verkehren nicht mit einem Kellner aus Spitalfields. Aber hier ist das indische Restaurant, wohin die Belsize-Mukerjees mich zu meinem zwanzigsten Geburtstag einluden. Gute heimische Küche, wie mein Onkel sie in Hampstead offenbar

nicht findet. Hari bediente uns. Er blickte mir in die Augen. Ich blickte zurück. Und deswegen lebe ich jetzt in Spitalfields, eine Ausgestoßene. Sie betrachten meinen Ehegatten wie einen Unberührbaren. Sie sehen an ihm vorbei, was ihnen in Belsize nicht schwer wird. Sie blicken höchstens bis Primrose Hill.

Natürlich wohnt Großonkel Krishna, der Stolz unserer Familie, auch bei Onkel Rabindra Mukerjee in der Belsize-Villa. Auf eigenen Wunsch bewohnt er dort eine geräumige Dachkammer. Er ist ein weiser Brahmane, ein Asket und Philosoph und lädt mich alle paar Monate zum Gespräch ein. An diesem Feiertag ist die Villa wie ausgestorben, was mir nur recht ist. Ich steige stumm die teppichbelegten Treppen zu meinem Großonkel hinauf. Ich atme hastig und etwas mühsam. Ich bin nun in meinen Zwanzigern und nicht mehr jung. Großonkel K. bewirtet mich mit Tee und indischen Eierkuchen, die die Köchin wie daheim zubereitet. Großonkel verzichtet auf jeden Genuß, selbst wenn er indisch ißt. Er lebt und meditiert in höheren Sphären, was den Umgang mit ihm etwas schwierig macht. Ich bitte ihn beispielsweise um seinen geschätzten Rat in der Frage, wie ich meinen bösartigen englischen Nachbarn begegnen soll, worauf Großonkel Krishna nach langer Pause bemerkt, daß der Mond sich im Wasser spiegele. Dann betrachtet er ein Wandbild, das die Familie von Delhi nach Belzise Park transportiert hat. Gott Krishna rettet den Prinzen Rama in der Gestalt eines weißen Elefanten. Großonkel blickt mich sinnend an. »Der Abgrund ist da. Keine Brücke«, murmelt er. Das braucht er mir nicht zu sagen. In Spitalfields gibt es nur Abgründe und keine Brücke zu den Nachbarn. Einmal sagte mein Großonkel, es sei dem Weisen gleichgültig, ob man ihn ehre oder entehre. Auch damit kann ich beschränkte Person nichts anfangen. Miss Witcherley von nebenan tut ihr Bestes, um Hari und mich zu entehren, und es kränkt mich in meinem Herzen. Miss Wit-

cherleys Neffe, ein Mitglied der »Nationalen Front« in Ost-London, schrie mich neulich ungesittet an:
»Geh dorthin zurück, wo du hergekommen bist, braune Nuß.«
Ich erwiderte ernst und gesittet: »Mein Name ist Indira Mukerjee und nicht ›Braune Nuß‹.« Er lachte zügellos und verschwand im Pub um die Ecke. Auch seine Tante, Miss Hester Witcherley, lacht mit ihrer Freundin, wann immer sie mich auf der Straße oder auf dem Markt sieht. Was ist so komisch an Indern? »Nimm dich in acht, Hexe«, denke ich. »Eines Tages reißt mein Geduldsfaden, Miss Witch«, denke ich.
Ich gehe nur auf die Straße, wenn ich einkaufen muß. Ich habe Angst vor den Nationale-Front-Burschen, vor Miss Witcherley, vor London. Ich hasse diese Stadt. Kalt, grau, gleichgültig. Steinwüste. Nicht einmal einen Lotosteich gibt es in der Brick Lane. Ganz zu schweigen von einem Teepavillon. Nur das Pub an der Ecke, mit dem dicken, erschreckenden »Landlord« und seiner hageren, furchterregenden Frau.
Einmal gingen Hari und ich in dieses Pub mit der langen Theke und hofften, unsere Nachbarn und ihre Frauen in der Ecke um den runden Tisch würden uns in ihrem Kreis willkommen heißen oder wenigstens nach unserer Gesundheit fragen. Das tun sie sonst automatisch, obwohl kein Londoner hören will, wie es einem geht. Wir nahmen am äußersten Ende der Theke Platz und bestellten Fruchtsaft. Da saßen wir wie auf einer menschenleeren Insel. Sie starrten uns an und schwiegen plötzlich, als ob sie gerade wieder über die »Horde« aus Pakistan geredet hätten. Sie haben keine Ahnung, daß wir Hindus aus Delhi sind! Für sie ist jeder hier ein Paki und soll dahingehen, wo der Pfeffer wächst. »Vielleicht sind sie schüchtern«, flüsterte ich meinem Hari zu. »Blödsinn«, flüsterte er zurück. »Trink aus und komm!« Daheim war er in schlechter Stimmung und fragte brummend, wann

ich endlich den Sohn liefern würde. Ich verhüllte mein Gesicht mit dem Zipfel meines Saris. In Delhi würde er mich zu meinen Eltern zurückschicken, braun und blau geprügelt. Unfruchtbare Ehefrauen haben die Hölle in Indien. Dagegen sind junge Witwen, die auch ein Jammerleben im schlechtesten Raum des Elternhauses führen, noch zu beneiden. Aber nicht allen Witwen und nicht allen kinderlosen Frauen geht es heutzutage so. Sie haben Berufe und manchmal Geld. Ich habe weder das eine noch das andere. Mamachen schrieb, der mir von Papachen bestimmte Ehemann habe indessen geheiratet und sei Vater eines Sohnes. Mamachen sparte sich ausnahmsweise Vorwürfe oder poetische Klagen. Sie hat mich wohl aufgegeben. Auch nicht sehr liebevoll von ihr. Strafen mich die Götter, weil ich einen Mann niedriger Kaste diesem schattenhaften Ehemann vorzog? Das ist altmodischer, trüber Gedankenabfall und einer modernen Inderin, die Poesie und Rechenkunst studierte, unwürdig. Großonkel K. sagte mir, daß Hari mich nur gelegentlich mißhandele, um seine eigenen Wunden zu heilen. Dann betrachtete Großonkel durch sein großes Fenster die Bäume im Garten.
Auch ich verbringe viele Stunden des leeren Tages an meinem Fenster, aber die Brick Lane bietet nicht stille, schöne Anblikke wie die großen, alten Baumfreunde in Hampstead. Nicht einmal die Unschuld der Wasserlilien gedeiht auf diesem trüben Pflaster.
Durch mein Fenster sehe ich die Arbeitslosen mit ihren Mädchen, keine freundlichen Bettler, häßliche Hausfrauen in Strickjacken und Schürzen und natürlich die Pakis mit ihren Turbanen, Bärten und ihrem kapitalistischem Schmuck. Aber sie haben keine Angst vor den Nationale-Front-Burschen. Diese Männer aus Pakistan ducken sich nicht, das muß ich ihnen lassen. Sie zahlen Miss Witscherleys Neffen zurück, was sie von ihm eingebrockt bekommen. Tom W. ist dünn und etwas kraftlos trotz seiner wilden Reden, während die

Pakis kraftvoll, vital, breit wie Kleiderschränke und furchterregend sind. Sie scheinen keine Sanftmut zu haben, wie mein Hari in seinen guten Stunden. Miss Witcherley ist lang, hager, graublond, mit Greisenzähnen und kleinen, scharfen, wasserblauen Augen. Sie soll Lehrerin gewesen sein. Ich kann mir vorstellen, wie ihre Schüler vor ihr zitterten, falls englische Schulkinder vor Angst und Respekt vor ihren Weisheitslehrern zittern. Im East End scheint das nicht üblich zu sein. Nie sah ich so dreiste, laute, ewig essende Kinder! Sie trampeln zügellos herum, machen keiner älteren Ehrenbürgerin Platz auf dem Markt oder tragen ihr ihre Einkaufsbeutel nach Haus. Dafür haben sie auf die alte rotgraue Mauer um die Ecke mit Ölkreide geschrieben: »Willkommen in der Curry-Straße!«, und »Pakis, verschwindet aus Spitalfields!«. Auf dem Sonntagmorgen-Markt werfen sie uns Bananenschalen in den Weg. Tom Witcherley immer vornean, wenn er nicht vor der alten Brauerei auf einen Spießgesellen wartet. Was hat er gegen asiatische Londoner? Wir haben ihm nie etwas getan. Diese Stadt birgt viele Rätsel. »Weiß bleibt weiß«, schreien sie vor meinem geschlossenen Fenster. Haben wir nicht alle rotes Blut?

Eben geht eine blonde junge Mutter vorbei. Ihr rosiges Baby hockt in einem Tuch auf ihrem Rücken. Ich verschlucke meine Tränen. Schenkt mir endlich einen Sohn, ihr Götter! Meine Eltern und Hari wären dann zufrieden mit mir. Wenn sie mir nur einen Tropfen Zuneigung schenken würden, ich würde ihnen einen Springbrunnen an Liebe spenden! Ob ich die Göttin Kali unwissentlich beleidigt habe? Sie ist schrecklicher als Miss Witcherley und viel mächtiger. Ich ermahne mich vergeblich, die Göttin Kali aus der Brick Lane zu entfernen. Sie gehört nicht hierher wie wir. Man würde ihr nicht den vorgeschriebenen Respekt zollen. London ist eine respektlose Stadt, man betet hier nur lokale Gottheiten an, in den Kathedralen und auf der Börse. In Spitalfields sind Leder-

waren großgeschrieben. Jeder dritte Laden riecht nach Leder und Schweiß, und die Pakis bereichern sich damit. Glücklicherweise bin ich zu sorgfältig erzogen, um Leder und Geld einen zweiten Gedanken zu schenken. Großonkel Krishna hat mir versichert, daß brahmanische Erkenntnis größere Seligkeit als ein fettes Bankkonto sei. Merkwürdig, er besitzt beides. Ich zittere vor dem Tag seiner Abreise. Er lehrt überall in diesem Land und errichtet Lehr-Hütten, sogar in Yorkshire, wo entsetzliches Wetter herrschen soll. Kein Brahmane kümmert sich um das Wetter.
Großonkel K. versichert mir, der Regen, der meinen dünnen Mantel peitscht, sei eine Sinnestäuschung. Ich habe herausgefunden, daß unsere Weisheitslehrer keine Trostspender sind.

Durch mein Fenster sehe ich meinen Gemahl im Zwiegespräch mit der gelbhaarigen Kassiererin des Restaurants. Er lacht entzückt, seine Augen funkeln, sein anmutiger Gang paßt sich ihrem Rhythmus an. Qual, Eifersucht, blinde Wut überschwemmen meine empörte Seele. Es ist keine Sinnestäuschung, wie Großonkel K. meine entsetzte Wahrnehmung durchs Fenster bezeichnen würde. Hari ist so bezaubernd zu der Gelbhaarigen, wie er es früher zu mir war. Obwohl ich eine ältere Frau von vierundzwanzig Jahren bin und die Person mit der kalkweißen Haut höchstens achtzehn, sehe ich rot. Langer Abschied. Sie ist davongelaufen.
Hari erscheint in herrlicher Stimmung, bemüht sich aber hinterlistig, einen gewohnt mürrischen Eindruck zu machen. Ich bediene ihn stumm und verstört, was er nicht zu merken scheint. Kein Wort über gelbe Haare und rosige Haut. Als er längst in süßen Träumen schwelgt, weine ich mich in den Schlaf. Wann wird er mich verstoßen? Jeder vernünftige Mensch würde mir raten, zu meinen verehrten Eltern nach Delhi zu fliehen, wo ich Bedienung, Blumen, kunstreiche Saris mit Goldbrokaten und meinen Papagei habe. Aber wer

ist vernünftig, wenn er liebt? Mitten in der Nacht weckt Hari mich auf und umarmt mich mit einer Glut, die der Gelbhaarigen gilt. Ich leide schweigend. Aber jedes Mädchen weiß, daß Liebesglut Söhne verursacht. Bei diesem Gedanken trockne ich meine Tränen. Oder gilt dieses Gesetz nur für Indien, wo Söhne alles sind, woran Männer jemals denken.
Ich muß meine Wutanfälle – ein Erbteil von Papachen – zügeln, sonst wird mein Sohn mich eines Tages erwürgen, weil der Reis ihm nicht schmeckt. Das ist mal daheim passiert, wir lasen es in der Zeitung.
Aber ich habe keinen Sohn. Ich bin eine leere Opferschale. Ich zittere so, daß ich englischen Balsam, »Valium«, nehmen muß.
Hari schnarcht zufrieden und träumt gelbe Träume.

Etwas ist passiert, was mich tödlich erschreckt hat. Vier Monate sind vergangen. Ehemann Hari verbringt jetzt oft seine Nächte »bei Freunden«. Ich weiß in meinem Herzen, daß es die Gelbhaarige ist, und wünsche ihr Fieber und Verderben. Aber sie blüht trotz meiner schwarzen Gedanken. Ich bemühe mich ohne Erfolg um Reinheit von Absicht und Tat, was jedem Hindu tägliche Pflicht ist. Ich berichte Großonkel Krishna meine vergebliche Bemühung, und er schüttelt sein Haupt mit dem langen, gescheitelten weißen Haar. Er weiß, ich bin zuviel allein. Er empfiehlt Nachsicht mit meinen unwissenden englischen Nachbarn. Wie soll ich Nachsicht mit Miss Witcherley und ihrem furchtbaren Neffen üben, wenn sie mich nicht grüßen oder sonstwie beachten? Ich hasse sie durch mein Fenster. Für diese Nachbarn sind wir *Harijans*, Unberührbare! Die Schande verursacht mir Schweißausbrüche. Ich muß sofort von Kopf bis Fuß saubere Sachen anziehen. Vorher übergebe ich mich vor Ekel über diese Phase meiner Erdenwanderung. Mein Großonkel gibt mir keinen Trost. Er ist augenblicklich in seiner unnahbaren

Phase und debattiert Hindu-Glaubensregeln mit einem unsichtbaren Gegner, den er von Delhi mitbrachte. Einmal hörte ich Großonkel, der allein in seinem Zimmer war, mit lauter Stimme dem unsichtbaren Partner raten, sorgfältig zu erforschen, wer er wäre – ein Brahmane, ein Händler oder ein Hund? Ich wartete natürlich vor der Tür, bis Großonkel sein Streitgespräch mit seinem Gegenspieler beendet hatte. Diese Debatte mit unsichtbaren Widersachern ist eine indische Angewohnheit. Ich spreche oft, natürlich auf niederer Ebene, mit Miss Witcherley und erinnere sie an das »Absolute«, das Erleuchtung bringt *und* Respekt vor der Enkelin von Brahmanen. Leider haben diese Nachbarn keine Ahnung von unserer Rangordnung. Die Jungen daheim kümmern sich auch nicht immer um das alte System von Kaste und Rang, aber mit wachsender Reife ahnen sie die ewige Wahrheit von Geburt, Rang und Wiedergeburt. Miss Witcherleys Neffe wäre am Fußende der Rangleiter in Indien. Nicht etwa, daß er es ahnt!

Ich stehe am Fenster und sehe die alte Nellie, die jeder in der Brick Lane beschützt, weil sie eine lasterhafte Rauschgiftkundin von den Händlern ist, die im East End herumschwärmen wie Moskitos. »Old Nell« ist immer guter Laune, weil sie nicht ahnt, daß sie im nächsten Leben als Regenwurm in der Brick Lane erscheinen wird. Muß Großonkel fragen, ob Yoga-Übungen der alten Sünderin helfen würden? Sie sollte in ihrem Greisenalter über ihre Wiedergeburt als niedrigste Kreatur nachdenken. Ich halte es für unmöglich, daß selbst unwissende Briten nicht gelegentlich über ihre nächste Existenz nachdenken. Was tun sie eigentlich in ihren Kirchen? Miss Witcherley geht jeden Sonntag mit ihrer Nachbarin in die Kirche. Neffe Tom ist natürlich im Wirtshaus. Soviel ich weiß, hat Miss W. nur einen Gott. Wir Hindus haben einen ganzen Götterhimmel mit Adressen. Aber was wissen diese Leute von unseren Göttern? Sie wissen nicht einmal die

kleinste Einzelheit über uns. Manchmal, wenn Miss W. in ihrem geblümten Kleid, Strickjacke und ihren Wellingtons zum Einkaufen geht, sehe ich ihr vom Fenster aus nachdenklich hinterher. Nie wäre sie eine Memsahib im alten versklavten Indien gewesen! Zu niedrige englische Kaste! Wer hätte sie ehrfürchtig und etwas angstvoll bedient, sie gefächelt, sie herumgefahren und ihre Pakete hinter ihr hergetragen? Niemand, Miss Witcherley! Glauben Sie es mir! Diese Erkenntnis besänftigt meinen Zorn.
Kann diese Nachbarin nicht ein einziges Mal fragen, wie es mir in diesem entsetzlichen London geht? Auch wenn sie sich nicht für wohlerzogene Inder interessiert, könnte sie wenigstens so tun. Wie wir es daheim tun. Wer wollte wissen, wie es den Memsahibs ging? Aber man fragte! Ich sehe mit meinem inneren Auge, wie die furchtbare Göttin Kali im Tempel von Kalighat in Kalkutta ihre lange, rote Zunge rausstreckt, weil Miss Witcherley ihr weder Blumen noch Kokosnüsse opfert. Kali ist keine milde, gerechte Göttin, aber Miss W. ahnt nichts von ihrer Existenz. Habe ich unrecht, wenn ich Miss Witcherley als die Göttin Kali von der Brick Lane betrachte?
Und ihren Neffen Tom als einen britischen Sudra, ein Mitglied der niedrigen Klasse, ein Insekt, das man wegscheucht?
Da kommt er anmarschiert! Als ahne er meine Gedanken! Er wird von seinen Kumpanen der »Nationalen Front« begleitet, und sie lärmen und kreischen wie die Raben von Bombay. Wildblickende Augen. Aufgerissene Münder mit großen Raubtierzähnen. Ich sollte die Vorhänge zuziehen und diese Dämonen aus meinem Geist und Blickfeld verjagen. Aber ich kann es nicht. Irgendeine Macht, die meine Handlungen kontrolliert, kettet mich mit unsichtbaren Stricken an mein Fenster.
O Schrecken! Ihr Götter, habt Erbarmen mit Indira! Tom Witcherley zieht einen spitzen Ziegelstein aus der Tasche seiner Lederjacke und schleudert das todbringende Geschoß

durch mein Fenster gegen meinen nichtsahnenden Kopf. Ich höre Klirren, Glassplitter fliegen ins Zimmer, ich sinke mit blutender Stirn zu Boden. Das letzte, was ich denken kann: »Hari! Hilf mir! Ich verblute. Papachen, vergib mir! Nimm mich wieder im Elternhaus auf! Da habe ich Schutz ... Frieden ... meinen Papagei.«

Ich erwache in meinem Bett. Der freundliche englische Doktor hat meine Stirn verbunden. Hari kniet am Bett. Er hat seine Hände vors Gesicht geschlagen, als wäre ich schon auf dem Weg zur nächsten Existenz. Irgend jemand hat Chapati gebracht, die ich nicht anrühren kann und die Hari später aufißt. Kummer macht ihm Hunger.

»Es ist nur eine Fleischwunde«, erklärt Dr. Winter. »Bitte, beruhigen Sie sich, Mr. Ranesh!«

Haris Tränen laufen durch seine Finger. Dr. Winter blickt weg. Ein weinender Mann! Sehr peinlich. Der Arzt verspricht, morgen nach mir zu sehen, und ergreift die Flucht. Hari stöhnt und schluchzt mit einem gewissen Genuß. Ich bin wach genug, um es feststellen zu können. Aber welche indische Ehefrau würde die Würde des Ehemannes verwunden und ihn bitten, sich »wie ein Mann« zu benehmen, was jede Engländerin machen würde. Die Welt, die große Schlange, hat Hari gebissen. Es wurde langsam Zeit, denke ich mit geschlossenen Augen und in scheintoter Position. Das wird ihn lehren, die Gelbhaarige ihrer Wege zu schicken.

»Wach auf, Indira-ji! Laß mich nicht allein«, fleht Hari.

Da ich, wie Mamachen, zur Versöhnung neige, tue ich ihm den Gefallen. Es wird ein netter Abend und eine erfreuliche Nacht. Aber ich will nicht hierbleiben.

Ich hasse Tom Witcherley, ich hasse seine Tante. Ich hasse London.

Hari kauft alles mögliche im indischen Restaurant für mich ein, und ich bin glücklich. Dr. Winter war bereits da und ist

zufrieden. In einigen Tagen will er den Verband abnehmen, und alles wird in Ordnung sein. Zum Schluß sagt er: »Ich hatte eine kleine Unterredung mit Miss Witcherley. Sie scheint nicht zu wissen, was ihr Neffe treibt.«
»Ich bin sicher, sie billigt es, Herr Doktor!«
Er sieht mich erstaunt an. Dann sagt er ruhig: »Natürlich mißbilligt Miss Witcherley jede Gewalttat und hat sich ihren Neffen vorgenommen.«
»Unsere indischen Freunde, ich meine, die Freunde meines Mannes raten ihm, zur Polizei zu gehen.«
»Da kommt Miss Witcherley«, sagt Dr. Winter.
Miss W., in ihrer verblichenen Strickjacke, die Hornbrille auf ihrer dünnen Nase, hat Frühlingsblumen gebracht und geht in die Küche, um ihnen Wasser und eine Vase zu verschaffen. Ich bin gelähmt vor Schreck und Erstaunen. Der Arzt ist fort. Da sind nur die Nachbarin und ich.
Träume ich? Ist das Miss Witcherley, die mit ihrer Freundin höhnisch lacht, sowie sie mich auf der Straße sieht? Ist es möglich, daß die beiden über einen unverständlichen englischen Scherz lachen? »Die Engländer lachen, um das Leben zu ertragen«, behauptet Großonkel Krishna. Er hat mir bereits eine Botschaft geschickt. Er ist zu beschäftigt, um mich zu besuchen. Aber er rät mir, mich nicht an diese miserable Existenz zu klammern. Meint er, ich soll Hari verlassen? Bei diesem Gedanken überfällt mich ein Schüttelfrost, und Miss Witcherley deckt mich mit einem Wolltuch zu. Ihre Hände sind kühl und leicht.
Ich starre sie an. Ist das die Hexe Witcherley?
»Ich bin gekommen, um mich für meinen Neffen zu entschuldigen.«
»Er ist ein Teufel«, sage ich heiser.
»Er ist ein junger, kopfloser Narr.«
Miss W. überhört meinen lauten Ton. Man schreit hier unter keinen Umständen, weder in Belgravia noch in Spitalfields.

»Sie dürfen sich nicht aufregen. Es schadet Ihnen, Mrs. Ranesh.«
»Nicht mehr als Ihr ständiges Hohngelächter, Miss Witcherley.«
Sie sieht mich so erstaunt an, daß mir ganz komisch wird. Dann sagt sie, sie habe leider keine Ahnung, wovon ich rede.
»Sie hassen uns, weil wir eine dunkle Haut und eine hohe Kultur haben«, schreie ich so laut, daß Papachen mich bestraft hätte.
»Ich hasse niemanden«, sagt Miss W. vernünftig. »Wie kommen Sie nur auf diesen Gedanken, mein Kind?«
Es stellt sich heraus, daß Miss Witcherley hier im East End Abendkurse für Einwanderer gibt. Sie unterrichtet in Englisch, Geschichte und allem möglichen, was uns etwas fremd ist: englische Feiertage, Rücksicht auf andere Leute, egal, von welcher Kaste sie stammen, Rechenkunst und Bräuche in diesem sonderbaren Land. »Ich würde mich freuen, wenn Sie an unseren Abenden teilnehmen würden, Mrs. Ranesh.«
»Ich studierte daheim Poesie und Rechenkunst«, sage ich schüchtern.
»Fein, dear! Ich werde ein nettes Arbeitsprogramm für Sie zusammenstellen. Aber natürlich können Sie Ihre Kurse selbst wählen. Ich war Lehrerin. Da muß man sich davor hüten, alles besser zu wissen.« Sie lachte und war zehn Jahre jünger. Ich hatte sie nie im Leben getroffen und mir ein Zerrbild gemacht. Ich bin wohl ein wenig mißtrauisch. Wie Papachen, der keinem, außer den nächsten Verwandten, über den Weg traut. Wie viele Verwandte sind immer bei uns in Delhi! Das Haus ist voll von ihnen. Wir sind so gern mit unserer großen Familie in einem Raum. Die Engländer können wundervoll ohne ihre Familie auskommen. Ein großes und unverständliches Talent.
Ich würde wünschen, daß mein Hari ebenfalls in diesen Abendkursen Bekanntschaft mit dem Schwan von Avon ma-

che würde. Ich sah die Desdemona-Tragödie in Delhi. Nun studieren wir Hamlet, der mich unangenehm an Onkel Vidya in Delhi erinnert, der sich auch nie entscheiden kann. Menschen sind einander ähnlicher, als ich dachte.
Leider kann Ehemann Hari nicht an dem Kursus teilnehmen, weil er abends müde von der Arbeit ist. Er ist jetzt in einem Restaurant für Lunch und Tee. Sie schließen bei Anbruch der Dunkelheit. Wenn Hari spät nach Haus kommt und das Essen kalt geworden ist, dann hat er seine Mußestunden mit der Gelbhaarigen verbracht. Er braucht mir nichts vorzulügen, wie die Englandmänner es mit ihren Ehefrauen tun. Einmal weiß ich instinktiv Bescheid, und dann haben indische Ehemänner sich nie wegen eines Seitensprungs bei ihren Gattinnen entschuldigt. Das käme ihnen nicht in den Sinn. Und wir wissen es. Wenigstens hören wir keine Lügen.
Mein Hari hat kluge Hände. Er schnitzt kleine Tiere und Dorfhütten und Bäumchen. Zu Beginn unserer Ehe schnitzte er eine ganze Sammlung dieser kleinen Holzwelt für seinen Sohn, der nicht erschien. Er verbrannte die Sammlung im Hinterhof.
Nun schnitzt er eine Friedenstaube für Miss Witcherley, die weiterhin erstaunlich geduldig mit meinen Stimmungen umgeht. Neffe Tom ist mit seinen Eltern nach Wapping gezogen. Meine Gebete wurden erhört, und ich brannte Opferkerzen in unserm Tempel ab.
Hari wollte einen Raben von Bombay für Lehrerin W. schnitzen. Aber da ich Poesie studiert habe, wußte ich von Poes Raben, der »Nimmermehr« kreischt, und fürchtete, Miss Witcherley würde es als Anspielung auf die Kluft zwischen Indern und Engländern auffassen. »Blödsinn, wie immer«, brummte Hari. Aber er schnitzte die Taube, und sie steht nun auf dem Witcherley-Kaminsims neben Oster- und Weihnachtskarten. Hari ist sehr zufrieden, daß seine »elende Gabe«, wie er sein Schnitzwerk nennt, von Angelsachsen geehrt

wird. Er sah seine Taube auf dem Kamin, als er unserer edlen Nachbarin meine frischen Eierkuchen, Mamachens Rezept, brachte. Ich kann mir denken, wie scharf und verstohlen mein Ehemann sich im Zimmer umsah, da er angenommen hatte, Miss Witcherley hätte seine Taube in den Mülleimer geworfen. »Unsinn«, sagte ich. »Du bist gräßlich mißtrauisch, Hari!«

Ich habe wieder ein Schmuckstück bei Mr. Goldstone in Whitechapel verkauft, weil ich in absehbarer Zeit Geld brauchen werde und Hari weiterhin seine Verdienste für sich und die Gelbhaarige verwendet, anstatt seinen Teil in unsere gemeinsame Kasse zu tun. Er hat natürlich den Schlüssel zu diesem Metallkasten mit indischen Gottheiten und Liebesszenen auf dem antiken Deckel. Hari denkt, ich merke es nicht, wenn er den Kasten verstohlen aufschließt. Männer sind einfältig. Miss Witcherley sagte neulich, sie hätte einem Mann etwas gehustet, anstatt seine Befehle auszuführen, wie wir, unsere Mütter und Großmütter es taten und sogar großenteils heute noch tun. Ich schwieg, etwas, was ich in diesem Land langsam lernte. Gewiß besitzt Miss Witcherley Entschlußfreude und scharfzüngige Selbständigkeit, die ich neidlos bewundere. Aber sie hat keinen Ehemann bekommen und wird nie Kinder, die kleinen Kronen des Lebens, haben. Ich betrachte meine Handflächen, grüße den »Berg des Schicksals«, lasse meinen Hari in dem Glauben, ich gehorche ihm aufs Wort, und übersehe die Gelbhaarige, da mir praktisch nichts anderes übrigbleibt. Ich übersehe ebenfalls das höhnische Lächeln der Göttin Kali und mache heimliche Einkäufe für die große Änderung, die in meinem Leben stattfinden wird. So geht es nicht weiter mit der Gelbhaarigen. Die Zeit des ehelichen Zwiespalts nähert sich ihrem Ende.
Leider konnte ich meine Zukunft nicht mit Großonkel Krishna besprechen. Er mußte mir absagen, da er gerade in seiner Periode der rituellen Reinigung ist. Niemand darf ihn bei

suddhi, der Befolgung der Reinheitsregeln, besuchen und ihn von seiner hohen Aufgabe ablenken. Niemand, außer einem »Guru« wie Großonkel, ahnt, wieviel Gefahren der Unreinheit von Geist und Körper selbst unsere Weisheitslehrer bedrohen. Ich beklage heimlich, daß Großonkel K. trotz seiner erhabenen Gedankenwanderungen – oder vielleicht wegen seiner höheren Welt – uns gewöhnlichen Personen weder Trost noch praktischen Rat geben kann. Und ich brauche beides, da ich vor der großen Änderung meiner Existenz stehe. Oh, könnte ich mich in die Fluten des heiligen Ganges stürzen und die Unreinheit meiner Ehe von meinem Leib spülen! Aber ich sitze in Spitalfields. Und Hari hat mich verlassen. Jeden Tag kann er mir sagen, daß er sich von mir trennen und mit der Gelbhaarigen eine moderne Bindung eingehen will. Keine Ehe, keine Fessel auf Leben und Tod, kein mystisches Band, das Gatte und Gattin sanft umschlingt. Ihr Götter, welch ein langsames Sterben für Indira! Natürlich kann ich mit niemandem, außer Großonkel Krishna, der nicht zu sprechen ist, über Hari und die ränkevolle Gelbhaarige reden. Das verbieten meine Kaste und meine persönliche Würde. Trotz meines berechtigten Zorns zittere ich um Haris Karma. Wird er als lahmer Wasserbüffel oder als stummer Papagei sein nächstes Leben ertragen müssen? Obwohl er es in seiner jetzigen Inkarnation nicht verdient, vergieße ich Tränen des Mitleids über die Zukunft von Ehebrechern wie meinem schönen, gewissenlosen Hari. Wenn er wenigstens hinken würde! Dann würde die Gelbhaarige keine Tanzhalle mit ihm besuchen. Einmal schlich ich ihnen nach, in vorsichtiger Entfernung, wie ich es aus Filmen lernte. Sie tanzten in einem lasterhaften Kellerlokal. Ich blickte nur durch den Türspalt und verhüllte mein Gesicht mit meinem gestopften Sari.
Ich wollte sterben oder zurück zu meiner Familie und meinem Papagei. Vergeblich grübele ich darüber nach, ob »Mutter Indien« nach der glorreichen Befreiung vom englischen

Joch über sich selbst herrscht. Ich lernte in der Schule, daß dies im August 1947 geschah. Drei Jahrhunderte britischer »Gegenwart« waren versunken. Trotzdem beherrscht die Gelbhaarige meinen Ehemann, als ob sie eine Memsahib von damals wäre. Er tut, was sie will. Er bedient sie freiwillig, trägt ihr ihre Einkaufsbeutel und ist höflich und heiter. Wie er es früher zu mir war, als ich mit meiner Familie in dem Restaurant im East End dinierte. Von Politik habe ich nie viel verstanden, aber von Hari verstehe ich mehr, als er ahnt.
So war ich nicht erstaunt, als er mir heute abend mitteilte, daß ich am besten zu meinen Eltern nach Delhi zurückginge. Sie würden nicht verwundert sein, da auch heute noch unfruchtbare Ehefrauen »abgeschafft« werden.
»Meinst du?«
»Ein Mann ohne Nachwuchs ist ein Acker ohne Frucht.« Einen Augenblick sah er mich groß und leidend an. »Es ist vorbei mit uns. Du hattest deine Chance, Frau!«
»Du hattest auch deine Chance, Mann!« sagte ich langsam und nicht allzu leise, da die Wut bereits in mir kochte.
»Was heißt das?«
»Das heißt, daß ich mit deinem Kind in meinem Leib nach Delhi zurückgehe und du den Sohn niemals sehen wirst.«
Er starrte mich ungläubig an. »Das ist ein schlechter Spaß.«
»Ich erwarte dein Kind in fünf Monaten.« Ich wußte, es würde ein Sohn sein. »Meine Eltern und ich werden es sorgfältig und modern erziehen. Geh zurück zu dieser Person! Ich will dich hier nicht haben.« Ich wartete einen Augenblick und sagte dann: »*Wir* wollen dich hier nicht haben. Geh!«
Ich sprach bereits mit der Autorität einer gesegneten Frau und blickte aus dem Fenster, das mir die englische Welt durch eine Glaswand gezeigt hatte.
Durch dieses Fenster hatte ein törichter Jüngling einen Stein geschleudert, der meine Stirn getroffen hatte. Hari hatte um

mich gezittert und mich mit neuer Glut umarmt. Liebes Fenster! Glückbringender Stein!
Hari stieß einen sonderbaren Laut aus, halb Schluchzen, halb Schrei. Er stürzte zu mir, trug mich vom Fenster zu dem wackligen Sessel und legte wie ein müder, glücklicher Knabe seinen Kopf in meinen Schoß. So kniete er sprachlos und liebend, bis die Dunkelheit uns unsichtbar machte. Nur seine Augen leuchteten.
Er trug mich ins Bett, kochte Tee und briet Eierkuchen. Er bediente mich mit Anmut und Respekt. Er entwickelte, wie jeder Inder, von einem Augenblick zum anderen aus Verachtung und Überdruß die hohe Achtung, die man werdenden Müttern zollt. Und glühende Zuneigung.

Es war eine schwere, aber glückliche Geburt. Ich war ja ziemlich alt für ein erstes Kind. Ja, ein Sohn, wie ich es geahnt hatte. Ein schönes, kerngesundes Kindlein mit Haris Augen und meiner gewölbten Stirn. Meine Eltern hatten nun alles geregelt. Das heißt: Papa hatte für Hari ein Restaurant erworben, das er in Delhi leiten sollte. Mamachen hatte eine Menge kostbarer, aber unpraktischer Dinge für den Sohn geschickt, und unsere Miss Witcherley hatte genug Wollsachen für drei Säuglinge gebracht. Ihre Nichte, geprüfte Krankenschwester, pflegte mich, bis ich reisen konnte. Mein Vater hatte eine Kinderschwester aus Delhi geschickt, die am Flugplatz auf uns wartete und mir den Sohn abnahm.
Da standen wir nun mit Miss Witcherley und wußten nicht, was wir ihr sagen und wie wir ihr für ihre Freundschaft und Fürsorge danken sollten. So unauffällig, so ruhig, so selbstverständlich! Mir liefen die Tränen übers Gesicht, und sie gab mir ihr Taschentuch, denn ich bin in der Aufregung wie Mamachen und kann nichts finden.
»Husch«, sagte Miss Witcherley wie zu einem Kind. »Vergessen Sie das alte London nicht allzu schnell!«

»Niemals«, riefen wir stürmisch. »Sie müssen uns bald besuchen. Wir haben einen großen Garten und Palmen. Und einen Lotosteich.«

»Wie nett«, sagte Miss Witcherley trocken. »Wir wollen sehen, was sich tun läßt.«

War das eine höfliche Absage oder ein Versprechen? Ich werde nie wissen, was hinter englischer Rede steckt. Aber ich liebte Miss W., und der Abschied fiel mir schwer. Sie war London. Also liebte ich diese graue, riesige, kühle Stadt. War das möglich?

Im letzten Augenblick zog mein Hari ein in Goldpapier verpacktes Paket aus der Manteltasche und überreichte es Miss Witcherley.

»Ein kleiner Gefährte für die Taube! Dann ist sie nicht so allein.« Es war ein selbstgeschnitzter Elefant aus Ebenholz und Elfenbein, wofür Hari viele Überstunden im Restaurant gearbeitet hatte. Miss Witcherley fragte, ob sie das Geschenk auspacken dürfe, weil sie wußte, daß Hari darauf lauerte. Einen Augenblick war sie sprachlos. »Aber ... das ist ... viel zu kostbar, Mr. Ranesh.«

»Nichts ist zu kostbar für Sie!« Hari ist ganz heiser. Miss Witcherley bedankt sich so nüchtern wie für eine Sicherheitsnadel. Aber etwas leuchtet in ihren strengen Augen. Freude? Oder etwa ein Fünkchen Zuneigung?

Es ist soweit. Das Flugzeug wird zum letzten Mal aufgerufen. Ich schluchze wild in Miss Witcherleys Mantel hinein. Sie streicht mir, zum ersten und wahrscheinlich zum letzten Mal, leicht über meinen Schleier. »Machen Sie es gut, meine Kleine! Sie müssen nun wirklich gehen, Mr. Ranesh! Ja, natürlich schreibe ich Ihnen! Und Sie müssen mir berichten, wie die Heimat und Sie miteinander fertig werden.« Sie lächelt. »Gott segne Sie!«

Sie ist von einem Augenblick zum andern in der Menge verschwunden. Ich weine laut, und das Baby stimmt ein.

Hari schüttelt den Kopf. Wir sind im Flugzeug. Der große schimmernde Vogel erhebt sich in die Lüfte. Die Themsestadt zieht zum letzten Mal an unseren Augen vorbei.
»Warum weinst du?« fragt Hari. »Du willst doch nach Haus.«
Ich blicke aus dem Fenster, wie immer. Ich sage mehr zu mir als zu ihm: »Ich liebe London.«

Ich war eine englische Rose

Kensington, London W8

»Rosen, Tulpen, Nelken,
alle drei verwelken.«

Vielen Dank, Sir Alfred! Ich brauche keine Beruhigungsmittel. Ich bin nämlich halbtot. Manchmal kneife ich mich in den Arm, um zu wissen, ob ich überhaupt noch etwas fühle. Direkt zum Lachen, nicht wahr? Vielleicht habe ich mich in meiner Ehe halb totgelacht. Mr. Bliss ist nämlich ziemlich komisch. Vor unserer Hochzeit lebte er in der Fulham Road. Nichts gegen Fulham, Sir Alfred! Ich sage immer: »Wir sind alle Londoner. Fulham, Whitechapel oder wir in Kensington.« Meine Großmutter wohnte in Knightsbridge. Nach Großvaters Tod zog sie zu uns nach Kensington. Damit fing es an. Ich meine: die ganze Misere. Aber wie gesagt: Man kann genausogut lachen.
Wer behauptet, daß Harold Bliss und ich auch nur in einer einzigen Beziehung zusammenpassen, der kann genausogut Lord Nelson mit Mr. Bliss und den Großvater meines Mannes mit einer Säule des Fleischmarkts in Smithfield vergleichen. Soviel ich weiß, werden Vergleiche nicht mit Gefängnis bestraft. Wenn Sie es genau wissen wollen, wollen Sie?, ich war eine englische Rose. Ja. Man kann Rosen auch nicht mit einer Kartoffel vergleichen, glaube ich.
Wissen Sie, wie schwer es zweibeinige Rosen haben? Mit

achtzehn ist es natürlich noch ganz nett. Man wird bewundernd angesehen, und die jungen Burschen werden ganz verrückt. Selbst die Familie verbirgt ihren Neid und ihr Erstaunen über diese Schönheit an ihrem Teetisch nur mühsam hinter süßsaurem Lächeln. Mein Vater sagte: »Emma braucht keinen Beruf. Sie heiratet mit siebzehn.«
Mein Vater ist sehr klug, aber etwas altmodisch. Wie viele Witwer, die nach dem Tod der jungen Ehefrau keine Frau mehr ernstlich ansehen. Wenigstens nicht in Kensington. Es wimmelt von lebenslustigen Witwern, die gelegentlich etwas Spaß, aber nichts Dauerhaftes haben wollen. Um eine lange, trübselige Geschichte kurz zu machen: Ich wurde dreißig, und kein Heiratskandidat war in Aussicht. Papa zeigte fabelhafte Geduld, denn er hat mich recht gern, obwohl meine Mutter nach meiner Geburt sofort starb. Das sprach nicht zu meinen Gunsten. Ich lebte ganz zufrieden mit meiner Nanny, die ich für meine Mum hielt, und Papa verbrachte seine Abende in seinen Clubs. Er ist Antiquitäten-Fachmann und hat einen exklusiven Show-Room in Kensington High Street, wo man sich vor Kunstgegenständen kaum retten kann. Papa ist wirklich einer unter den sechs ersten Experten. Er irrt sich nie. Nur in meinem Fall war er zu optimistisch. Entschuldigen Sie, Sir! Ich muß *sofort* eine Zigarette rauchen, sonst werde ich wahnsinnig. Ich dachte zufällig an meine Ehe . . . Eine grauenhafte Angelegenheit und nicht meine Schuld. Tut mir leid, Sir Alfred! Ich kann Ihnen nicht anvertrauen, wie mein Mann . . . Nein, nein, nein! Das sagte schon meine Nanny immer, wenn ich ein viertes Stück Kuchen wollte, um meine Kindheit zu versüßen. Sie würden es mir nicht glauben, Sir, was mein Mann sich mir gegenüber erlaubt! Er war als Bräutigam ein bescheidener, etwas verschüchterter Pinsel, der nie ein Haus in Kensington oder Hyde Park betreten hatte und der nicht wußte, wie man Spargel ißt. Zum Totlachen, daß einer so etwas nicht weiß! Das lernt man doch bei seiner Nanny!

Never mind! Großmutter ließ aus reiner Bosheit Hummer und Spargel servieren. Mr. Bliss, der Enkel des Schlachtergesellen, hatte es nicht leicht mit unserer Familie. Nur Papa machte ihm Mut. Sehen Sie, Mr. Bliss war in einer Bank – sehr renommiertes Unternehmen. Er war gewissermaßen auf den Börsenkursen emporgeklettert. Er beriet Papa. Der arme Papa verstand soviel von der Börse wie Mr. Bliss von antiken Schmuckstücken und war rührend dankbar. Mein Ehrenwort, Sir!

Zuerst lud Papa diesen Mann aus purer Dankbarkeit in sein Haus ein. Erst als Harold mich ständig anstarrte, was man sowieso nicht tut – selbst wenn es sich um die Venus von Milo handelte –, also kurz und gut, Papa kam erst später auf die Idee, daß dieser ordentliche, schüchterne, kleine Bursche mit einem ansehnlichen Vermögen und längst begrabenen Familien-Tragödien mich heiraten könnte. Ich wurde immerhin dreißig ...

Glauben Sie mir, Sir! Als Psychiater müssen Sie ja allerhand gehört und gesehen haben! Aber, wenn sie wüßten, was Mr. Bliss*, der seinen Namen zu Unrecht trägt, sich mir gegenüber leistete, Sie würden ohnmächtig umfallen! Wie bitte? Sie sind nicht schreckhaft? Man sei abgehärtet in der Harley Street? Also: Was würden Sie sagen, wenn ich Ihnen anvertraute, daß mein Mann mich regelmäßig verprügelt? Vielleicht würde es masochistischen, drogensüchtigen Huren in Soho oder King's Cross gefallen, aber mir gefällt es nicht besonders. Mr. Bliss verschwieg uns, daß seine erste Frau lieber Selbstmord beging, als mit ihm in Fulham zu leben. Ich kann die arme Person dafür nicht tadeln. Ich fand ihren Abschiedsbrief an Harold in einer Kiste auf dem Dachboden unseres Hauses in Chelsea. Wahnsinnig ulkige Orthographie, aber natürlich tragisch. Ich zeigte Papa den Brief nicht einmal,

* bliss – Seligkeit

als er wieder heiraten wollte. Dabei hätte er ihn lesen müssen zur Strafe für *seinen* Anteil an meiner Tragödie. Aber der liebe Papa ist so feinfühlend *und* so zerstreut, weil er mit seinen Gedanken im griechischen Altertum weilt, daß ihn dieser Brief nur irritiert hätte. Ich schickte ihn lieber an meinen Anwalt, der glücklicherweise immun gegen Sadismus ist. Gibt es vielleicht eine Pille dagegen, Sir? Meiner Großmutter zeigte ich den Brief der ersten Mrs. Bliss natürlich niemals. *Gran* ist so schadenfroh, daß sie einen Festtag gehabt hätte. Sie ignoriert Harold – da hat er Glück!
Ich dachte, ich hätte ein paar Freunde. Aber seit meiner Heirat haben sie sich alle zurückgezogen. Natürlich ist Mr. Bliss nicht wirklich salonfähig – jedenfalls nicht in Kensington –, aber ein raffinierter Bankmann ist doch auch kein Strauchdieb, wie alle zu denken scheinen. Andererseits nahm ich meinen Mann im ersten Ehejahr nicht mit, wenn wir zum Dinner eingeladen wurden. Nicht, daß er wild auf unsere Freunde gewesen wäre, er nannte sie Faulenzer, Snobs und fand schlimmere Bezeichnungen für absolut reizende Leute, die aber unter sich bleiben und essen wollen. Ich ging natürlich zu ihren Parties, wenigstens im ersten Ehejahr. Aber eine Frau allein stellt die ganze Tischordnung auf den Kopf – wenigstens in Kensington. Das ist ja auch der Haken mit den Witwen. Vor allem mit den älteren, unbetitelten Jammerbildern. Aber ich schweife schon wieder ab, Sir! Ihre Geduld ist fabulös! Der arme Papa sagte mir, er hätte solche Langmut selten angetroffen. Erinnern Sie sich? Sir Algernon Protheroe. Er brachte vor zehn Tagen seine Freundin wegen ihrer galoppierenden Tobsucht zu Ihnen! Oh, Sie erinnern sich? Verrückte Schauspielerin. Der arma Papa ist ihr einfach nicht gewachsen ... Falls er die Person heiraten sollte, was ihr sehr recht wäre, dann wären wir als Familie erledigt. Bis auf den armen Papa weiß ganz Kensington, daß diese Person ziemlich eng mit dem Minister fürs Verkehrswesen liiert ist. Oder

vielmehr mit seinem Sekretär. Ich bringe leider Personen und Beziehungen durcheinander. Alles wechselt so schnell. Nur ich sitze mit Mr. Bliss vergessen und verdammt in dem Haus in Chelsea, das Papa mir zur Hochzeit geschenkt hat. Mr. Bliss wollte eigentlich in seinem Kaff in der Fulham Road mit mir wohnen. Großmutter und ich lachten darüber, bis uns die Tränen kamen. Nichts gegen die Fulham Road, Sir! Jeder hat meinen Segen, der dort seine Zelte aufschlägt. Aber es ist keine Adresse, nicht wahr? Ich meine: nicht wie Belgravia oder unser liebes kleines Kensington. Falls Sie Verwandte in der Fulham haben sollten – in London ist alles möglich –, bitte ich sehr um Entschuldigung. Hahaha!
Ich wünschte, mein Mann ginge dorthin zurück, wo seine Ahnen lebten, ins East End. Man darf es nicht laut sagen, aber ich weigerte mich, das altmodische Photo seines Großvaters oder Urgroßvaters in meinem Schlafzimmer aufzuhängen. Es hängt natürlich in Harolds Zimmer. Ein uraltes, vergilbtes Trio: Schlachter Bliss, seine dürre, streng blickende Frau und eine unmögliche vollbusige, lachende Person zu seiner Linken: »Sein Mädel«, das Ordinärste, was Sie sich denken können, Sir! Selbst Papa, dem nichts Männliches fremd zu sein scheint, war etwas erstaunt über diese Floozie vom Smithfield-Markt. Aus den Zeiten der Königin Viktoria, vermute ich. Wirklich brav, wie Harold es aus einer Umgebung heraus, die nichts für ihn tun konnte, einige Generationen nach Smithfield bis zur Bank und zu Fulham brachte. *Ich* finde ihn ziemlich dumm. Er weiß nicht einmal, daß ein Herzog mit »Your Grace« angeredet wird. Das lernt man doch bei seiner Nanny im Kinderzimmer.

Tausend Dank, Sir! Ich brauche die Tranquilizer nicht. Ich leide noch nicht an Tobsucht, wie Papas Primadonna! Ich müsse mich sinnvoll beschäftigen, um meine Depressionen zu verjagen? Mein lieber Sir, ich bin *irrsinnig* beschäftigt.

Auch wenn einige Affen in Kensington mich seit fünf Jahren wegen Mr. Bliss abgeschrieben haben, der große Rest geht für meine Familie durch Whisky und Feuer. Wir sind miteinander aufgewachsen, und Papa hat seine Fossilien aus Oxford. Vielen Dank, Sir! Ich werde pünktlich zur ersten Behandlung nächste Woche erscheinen. Es tat mir bereits wohl, Ihnen einen knappen Begriff von meiner Situation zu geben. Nein, nein! Niemand wird meinen Mann beeinflussen können! Und ich könnte, wie gesagt, nicht als verheiratete Witwe nach Haus zurückkriechen. Die Inder hatten ganz recht, daß sie ihre Witwen verbrannten, bis wir es ihnen untersagten. Ein Ende mit Schrecken ist immer noch amüsanter als ein Schrekken ohne Ende, wie Großmutter.
Vielen Dank für den Tee, Sir! Man ist sooo gastfreundlich in der Harley Street! Der Tee schmeckte wie Nektar oder so etwas Ähnliches. Man kann sich immer noch drauf verlassen, daß Tee in allen Lebenslagen hilft. Ich tröstete mich mit Tee, als ich dreiundzwanzig war und die lieben Freunde sagten: »Sie hätten Emma mit siebzehn sehen sollen, eine echte englische Rose!« Wäre ich damals gestorben oder hätte ins Ausland geheiratet – um Himmels willen, das Ausland! –, dann hätte Kensington mir ein rosiges Andenken bewahrt. Das Leben ist wahnsinnig komisch. Auf Wiedersehen, Sir Alfred!

Wer von wohlmeinenden Klatschtanten umgeben ist, lernt frühzeitig die Vorteile der Schweigsamkeit zu schätzen. Bis auf Gladys Fisher, meine Schulfreundin, die es unentwegt gut mit mir meint, wenn sie die Zeit dazu findet, wußte niemand etwas über meine Ehe. Kein Zweifel, daß mein Vater das Beste gewollt hatte. Ich weiß nicht, warum fast alles schiefgeht, was gut gemeint ist. Die einzige, die Harolds Charakter trotz seiner geheuchelten Demut erkannt hatte, war meine Großmutter. Das mußte man ihr lassen. Sie hatte dem schüchternen Bankbeamten von Anfang an nicht über den Weg getraut. »Er ist jähzornig und kann ausfallend werden«, hatte sie Papa gesagt, der Mr. Bliss weiter für ein Lamm hielt. Papa hatte in aller Unschuld angenommen, man könnte diesen »kleinen Mann« dressieren, ihm taktvoll Tischmanieren und Konversation beibringen und ihn so weit ummodeln, daß er in zehn bis fünfzehn Jahren von der »Gesellschaft« akzeptiert werden würde. War mein scharfsinniger Vater wirklich in diesem Fall naiv gewesen, oder hatte sein Wunsch, mich endlich verheiratet zu sehen, ihn blind und taub gemacht? Mr. Bliss brauchte doch nur den Mund zu öffnen, und man wußte, woher er stammte. Wir alle wußten es sofort; aber Papa und ich ignorierten seine Vokale, und Großmutter ignorierte Mr. Bliss. Ich glaube, er haßte uns alle, aber das Haus in Chelsea, das Papa mir zur Hochzeit schenkte, gefiel ihm. Daß mein angeblich weltfremder und tatsächlich zerstreuter Vater das Haus auf meinen Namen überschrieb und auf Gütertrennung bestand, erstaunte sogar mich. Wenn jemand unsere Finanzen kannte, dann war es Harold Bliss, der Papas Anlagen wie ein Jongleur in schwindelnde Höhen getrieben hatte. Er besaß immer den Mut, Papiere zu verkaufen, wenn sie noch tadellos aussahen. Papa hatte mich einige Sommer zu spät verkauft. Er hatte übrigens einen letzten Versuch gemacht, mich passend zu verheiraten. Als dieser Versuch fehlgeschlagen war, blieb nur die Heirat mit Mr. Bliss oder ein ewiges Ärgernis in unserem Heim. Der arme Papa wußte wirklich nicht, warum man mich nicht leiden konnte und warum ganz Kensington diese verblühte Rose, wenn möglich, sich selbst oder Großmutter überließ. Großmutter hatte erstaunlich viele Freunde. Sie war amüsant und gelegentlich hilfreich und großzügig. Weil aber kein Mensch ausschließlich negative Eigenschaften hat – Mr. Bliss hängt zum Beispiel wie verrückt an seinem Ahnherrn vom Smithfield-Fleischmarkt, siehe das gräßliche Photo auf seinem Nachttisch –, mußte doch selbst ich irgend etwas Nettes an mir haben, wenn man lange genug danach suchte.

»Was ist es, Gladys? Warum bin ich so unbeliebt?«

Gladys ist Kinderärztin und hält es seit meiner Kindheit mit mir aus. Gott segne sie. Sie sah mich wortlos durch ihre eulenhafte Brille an. »Mach dir nichts draus, Emma! Die Leute sind bloß neidisch.«

»Worauf? Daß ich bald dreißig bin, daß alle Altersgenossinnen gute Berufe oder eine blühende Kinderschar haben und Papa sich Sorgen macht, was nach seinem Tod mit mir werden wird?«

»Husch, Emma! Es wird mir schon einfallen, was dann geschehen wird. Wenigstens wirst du immer zu essen haben. Unterschätze das nicht, liebes Mädchen! Noch eine Tasse Tee? Übrigens, was Mr. Bliss anbelangt: Vergiß ihn, Emma!«

»Warum? Er ist der einzige, der ...«

Die Sprechstundenhilfe erschien. »Zwei Patienten, Frau Doktor!«

»Ist es Baby Hamilton, Ida?«

»Ja, Frau Doktor! Brüllt wie am Spieß. Und der kleine Ralph von nebenan. Er ist im Park hingefallen und ...«

»Ich komme.«

Weg war sie. Dieses Gespräch fand sechs Wochen vor meiner Hochzeit statt. Ich kann nicht sagen, daß niemand mich gewarnt hat. Nicht etwa, weil Mr. Bliss aus anderen Kreisen stammte, heutzutage kommt das in den besten Familien vor, sondern weil Harold gefährlich jähzornig war. Niemand ist vollkommen. Nicht einmal Großmutter, obwohl sie es immer angenommen hat. Mein Großvater jedenfalls scheint nie widersprochen zu haben, und ich kenne auch niemanden, der das wagen würde. Trotzdem ist sie allgemein beliebt und wird trotz ihres Alters ständig eingeladen. Kensington ist irrsinnig gesellig. Als ich noch eine blühende Rose war, fand ich den Trubel wundervoll. Jetzt lädt man mich nur ein, wenn es nicht

anders geht. Also mit Papa oder Großmutter. Selbstverständlich wird Harold immer mit eingeladen. Er sagt immer ab. Nicht, weil er weiß, daß er nicht zu unseren Leuten gehört, sondern weil er die Abende lieber in seinem alten Pub in Fulham oder im East End verbringt. Wer könnte ihn dafür tadeln?
Ich!
Es ist zwei Uhr nachts. Endlich höre ich seine schweren Schritte. Er singt. Das ist eine Untertreibung. Er gröhlt betrunken, was man in Kensington als unzüchtige Gesänge bezeichnen würde. Etwas fällt klirrend zu Boden. Etwa die venezianische Vase?
Ich stürzte in sein Schlafzimmer.
Die Vase flog mir an den Kopf. Ich weinte zum ersten Mal seit meiner Kinderzeit, denn Nanny gewöhnte mir das Wimmern und Winseln gründlich ab. Meine Gedanken verwirrten sich. Wie wäre es, wenn ich, wie damals Ruth Ellis, den Mann in meinem Leben umbringen würde? Aber sie wurde aufgehängt. Die letzte Mörderin der fünfziger Jahre, die am Galgen baumelte. Heut gibt es wohl »lebenslänglich«. Wegen Harold Bliss? Ich bin zwar schon halb wahnsinnig, aber so verrückt bin selbst ich nicht.
Am nächsten Tag brachte mein Mann mir eine Vase. Nicht aus Venedig, sondern aus dem Palazzo Woolworth. Ich warf sie in den Ascheimer. Dort fand er sie, als er ausnahmsweise den Abfall – seine vollen Aschenbecher und alte Börsenberichte – wegschaffen wollte. Die Haushälterin ging abends nach Haus, die Glückliche! Wenn man nur zur Zeit merken würde, wenn man glücklich ist! Jetzt erscheint mir das Familienleben in Kensington wie der Garten Eden ohne die Schlange. Großmutter ist unangenehm, aber sie hat wenigstens tadellose Manieren. Ja, ich gewöhne mich langsam an den Gedanken, nach Kensingten zurückzukriechen, falls Papa nicht etwa wieder heiratet. Großmutter machte bereits An-

spielungen. Aber vielleicht wollte sie mich ärgern. Und in jedem Fall meine Rückkehr verhindern. Sie kann mich großartig entbehren, würde es aber nie so ausdrücken. Mr. Bliss drückt fast alles aus, was ihm durch seinen groben Kopf geht, und zwar in höchster Lautstärke. Nur über Großmutter äußert er sich nie. Sie scheint ihm unheimlich zu sein. Sie ist eben eine Meisterin der verzuckerten, boshaften Anspielung. Das ist nichts für ihn. Er nennt jetzt meinen Vater *»Lord Muck«*, falls dieser außer Hörweite ist. Eine Unverschämtheit der ordinärsten Sorte. Wie kann Harold Bliss es wagen, meinen Vater, der ihm auch heut nur Freundlichkeit zeigt, einen »feinen Pinkel« zu nennen? Lord Muck! Ich starb beinahe, als Mr. Bliss es zum ersten Mal sagte, aber *den* Gefallen tat ich ihm eben doch nicht.

Was soll ich tun? Hoffentlich fällt Gladys etwas Passendes ein. Sie hat mir bereits angeboten, eine Zeitlang zu ihr zu ziehen. Es wäre herrlich, obwohl sie so beschäftigt ist mit der Praxis. Aber ich kann Harold Bliss mein Haus in Chelsea nicht überlassen. Entweder wird er alles kurz und klein schlagen oder seine Hure einquartieren. Die Person ruft manchmal an, hängt aber sofort auf, wenn ich am Apparat bin. Neulich hörte ich zufällig sein Gespräch mit ihr mit. Flötentöne. Wahnsinnig komisch! Gladys fand es nicht ganz so komisch und sagte, ich hätte in meiner Ehe einen perversen Humor entwickelt.

Aber sie sagte es so milde und blickte mich so besorgt an, daß ich ihr, gegen meine Gewohnheit, einen Kuß geben mußte. Sie war wohl auch erstaunt, hielt aber still.

Wenn Papa nur nicht so zerstreut wäre! Er scheint Harold tagelang zu vergessen. Ich besuche ihn jetzt immer. Er kommt nicht mehr zu uns, sagt mir aber nicht den Grund. Er braucht nichts zu sagen ... Falls Papa sich aber an Harold Bliss flüchtig erinnert, sieht er so schuldbewußt aus, daß ich mir das Lachen verbeißen muß. Wie ein begossener Pudel, ob-

wohl Papas berühmtes Profil eher ins klassische Altertum gehört, wo es von feinen Pinkeln wimmelte.
Manchmal denke ich an meine Mutter, die ich nie kennengelernt habe. Auf dem Photo auf Papas Schreibtisch sieht sie ähnlich aus wie ich in meiner Blütezeit, aber natürlich trotzdem anders. Sanft. Und sie lächelt, als wäre sie wirklich mit Papa glücklich gewesen. Warum nicht? Papa wirft nie mit venezianischen Vasen um sich. Und er hat meine Mutter bestimmt so vorsichtig behandelt wie Porzellan oder Seide.
Meine einzige Abwechslung ist Einkaufen. Natürlich bei Harrods. Wahnsinnig aufregend. Nicht die Waren, die man wahrscheinlich in Fulham zum halben Preis bekommt, sondern die Spannung. Ich weiß nie, wann man mich ertappen wird. Selbst Gladys ahnt nicht, daß ich, nur zum Spaß natürlich, gelegentlich eine Kleinigkeit unbezahlt in meiner großen Wildledertasche mit den vielen Fächern verschwinden lasse. Bis jetzt ist es mir immer gelungen, unentdeckt zu bleiben, weil man uns seit Jahrhunderten bei Harrods kennt und sie alle Großmutter vergöttern. Wenn sie nur halb so nett zu mir wäre wie zu Miss Morrison (Strickwaren), wäre es ein bißchen netter für mich. Auch Miss Morrison mag mich nicht, ich wittere ihre Abneigung auf Meilen und lasse bei meinen kleinen Raubzügen »Strickwaren« und Miss Morrison links liegen. Ich bin auch nicht erst gestern geboren.
Meistens stehle ich eine Kleinigkeit in der Kosmetikabteilung. Gestern wollte ich nur eine Feuchtigkeitscreme mitgehen lassen, als Lady Portland neben mir stand. Sie ist eine alte Familienfreundin und fragte sofort nach Großmutter.
»Sie ist einfach verblüffend, Emma! Diese geistige Frische hat kaum eine viel jüngere Frau.«
Lady Portland meinte natürlich mich. Ich nickte. Ich hatte zum Glück meine Handtasche noch nicht geöffnet und die kleine rosa Dose unauffällig zurückgestellt.
»Und was treiben wir so, liebe Emma?«

Lady Portland hatte im letzten Krieg bei den Sanitätern geholfen und das forsche »wir« beibehalten. Ich sagte, es gehe uns blendend.

»Fein«, sagte Lady Portland. »Kopf hoch, Emma!«

Sie mochte sein, wie sie wollte, geizig, immer zum Widerspruch bereit und andrerseits tatsächlich fabelhaft an Krankenbetten, eine Närrin war Helen Portland nicht. Nie gewesen. Ein halber Blick auf meine gesenkten Mundwinkel hatte ihr wohl das meiste verraten. Kopf hoch? Harold beschuldigte mich der Hochnäsigkeit. Purer Blödsinn. Ich liebte meine Nanny, obwohl sie aus Hackney stammte. Natürlich endlos lange her. Vielleicht kaufte Nannys Mutter bei Großvater Bliss ihre Hammelkeule? East-Ender kennen sich wohl so genau, wie Lady Portland mich kennt. Nur Harold war in die Bank- und Börsenwelt entlaufen. Leider! Wenn er Rindfleisch flachklopfen könnte, wäre alles in Ordnung. Bei diesem Gedanken mußte ich laut lachen, bis mir ganz alberne Tränen kamen. Ich riß mich natürlich sofort zusammen. Was würde Gladys sagen, wenn ich verheult bei ihr ankäme? Liebe Gladys! Warum in aller Welt macht sie sich Sorgen um mich? Was würde sie sagen, wenn ich ihr meine kleinen Abenteuer bei Harrods beichten würde? Lieber nicht!

Oder Harold? Er ist bedingungslos korrekt in Geldsachen. Das muß ich ihm lassen. Ich lasse es ihm.

Ich war nie wirklich bitter. Selbst nicht als welke Rose daheim. Jetzt spucke ich Gift und Galle, wie die alte Gräfin Horton in Kensington Gardens, wenn Peter Pan sie nicht persönlich begrüßt. Das waren Zeiten, als Nanny mich da schaukelte. Sie hatte eine sorgfältige Ausbildung erhalten. Durch Lehrer. Ich meine nicht Gräfin Horton, die weniger weiß als mein kleiner Terrier, sondern ich meine Nanny. Sie achtete mehr auf Etikette als wir alle oder Papas Butler. Papa sagt immer: »Wenn einer in diesem Haus weiß, was sich gehört, ist es Hirst. Wenn du im Zweifel bist, wie du auf bestimmte Dinge reagieren sollst, frag Hirst!« Nie, nicht in tausend Jahren, werde ich Hirsts Maske vergessen, als Mr. Bliss mit seinem Hummer kämpfte!

Wann begann Mr. Bliss mich wirklich zu hassen? Ich glaube im dritten Ehejahr, als ich ihn mit Recht auf seine wahnsinnig komischen Manieren auf Parties aufmerksam machte. Ich hatte immer noch gehofft, daß man ihn dressieren könnte. Aber er will nicht. Intelligent muß er doch sein, wenn er in der Bank immer höherklettert und Papa weiterhin tadellos berät. Auch mein Geld legte er erstklassig an. Er will keinen Pfennig von mir, das ist sehr ordentlich. Er muß inzwischen ein nettes Vermögen haben, aber das besagt nichts. Mr. Soamers, drei Häuser von Papa entfernt, soll Millionen haben, kann aber nicht genug von dem Zeug in seinen Rachen kriegen. In Geldsachen würde Harold mich nie betrügen, das ist das beste, was ich über ihn sagen kann. Ich dachte ernsthaft über weitere Pluspunkte meines Mannes nach und fand keinen. Ich zeigte ihm immer Verständnis. Immer! Als ich ihm sagte, es wäre keine Todsünde, ohne eigenes Reitpferd aufzuwachsen, geriet er in unziemliche Wut. In einer normalen Kindheit gibt es eben Pferde und Reitlehrer und das erste eigene Pony. Ist das ein Grund, so zu brüllen, daß mir die Ohren dröhnten?
Er hat sich bei uns so verstellt, daß er, nach Ausmerzung seines Akzents, zur Bühne gehen könnte. Schauspieler sind ja Heuchler. Ich fiel nie auf sie herein und wußte, daß Macbeth ein Zeitgenosse war, der privat seine Lady tyrannisierte und skandalös betrog. Er, dieser Schauspieler, hat eine gewisse Ähnlichkeit mit Harold, nur hat er eine wunderbare Stimme. Er brüllt Lady Macbeth nicht an.
Meine Freundin Gladys kann nicht verstehen, daß ich mit ihm zusammenbleibe. Aber das Haus in Chelsea mit der Einrichtung und Papas Kunstgegenständen und Möbeln gehört mir. Nur Harolds Schlaf-Wohnzimmer im zweiten Stock

ist mit seinem Kram möbliert. Entsetzlich. Papa ist beim Anblick von Harolds Sofakissen und Bildern an den Wänden erbleicht. Mehrere Generationen der Familie Bliss – Madame Tussauds Schreckenskammer ist ein Lustgarten dagegen. Auch hängen einige Ausschnitte aus Illustrierten, üppige Filmstars und namenlose Freudenmädchen in seinem Zimmer, deren Gräßlichkeit den armen Papa beinahe überwältigte. Aber er war nicht zu Harold gekommen, um seinen Kunstsinn zu bewundern, sondern um Geldanlagen zu besprechen. Papa lauscht dann immer andächtig wie ein Kind – süß! Leider scheint Harold ihm unentbehrlich zu sein. Papa brauchte immer eine Menge Geld für sich. Für fröhliche Abende fern der Familie, und wenn er ein seltenes Möbelstück oder außergewöhnliche »Viktoriana« sieht, kauft er den Kram für sich. Großmutter hat sich immer beklagt, daß unser Haus in Kensington ein Museum mit Küchenbenutzung ist. Sie hat auch nicht viel mit Kunst im Sinn.
Vielleicht würde ich meinen Stolz besiegen und zur Familie zurückkehren, wenn ich nicht so lethargisch geworden wäre. Das muß eine Krankheit sein und ausschließlich auf die eigenen vier Wände beschränkt. Bei dem Seelenforscher in der Harley Street redete ich wie ein Wasserfall. Aber bei meinem Mann kann nur Schweigen mich vor seinen Wutausbrüchen retten. Selbst wenn er sanftmütiger oder wenigstens manierlicher wäre, hätte ich mir nichts mit ihm zu sagen. Ich liebe mein Pferd und meine Blumen. Vielleicht muß man damit aufgewachsen sein? Als Mädel flocht ich einige Zeit schwebende Blumenkörbe, die man in einer Nische oder an Fenstern aufhängt. Es war der schönste Tag meines Lebens, als Papa zwei meiner Körbe für seinen Ausstellungsraum mitnahm. Ich hatte sie für ihn in sanften Tönen gefüllt, und er murmelte: »Du bist eine kleine Künstlerin, Mädchen! Sehr feine Arbeit. Vielen Dank.« Im Bett heulte ich vor Glück. Gladys sagte auch, ich könnte sogar Geld mit meinen Bast-

körben verdienen. Sie hat einen in ihrer Halle, den ich immer frisch fülle. Eine Ärztin hat eben für nichts Zeit. Aber sie freut sich toll. Harold sagte: »Was soll das?«, als ich vor der Hochzeit einen schwebenden Korb für ihn flocht. Ein altes Modell, das ich in einem Katalog gesehen hatte. Ich kann mir zwar nichts ausdenken, aber Blumen arrangieren sich bei mir wie von selbst. Jetzt kann ich mich zu nichts mehr aufraffen. Gladys betrachtet mich besorgt durch ihre Eulenbrille. »Em! Reiß dich zusammen!« In der Sandkiste nannten wir uns »Glad« und »Em«. Der alte Kindername gab mir einen Stich. Oh, Glad! Gestern sprach sie von einer »unhaltbaren Situation« und sah mich nicht an. Was kann ich tun? Großmutter würde Augen machen, wenn ich besiegt und zerschunden anrückte. Niemals! Gladys versteht das, sagt aber, man müsse eine unhaltbare Situation ändern.
»Es wird nichts passieren, Galdys! Vielleicht ändert er sich noch.«
»Meinst du?«
»Nein.«
Ich lachte schrill und, ich fürchte, unangenehm, denn Glad sagte milde: »Nicht doch, Liebes!« Schwer zu verstehen, aber sie hält zu mir. Eisern. Aber selbst sie kann mich nicht mehr zu dem selbstzufriedenen Herrn in der Harley Street schleifen. Ich finde es praktisch, daß ich langsam versteinere. Nanny sagte: »Die Natur hilft sich selbst.«
Ich versuche mein Bestes. Wie sehr alte, müde Leute lebe ich meistens in der glücklichen Vergangenheit mit Nanny und Papa. Oder in der Zeit, als ich siebzehn wurde und in der nächsten Sekunde heiraten würde. Was hat Papa sich dabei gedacht, wo ich doch trotz meiner Ähnlichkeit mit einer Rose unbeliebt war und nur Gladys mich gegen alle und alles in Schutz nahm? Schon als kleines Mädchen liebte sie Kampf, Rede und Gegenrede und den Sieg der gerechten Sache. Ich war ihre gerechte Sache. Selbst Nanny, der kein Kind in

Kensington gut genug für mich war, mochte Gladys. Einzige Tochter des berühmten Bildhauers. Äußerlich, was Nanny »nichts zum Ansehen« nannte. Niemand sollte mir Konkurrenz machen. Ich besuche Nanny oft in ihrem Altersheim, wo Papa ihr einen Platz gekauft hat.

Manchmal denke ich Harold um. Ich mache einen anderen Mann aus ihm, mit dem sich leben läßt. Aber sowie er nach Haus kommt, verfliegt der faule Zauber. Wenn ein Abendessen ohne Krach stattfindet, ohne sein Aufspringen, Türenschlagen und Im-Wagen-Davonsausen, schätze ich mich glücklich. Wenn Papa das ahnte! Harold benimmt sich so tadellos ihm gegenüber, weil er ein großer Kunde der Bank, nicht, weil er sein Schwiegervater ist. Wahnsinnig komisch, wenn man darüber nachdenkt.

Haßt Harold mich, weil ich nach drei Jahren Schluß mit dem Unsinn im Bett machte? Wer will das? Wenn er Manieren hätte, würde seine Abneigung mich nicht im geringsten stören. Ich kenne mehrere Ehepaare in Kensington, die trotz gegenseitiger Abneigung ganz nett zusammenleben. Allerdings haben sie Kinder. Wünschte Harold sich etwa Kinder? Neulich sagte er, kinderlose Frauen werden in Ostasien als »leere Reishüllen« bezeichnet.

»Wir leben glücklicherweise in London.«

Er sah mich merkwürdig an. Er war so ruhig, daß es fast unheimlich war. Was plante er? Alle Bankleute planen. Ich fragte, was plötzlich an mir zu sehen wäre. Er sagte: »Nichts« und verschwand in sein Pub. Eigentlich unbegreiflich, daß mir die Tränen kamen. Aber ich beweinte wohl meine entschwundene Jugend. Ich sah tatsächlich zehn Jahre älter aus. Also 45. Cheers, Emma!

Ob es Pillen gegen zuwenig Stolz gibt? Ich müßte mich wirklich aufraffen und mich von Mr. Bliss trennen. Selbst ich finde jetzt meine Lethargie bestürzend. »Tu endlich etwas«, sagt Gladys.

Vielleicht tat ich was Verkehrtes, um mich auf Trab zu bringen. Ich fuhr wieder zu Harrods, wo ich einen Monat nicht gewesen war, weil ich vom Gefängnis geträumt hatte, wo Diebinnen eben manchmal landen. Aber ich belächelte den Traum heut morgen, weil ich bereits fünf Jahre in meinem Gefängnis in Chelsea saß. Auf zu Harrods! Daß mir immer etwas komisch wurde bei meinem kleptomanischen Zeitvertreib, mußte ich in Kauf nehmen. Aber tatsächlich wurde ich lebendig bei diesem Sport. Mein Herz klopfte, ich hatte kalte Hände und fühlte einen leichten Schwindel im Hinterkopf, wenn ich eine Dose oder etwas Parfüm in meine Handtasche gleiten ließ. Niemand bei Harrods kommt auf die Idee ... Weihnachten kauft sogar Papa hier ein und bezaubert die feierlichen alten Schrullen. Auch Gladys kauft dort Spielzeug für »ihre Kinder«.
Aber jetzt war Ostern vorbei, die Sommereinkäufe getätigt und so etwas wie saure Gurkenzeit. Absolut das Verkehrte für meine Zwecke. Warum sagte ich mir das nicht? Natürlich kaufte ich vor dem Sündenfall teures Zeug für die Kasse. Was sollte ich sonst bei Harrods?

Ich liege blutend, mit einer schmerzenden, vielleicht gebrochenen Rippe auf dem Teppich in meinem Wohnraum in Chelsea. Es ging schief. Ich sagte natürlich, ich hätte das Parfüm »ganz in Gedanken« ... Wegen Papa und Großmutter machten sie wohl kein Aufhebens ... Aber zwei Tage später kam ein Brief »privat und vertraulich«. Die Geschäftsleitung ersuchte mich, meine Einkäufe woanders zu machen. Mit dem Ausdruck aufrichtigen Bedauerns und so weiter ... Daß jemand die Briefe von anderen Leuten öffnet, hatte ich auch vor meiner Heirat nie erlebt. Selbst Großmutter, bei weitem die neugierigste Person in Kensington, würde nicht davon träumen, meine Briefe zu öffnen, auch wenn sie weder vertraulich noch privat wären.

Mr. Bliss öffnete den Brief natürlich. Vielleicht dachte er, ich hätte mein Konto überzogen oder etwas dort vergessen. Ich will »im Zweifelsfall zu seinen Gunsten entscheiden«, wie sie im Old Bailey den Angeklagten versichern. Mr. Bliss entschied zu meinen Ungunsten.
Ich konnte mich nicht erheben. Das Blut aus einer Stirnwunde rann mir die Nase entlang. Ich mußte ein schöner Anblick gewesen sein, als ich aus der Ohnmacht erwachte. Leider hatte er mich nicht totgeschlagen. Zu gerissen. Aber vielleicht war er wirklich außer sich geraten, weil er in Geldsachen so korrekt ist? Ich weiß nicht, was in Mördern, die nur halbe Sachen machen, vorgeht.
Ich kroch wie eine Schnecke zum Telefon. Endlich! Gladys war daheim. Gott sei Dank allein. Sie hat oft Besuch von Kollegen und alten Freunden. Meine Lippen waren so geschwollen, daß ich ganz komisch sprach, aber Glad verstand natürlich.
»Komm! Ich ... bin ...« Weinkrampf oder so etwas.
»Ich komme sofort. Sprich nicht, Liebes!«
Sie brachte mich ins Hospital, telefonierte mit Papa, der daraufhin in meinem Haus hinter verriegelter Haustür wachte. Aber Harold Bliss zeigte sich weder diese Nacht noch später. Papa telefonierte mit der Bank. Mr. Bliss wäre auf Urlaub. Adresse wurde nicht gegeben. Drei Wochen Urlaub. Dann würde mein Vater ihn um eine Unterredung in Anwesenheit unserer Anwälte ersuchen. Schwere Körperverletzung. Schlimmer: »Seelenmord«, falls es das vor Gericht gibt. Papa war täglich im Krankenhaus und so entsetzt, daß ich ihn trösten mußte. Nein, ich wollte nicht zu ihm und Großmutter! Gladys erklärte ihm ruhig und liebevoll, daß ich Abstand gewinnen müsse. Natürlich weder ein Hotel noch ein Irrenhaus ... Gladys dachte an »Haus Zuflucht«, wo mißhandelte Frauen eine Zeitlang Schutz und Trost finden, bis sie sich wieder in ihren Alltag, mit oder ohne den Ehemann, zurück-

finden. Es gibt solche Häuser in London und Umgebung. Man arbeitet mit Ärzten und Sozialarbeitern. Die Heime können kein Glück aus Unglück zaubern, aber sie bieten, was sie versprechen: eine erste Zuflucht. Eine Atmosphäre der Ruhe nach den Stürmen der Ehe.
Mein Vater war einverstanden, aber nicht sehr glücklich. »Wenn du meinst, Gladys?«
Er stellte eine Reihe von besorgten Fragen. Gladys sagte mir viel später, daß sie meinen Vater nie so konzentriert erlebt hätte.
Tatsächlich dachte er ausschließlich an mich und nicht, wie üblich, an sich und seine viel interessanteren Probleme.
Er besuchte mich nach den ersten zehn Tagen jede Woche in Wimbledon. Gewiß, er liebte die Themse dort, aber er schien auch mich sehen zu wollen ...
In einem Punkt waren wir uns alle einig. Jeder Skandal mußte vermieden werden. Unsere Anwälte würden Harold Bliss so unauffällig und entscheidend entfernen, wie er in unser Leben getreten war und es auf den Kopf gestellt hatte.

Ich hatte wenig von »Haus Zuflucht« erwartet.
Meine Wunden benahmen sich wie die Wunden anderer Opfer in diesem Haus. Äußerlich würden kaum Spuren zurückbleiben. Aber, wer der Ansicht ist, daß geteiltes Leid nur halbes Leid sei, der muß noch mehrere Male scharf nachdenken.
Andrerseits, was kann man von Frauen erwarten, die erstens ihren Ehemann nicht kannten, sich selbst nicht sehr genau kannten und keine Ahnung von ihren Leidensgenossinnen haben? Die Luft roch so penetrant nach Fehlschlag, weiblichem Unglück und Hoffnungslosigkeit, daß ich mich nach dem Abendessen immer an die Themse flüchtete, die einzige Zuflucht, die keinen Londoner enttäuscht.
Der Herbst stand schon vor der Tür, aber ich liebe ihn. Die

gedämpften Farben, die kühlere Luft. Der Abschied vom Sommer paßte zu meiner Stimmung. Ich blieb immer länger an den lieben Ufern, Miss Hornby, die Leiterin von »Haus Zuflucht«, und meine Schicksalsgenossinnen lockten mich nicht zur Rückkehr. Eine sonderbare, beunruhigende zusammengewürfelte Gesellschaft. Aber mir wurde klar, daß heftige, handgreifliche Ehemänner keineswegs auf die Arbeiterklasse beschränkt sind, wie ich angenommen hatte.
Da war Lady Derrington, groß, hochmütig, schweigsam und ungesellig, sie verbrachte ihre Zeit im Garten, in einer entlegenen Ecke, oder fuhr in ihrem Sportwagen an den Fluß. Sie war schwer verwundet in dieses Heim gekommen. Lord Derrington schrieb eine gute Handschrift. Aber sie war so athletisch gebaut, daß sie eigentlich drei Ehemänner auf einen Schlag umlegen könnte. Ein Rätsel – wie jede Ehe. Eines Tages erschien ihr Herr und Gebieter, verfrachtete sie fürsorglich in seinen Wagen und fuhr sein Herzblättchen nach Haus. Der Chauffeur fuhr ihren Sportwagen hinterher. Es war, als wäre diese große, verprügelte Dame nie in diesem Heim gewesen. Das war fast immer so, wenn jemand »Haus Zuflucht« verließ. Die Teestunden, die für Kontakte und Aussprachen vorgesehen waren, schufen mehr Verlegenheit als Vertrautheit, obwohl viele Frauen nichts anderes als ihre Erlebnisse im Kopf hatten. Großmutter und Gladys hätten sich halb totgelangweilt. Ich hatte nicht gewußt, daß echtes Unglück sich so öde und eintönig präsentieren kann. Die Luft dieses Hauses war so penetrant mit Hysterie und Selbstmordideen erfüllt, daß ich kaum atmen konnte. Wo sollte ich hin? Wie sollte ich mir eine eigene Existenz schaffen? Da für schwebende Blumenkörbe kein Bedarf in diesem Haus war und meine Fleischwunden langsam heilten, ging ich in Gedanken zu Nanny in mein Kinderzimmer zurück und dachte an mein Puppenhaus. Es war weniger ein Spielzeug als ein Miniaturkunstwerk gewesen, und ich hatte Londoner

Museen, die diese Miniaturwelten zeigten, besucht. Die meisten Puppenhäuser waren ganz realistisch eingerichtet gewesen, und gerade diese winzigen Sessel, Wandschränke und Eßtische, die naturgetreuen Personen in den Kleidern von einem Puppen-Harrods, die Kronleuchter, die Samtvorhänge, es war etwas unheimlich und, ich glaube, poetisch. Wenigstens sagte Papa das einmal ...

Als ich wieder einen schrecklichen Abend verbracht hatte, flüchtete ich in mein Zimmer. Jeden Abend nach dem Essen gab Mrs. Hazelnut, eine hagere, ältere Ehefrau mit einem Arm im Gipsverband, ein kostenloses Schreikonzert. Wir saßen im Kreise um sie herum, wie zu einem Hauskonzert, was es ja tatsächlich war. Nach ihrem Solo verbeugte Mrs. Hazelnut sich lächelnd und beifallsdurstig und verschwand. Ich verabscheue gewalttätige Ehemänner, aber ich empfand leider etwas Sympathie für Mr. Hazelnut, der diesen Schreihals jahrelang ertragen haben mußte, bis er sie so brutal am Arm schüttelte ... Mr. H. hatte auf die Klagen seiner Frau nur »verdammter Blödsinn« gebrummt. Dann hatte er sie ersucht – mit einem Wort! –, sein Haus zu verlassen: »Out!« Raus! Mrs. Hazelnut zeigte sein Foto herum. »Unleugbar ein schwieriger Kunde«, flüsterte die kleine, verängstigte Mrs. Taylor-Smith, London NW3. Miss Hornby konnte nicht genug von den Schauerdramen bekommen, obwohl sie ihre schrankenlose Neugierde zügelte. Sie war hilfreich und recht freundlich und empfand sicherlich Mitleid mit uns unglückseligen Frauen. Aber ihre Neugierde war eben hemmungslos und zeigte sich nackt und brennend hinter der wohlerzogenen Fassade. Was taten Männer? Wie benahmen sie sich in ... äh! ... intimen Momenten? Was ging überhaupt im Ehebett vor? Obwohl Miss Hornby sich sicherlich beglückwünschte, daß kein Mann sie jemals heiraten wollte, war ihre Sensationsgier gelegentlich ungezügelt. »Was tat er dann? Was sagten Sie? Wollte er Sie ermorden?« Diese Fragen

brannten ihr auf der Zunge. Zwei rote Flecke erschienen auf ihren eingefallenen Wangen, und ihre Hände zitterten ganz leicht. Sie faltete sie, um das Zittern zu verbergen. Mein Seelenforscher in der Harley Street könnte etwas von dieser Neugierde brauchen, selbst wenn er sie so geschickt wie Miss Hornby versteckt hält ...
Aber sie half mir großartig. Ich wollte Material zur Anfertigung meines ersten Puppenhauses sammeln. Sie ging mit mir auf den Boden des Hauses, und wir fanden eine Menge brauchbare Stoffreste, Perücken, Holz und eine kleine Säge. Den Rest kaufte ich ein. Ein kleines, bemaltes Haus mit einer Küche, einem Wohnzimmer, einer Schlafkammer. Winzige Puppen würde ich in London kaufen. Später fertigte ich sie selbst an.
Miss Hornby vergaß die Ehemänner, die Bettgeheimnisse und sah mir zu. Es war alles ganz primitiv. Ich wollte in London eine Kunstschule finden. Ich atmete leichter. Miss Hornby sagte stolz vor dem Schreikonzert: »Sie müssen Emma Protheroe entschuldigen. Sie arbeitet.«
Meine Gladys schrieb mir einen ihrer unvergeßlichen Briefe. Ich tat endlich etwas, auch wenn es dilettantisch war und Papa mein Häuschen nicht ausstellen würde. Aber Miss Hornby war so ermutigend und begeistert, daß ich ihr das Puppenhaus zum Abschied schenken würde. Ich wollte noch einen Gartenzaun anbauen. Auf meine Hände hatte ich mich immer verlassen können. Sie gehorchten mir und konnten mit kleinen, zarten Dingen umgehen.
In einem Monat sollte ich das Heim verlassen und erst einmal bei Gladys leben. Wir mußten eine passende Wohnung oder ein Haus für mich finden, denn wir wollten das Haus in Chelsea verkaufen. Mein neues Leben konnte nicht dort beginnen, darüber war sogar Großmutter unserer Meinung.
Sie besuchte mich eines Tages. Ich hatte meinen Vater erwartet und verbarg meine Enttäuschung. Aber sie fragte nach »mei-

nem« Häuschen und nickte nicht unzufrieden. Dann sagte sie: »Endlich! Es wurde Zeit, daß du etwas aus dir machst.«
Aber sie sagte es freundlicher, als sie sonst mit mir sprach, und betrachtete meinen Versuch genau und sachkundig. Sie war im Vorstand eines Londoner Museums. Endlich murmelte sie: »Gute Arbeit, Emma! Du mußt natürlich Technik lernen, und da kann ich vielleicht mit einer Empfehlung helfen.« Sie räusperte sich. »Das wird etwas. Gratuliere!«
»Oh, Großmutter!«
»Kein Grund zum Plärren, alter Jammerlappen.« Aber sie lächelte mich richtig an. Zum ersten Mal ahnte ich, warum sie Leute bezaubern konnte. Ihre Anerkennung, selten genug gegeben und empfangen, war kostbar. Selbst Papa verbarg seine Freude hinter einem speziellen Hüsteln, wenn sie ihm Anerkennung zollte. Das brauchen wir wohl alle. Sie war kritischer und ehrlicher als die meisten.
Wir tranken Tee in einem Lokal mit Blick auf die Themse oder halbem Blick, denn Großmutter wollte mit mir reden. Die alte Scheu und Lebensangst krochen mir in die Kehle, aber ich beherrschte mich. Ich war doch nicht Mrs. Hazelnut.
Großmutters Neuigkeiten verschlugen mir den Atem. In zwei Monaten würde sie in ein renommiertes Altersheim übersiedeln.
»Aber Gran! Du bist jünger als wir alle.«
»Ein reizender Irrtum, meine Liebe«, sagte sie mürrisch. »Ich bin müde und ruhebedürftig. Habe lange genug deine Pflichten übernommen. Ihr könnt mich oft in Surrey besuchen. Ich habe drei alte Freunde dort im Haus.«
Ich schwieg.
Ich war langsam. Es dauerte immer eine gewisse Zeit, bis die Dinge in mein Bewußtsein einsanken, aber dieses Mal hatte ich sofort verstanden. Großmutter, scharfblickend und scharfzüngig, brachte mir das Opfer ihres Lebens. Sie machte ohne

Gesang oder Geschrei Platz für mich in meinem Elternhaus, wo Papa und ich in Eintracht leben würden. Er hätte seine knappe Freizeit nicht in »Haus Zuflucht« verbracht, wenn ich ihm gleichgültig gewesen wäre. Das wußten wir beide – und Gran wußte es auch.

»Hör zu, Gran! Wir können alle drei weiter in Kensington leben. Ich werde alle Hände voll mit meinen Kursen und Versuchen zu tun haben und werde dich nicht stören.«

»Vergiß es, Emma!« Da war schon der Urton ihrer Ungeduld in der Stimme. Sie hatte entschieden, und sie würde den Spaßmacher sehen wollen, der ihre Entschlüsse umstürzen konnte. Weder wollte sie meinen erschütterten Dank, den ich mühsam verschluckte, noch wollte sie überhaupt, daß ich von ihrem Opfer ahnte. Ich war doch sooo langsam!

Großmutter berichtete mir anschließend über weitere Entwicklungen und Veränderungen. Papa hatte einen jüngeren Sozius aufgenommen. Er wurde eben auch nicht jünger, sagte Großmutter trocken. Ein Schotte, mit dem mein Vater gut Freund war und der schon mehrere Jahre im Antiquitätengeschäft gearbeitet hatte. James Macpherson war zweiundvierzig Jahre, hatte sein Antique & Fine Arts-Unternehmen in Schottland verkauft und suchte nun in London ein Haus mit einem geräumigen Dachboden.

»Falls du einverstanden wärst, würde er dein Haus in Chelsea kaufen, Emma! Augenblicklich wohnt er noch bei uns.«

»Ist er so intim mit Papa?«

»Es sieht so aus. Männer unter sich«, sagte Gran sardonisch.

»Magst du ihn?«

»Es gibt Schlimmere.« Großmutter lächelte sauer.

»Was sagt seine Frau zu der Sache, Gran?«

»Er ist Junggeselle. Eine Frau hätte uns noch gefehlt. Da könntest du gleich im ›Haus Zuflucht‹ bleiben.«

Wir lachten. Gran hatte recht, wie immer. Sie sagte, Mr. Macpherson habe bereits einen Preis für mein Haus angeboten,

den Papa viel zu hoch fand. Gran fand den Preis angemessen. »Du weißt ja, wieviel dein lieber Vater von Geld versteht.«
»Ich weiß.« Mein Unglück hatte mit Papas Beschäftigung mit den Mysterien der Londoner Börse begonnen. Ich verjagte den Schatten von Mr. Bliss mit abergläubischer Hast.
»James ist netter, als man auf den ersten Blick denkt.« Das war bei Großmutter hohes Lob. Sie verabscheute neue Bekanntschaften, die nicht immer wußten, wer sie war, und daß sie persönlich mit Gott telefonierte. Soviel ich weiß, gefiel ihr niemand auf den ersten oder dritten Blick.

James war tatsächlich netter, als ich zuerst dachte. Der lange, rotblonde Mann schien stumm, abwesend und etwas mürrisch zu sein. Aber wenn er über Antiquitäten sprach, belebte er sich bemerkenswert. Seine stahlblauen, strengen Augen begannen zu leuchten. Wenn er lächelte, wurde er jung und anziehend, das Gegenteil des »harten Schotten«. Tatsächlich war James *viel* netter, als ich anfangs gedacht hatte.
Er interessierte sich für meine Arbeit an den Miniaturwelten der Vergangenheit und brachte ständig kulturhistorische Bücher und Abbildungen mit. Der erste Mann, der Interesse an mir zeigte, was Papa und Gladys nicht entging. Einmal grinsten sie sich an, und ich fragte, was sie so komisch fänden. Keine Antwort, wie üblich.
James trug viel zur Entstehung der »Emma-Protheroe-Werkstätten« bei und beteiligte sich auch finanziell an der Gründung der Firma, deren Puppenhäuser heut ein Begriff in London sind.
Tatsächlich war James soviel netter, als ich zuerst gedacht hatte, daß wir zwei Jahre nach meiner Heimkehr aus dem Heim für mißhandelte Frauen heirateten.
Aber dieses Mal heiratete ich nicht, um meinem Vater einen Gefallen zu erweisen.
Ich tat mir selbst den Gefallen.

Schwarze Nachtigall

Notting Hill, London W11

»If no smile on your face, no use open shop.«*
Westindien

I

Hab ich mir verhört, Sir? Unsere Banane mit Curry und Kokosmilch schmeckt Sie nich? Das gibt es nich, Sir! Nich mal in dies London mit sein Wassergemüse und so weiter! Unser Lokal bestes karibisches Speisehaus in dies Notting Hill, Sir. Is so und bleibt so.

Gut, daß Tante Doll und Onkel Judas Dishwater Ihnen nich zuhören, Sir! Onkel Judas nich mein Onkel, schläft aber mit Tante Doll, was meine Blutstante aus Trinidad is. Was sagten Sie, Sir? Ein Rumpunsch und nix sonst? Bitte sehr! Wie Sie wünschen, Sir! Ich mein, Sie sitzen da so einsam in dieses große London, und da wollte ich . . . Schon gut, Sir! Ich weiß, wenn ich nich erwünscht bin. Hab ich in dies London sofort gelernt. Schwarzer Mann unerwünscht in jede Windrichtung. Schwarzes Mädel gleichfalls überflüßlich hier. Ich sehr-sehr sehnsuchtsvoll nach mein Trinidad, Sir! Immer Sonne und Verwandtschaft in Mamas Küche und Reisfeld und Palmen

* Wenn du nicht lächeln kannst, darfst du keinen Laden eröffnen!

und alles. Nich mal Palmen hier oder kleinste Lotosblüte. Die Rechnung, Sir? Winzigen Augenblick, bitte! Tantchen bißchen langsam. Onkel Judas, der immer Rechnung schreibt, gerade wieder unschuldig in seine Gefängniszelle. Direkt vom Portobello-Markt ab in seine Zelle. Polizei in dies London zu streng und neugierig. Bitte sehr! Danke sehr, Sir! Hab kein Trinkgeld erhofft, wo unsere Banane mit Curry und Kokos Sie nich schmeckt! Is nich Schuld von Banane! Onkel Judas hätte Ihnen verprügelt, wenn er das gehört hätte! Guter Mann, nur bißchen gewaltsam und so weiter. Aber mit Ihre Polizei wird er nich fertig. Das sind Tiger, sagt er. Typisch für London-Dschungel, sagt er.

Er is weg. Kommt nich wieder. So was fühl ich. Wie soll ich Tante Doll beibringen, daß Englandmann unsere Banane ... Das beste is, ich sag sie nix. Sie gute Tante, nur bißchen gewaltsam. Kocht aber prima karibisches Essen. Wenn sie wütend is, klirrt sie mit ihre großen Ohrringe. Zuviel Lärm für England! Die wollen kein Speisehaus, die wollen Friedhof mit warme Küche. Für Tante Doll sind Englandgäste große heimliche Feinde. Sie zahlen aber prima. Handeln nie vom Preis ab. Bevor er ins Gefängnis ging, gab Onkel Judas Tante Doll große Ohrfeige. Dicke Tränen liefen über kugelrundes Gesicht von Tante Doll. Mir haut er nich. Ich bin jung und zahl ihm alles wieder. Er schimpft, warum ich rumsitze. Is ungerecht. Ich tue alles in dies Haus und leb von meine Trinkgelder. Tante Doll und Onkel Judas große Geizhälse. Sie sparen aber alles, weil sie später nach Haus wollen. Is zu komisch mit Trinidadleute! Wir reden alle Tag und Nacht, daß wir in allernächste Zukunft nach Trinidad zurückfligen. Aber wir sind alle noch da ...
Nachts, in meine Dachkammer, sing ich leise, leise vor mir hin, damit mir niemand hört. Große Singstimme, aber niemand hört zu. Nur die Ratten. Is so und bleibt so.

Wir essen natürlich nich teures Gästeessen. Wir haben Suppe, Reis, Krabben. Sonntags nach Kirchgang Reis mit Pilze. Und Curry-Banane, von Englandmann verachtet. Ich nur Pickney, dummes kleines Ding. Glaubte alles bei meiner Ankunft in dies London. Großvater zu Hause sagt: »Du schüttelst fremdem Mann die Hand, schüttelst aber nicht sein Herz.« Stimmt. Ich werd nich klug aus diese Leute in diese Stadt. Schimpfen nich, wenn sie wütend sind, und dann sagen sie: »Dräng dich nicht vor! Stell dich hinten an und warte, bis du an die Reihe kommst.« Warum soll ich warten? Ich dräng mich vorsichtig vor und bin denn schneller zu Haus.
Sonnabend großer Markt in Portobello, wo Onkel Judas alten Kram – ehemals Eigentum von Königin Viktoria – kauft oder verschwinden läßt, aber deswegen is er nich in sein Gefängnis. Is Rauschgiftschmuggel. Er hat ne Menge Leute in Notting Hill, die rennen und sein Zeug verkaufen. Königin zu streng mit arme karibische Rauschgiftschmuggler. Tante Doll heult Tränenströme, wenn er wieder ins Gefängnis von Königin is. Sie zu vernarrt in diesen Judas-Mann und er etwas zu jung für sie. Er hat andere Mädchen. Aber ich sag es sie nich. Sie zu wild nach diesen Mann. Wenn Königin ihn endlich deportiert, denn sing ich vierundzwanzig Stunden hintereinander und koch Reispudding mit tüchtig Zimt und Zitrone für mir und verwitwete Tante Doll. Is ihr Leibgericht. Sie dick wie Tonne, aber recht hübsch für ihre Jahre.
Englandleute fragen nix. Nich, wo ich herkomm, und nich mal, wie dies London mich gefällt, was sie immer Ausländer in Fernsehkiste fragen. Es gefällt mich nich. Das wollen sie nich hören. Niemand fragt mir, wo ich herkomme, wo meine Familie lebt und wie viele Pickneys zu Haus sind. Sie fragen nich mal, wieviel Geld wir haben. Alles von größtes Interesse in Trinidad. Polizei in Notting Hill sagt: »Wenn London Ihnen nicht gefällt, warum gehen Sie nicht dorthin zurück, wo Sie hergekommen sind?« Ich hab gelernt, den Mund zu

halten. Polizeibonze fragt nich mal, wie viele Tanten und Großonkels in Trinidad lachen und singen. Interessiert ihm nich. Denn eben nich, lieber Onkel!

Neulich abend sehr netter Englandgast. War in Trinidad und Tobago, und ich sing ihm Lied von Tamarindenbaum vor. Aber er will nix hören. Lächelt auch nich mehr und bestellt Kaffee. Niemand in diese Stadt will mein Liedchen hören. Zu traurig, muß aber wegen Gäste tüchtig lächeln ...

Daheim, in unsere Kirche, war ich Nummer-eins-Nachtigall. Das is aus. Notting Hill auch nich so ländlich-lieblich wie mein Dorf in Trinidad. Nich mal Palmen und kein Brotfruchtbaum im Hinterhof. Nur Bierkisten, Zeitungsberge, Abfall und neugierige Ratte mitten im Ascheimer. Ich nehm ihr raus und geb ihr Freiheit. Was kann Ratte dafür, daß sie nur Ratte is? Herrgott liebt ihr, und Onkel Judas schlägt ihr tot.
Schwarze Londoner allerbeste Sänger in dies London. Hör im Radio Mädel aus Trinidad. Singt viel schlechter als ich, is aber »Schwarze Nachtigall« von »British Broadcasting«. So geht es zu auf diese Welt. Hasse dies London mit mein ganzes Herz. Aber daheim zu große Familie und zu wenig Reis.
Is nich schön, wenn man so unbeliebt is wie schwarzer Mann in dies London. Gibt nur einen großen Spaßmacher aus Westindien in Fernsehkiste und heisere schwarze Nachtigall. Sie so berühmt, daß sie in dies London bleiben will. Sagte es im Radio. Muß also stimmen. Wenn ich nich singen kann, würde ich platzen. Ratte hört zu. Liebes Tierchen! Ich sing ihr alle unsere Lieder aus Trinidad vor. Sie hört zu.
Neulich war ich so mißlaunig, daß Tante Doll mir ohrfeigt. Aber dann kocht sie dicke Hühnersuppe, damit ich mir aufheitere. Mit richtiges Huhn drin und Oliven und grüner Pfeffer. Nich wie Suppenpulver in Großbritannien, was nie ein Huhn gesehen hat.

»Soll ich dich was vorsingen nach dies schöne Huhn, Tante Doll?«
»Nie und nimmer. Hack Oliven und halt's Maul, hörst du?«
»Magst du mir ganz bißchen leiden, Tante Doll?«
»Frag nich verdammten Unsinn! Hack Zwiebel für Krabbenpastete.«
Rezept für Pastete is aus Brasilien, aber Tante Doll sagt Gast: »Rezept aus Trinidad.« –
Ich sing nachts in mein Zimmer. Ratte hört zu.

II

Heut abend bildschöner, freundlicher Englandgast an Ecktisch unter rote Ampel. Blondes Haar, Nebelaugen und lacht mir an. Heißt Johnnie, sagt er. Kein Familienname. Aber süßer Gast. Is so und bleibt so. Eines Nachts, wenn Tante Doll schläft, kommt Johnnie zu mich und die Ratte in die Dachkammer. Er sanft und milde wie Vollmond über Asphaltsee. Ich denk, ich versink in den See, aber alles in bester Ordnung. Kammer duftet nach Zimt und Vanille – muß also Liebe sein. Wenn er weg is, sing ich. Ich laß ihm in Ruh, vielleicht will er Lied von Trinidad-Nachtigall nich hören? Er is wunderbar. So sanft. Prügelt mir nich und schenkt mich kleines Silberherz, was er bestimmt nich gestohlen hat.
Eines Abends bringt er seine Mutter mit. Schlimm! Mrs. Ross riesengroße, dürre Englandfrau. Lacht kein bißchen. Essen schmeckt sie nich. Sie blickt mir mißfällig an. Johnnie ganz fremd und sehr um ihr bemüht. Mich übersieht sie. Ich hasse ihr. Er bringt seine Mumma nach Haus und kommt auch nich wieder. Aber nächste Nacht is er wieder da. Ich frag ihm, ob er mir liebt, was man nie fragen darf. Er sagt bißchen ungeduldig: »Natürlich.« Ich frag, wann wir heiraten und er mir endlich Baby macht. Hätte das nich fragen sollen. Aber er weiter sehr freundlich und kommt nie wieder. Wein mir die

Augen aus, tue Pfeffer in Schokoladenpudding, Tante Doll gibt mich gewaltige Ohrfeige. Und mein Johnnie kommt nich wieder.

Nachts sing ich todestrauriges Lied aus Trinidad-Dorf. Ratte hört zu.

Ich koch Kohl mit Erdnußsauce. Auch noch Banane in Butter und Rum für Tante Doll. Sie sagt: »Was is mit dich los? Du immer so finster!« Ich sag: »Nix is mit mich los.« Das is Wahrheit. Tante Doll ißt alles auf. Wird bald platzen wie ein Luftballon. Was mach ich dann? Ich sag zu Tante Doll: »Iß nich so viel.« Ich mein es gut, aber sie ohrfeigt mir. Nich unfreundlich und auch nich sehr hart. Dann fragt sie, wo Fisch in rote Pfeffersauce und Rosinenkuchen für Gast bleibt. Und Rumpunsch und alles. Ich renne hin und her. Seh nach der Tür, ob mein Johnnie vielleicht doch ... Er kommt nich. Is so und bleibt so ...

III

Tante Doll weint und weint. Onkel Judas kam zurück nach Rauschgiftskandal und gleich nach Trinidad abgeschoben. Tante Doll klirrt nich mal mit ihre Ohrringe. Weiß nich, wieso, aber Sozialbeamtin besucht ihr. Wir sind nich so vergessen, wie ich denke. Beamtin freundliche englische Brillenschlange, sehr leise Stimme, so daß Tante Doll nachfragt. Und viel guten Rat für Arbeit und Gebet, was Tantchen leider mit Hohngelächter beantwortet. Beamtin is das wohl gewöhnt, verzieht keine Miene. Andererseits weiß man nie, was Englandleute denken und ob sie nich innen vor Wut schnauben. Sie zeigen es nich. Klirren nich mal mit ihre Ohrringe. Miss Foster, entsetzlich ernsthaft, aber wohlwillig, will Tante Doll trösten, was nie jemand fertigbrachte. Nich in Trinidad und nich in dies London! Miss Foster sagt noch irgendwas über Erzengel und Ruhe und Friede ins eigne Haus, und

Tante Doll nickt sie ganz freundlich zu. »Sie gute Dame«, sagt Tante Doll, »danke Sie von Herzen! Aber Sie können mich nich helfen.« Miss Foster macht steife Verbeugung, nickt mich zu und sagt, ich soll gut aufpassen auf Tante Doll und das Beten nich vergessen. Denn geht sie, und alles is, wie es war. Aber glücklicherweise schimpft Tante Doll etwas mit mich. Sie war zu still nach Judas-Deportierung. Tante Doll etwas rachsüchtig von Natur und wünscht Miss Foster »guten Rutsch in die Hölle«. Oder so was. Is wirklich unfreundlich von sie – dieser Judas hat ihr ganz verrückt gemacht. Sieht immer nach Post. Ich könnte sie sagen, daß er nie schreiben wird. Sag nix, sonst verprügelt sie mir. Sie hat trotz Traurigkeit und Fettwanst enorme Kräfte. Gestern fragt sie mir, wer Rücken von Vollmond sieht. Weiß nich, was sie meint, und hab Angst ... Nächsten Tag is Tante Doll in Ordnung und schwatzt mit ihre Freunde von Markt. Sie schimpft ganz laut über dies London, und ich sag sie, sie soll vorsichtig sein. Soll sich Pfeil genau ansehen, bevor sie ihm wirft. Große englische Kunst: Handhabung von Pfeilen. Auch unsichtbare Pfeile! Englandleute schlau wie Obeah-Zauberer daheim. Aber sie rasieren sich jeden Tag.
Ich bin nich schlau. Nie gewesen. Leb so vor mir hin. Ohne Johnnie. Liebe? Is verrotteter Apfel von alten Baum in Paradies!
Singe nie mehr. Kehle voller Staub. Schwer, schwer genug, Luft zu kriegen. Rieche Rauch von brennende Blätter. Huste wie heisere Nachtigall in Westend-Club.

Manchmal hat Johnnie gesagt: »Immer mit der Ruhe!« Was hat Liebe mit Ruhe zu tun? Es kränkt mir, wie er weggeht, ohne Absched. Ohne kleines Dankgeschenk. Wir haben wenig zu Haus, aber für Dankgeschenk is immer was da. »Wein nich, dumme Kuh«, sagt Tante Doll. »Hat er dich Baby gemacht?«

»Hab mir vorgesehen!«

Tante Doll sagt, ich nich so dumm, wie jeder denkt, wenn er mir reden hört. Erstes Kompliment, was sie mich jemals machte. Nachts kriech ich unter Bettdecke. Singe wieder, aber niemand darf es hören. Sehnsuchtslied. Viel besser als schwarze Nachtigall in Fernsehkiste. Niemand hört mir. Nur treue Ratte.

Is so und bleibt so.

Miss Baldwins Geheimnis

Ein Frisiersalon in London W1, Soho

»Wer von einem Skorpion
gebissen wurde, fürchtet sich vor einer Fliege.«
Spanisches Sprichwort

»Mildred, wo stecken Sie? Haben Sie vergessen, daß die Herzogin von Dingsda in fünfzehn Minuten kommt? Ihre Gnaden sind auf die Sekunde pünktlich. Nehmen Sie sich ein Beispiel an ihr, Mildred! Wie? – Was? – Aber Mildred! Die Herzogin trinkt nur grünen chinesischen Tee. Muß sofort besorgt werden. *Was* sagen Sie? Es sind keine Ingwerkekse da? Aber Sie wissen doch genau, daß die Herzogin nichts anderes ißt. Peter muß sofort zu Fortnum & Mason's fahren. Er kann meinen Wagen nehmen. – Nein, Mildred! Die Herzogin rührt keine anderen Kekse an. – Das will ich nicht gehört haben, Mildred! Ja, natürlich, Kabine vier für Lady Goodwin und sechs für Mrs. Wilder. Ist der Wasserhahn endlich repariert? Was in aller Welt hat Mr. Turner gestern getan, außer Tee zu trinken? Wenn er so weitermacht, müssen wir einen anderen Klempner suchen. – Nein, Mildred, sagen Sie ihm das nicht! Es gibt keine Klempner in Soho. Wenigstens keine, die Tee bei uns trinken. Und nehmen Sie sich bitte bei Lady Goodwin in acht, Mildred! Sie sind eine richtige kleine Klatschbase, Mädchen! Wir kommen in Teufels Küche. Ich weiß nicht, warum alle Leute sich für alle Leute interessieren. – Natürlich Mildred! *Der* Skandal ist doch uralt! Drei Tage sind in London eine Ewigkeit. Das sollten Sie wissen! Wenn *ich* Ihnen sage, daß Mrs. Egerton ziemlich schuldlos geschieden ist, dann ist es so. Ich wünsche nicht, daß in meinem Frisiersalon Gerüchte verbreitet werden. Ist das klar? – Also, Mildred! Ob Sie es glauben oder nicht: Mrs. Egerton versicherte mir persönlich, ich gab ihr gerade die neue Tönung, daß sie ... oh, Telefon: Ich komme. – Ich werde hier noch verrückt.«

»Guten Morgen, Miss Carpenter! Leider keine Zeit heute. Wie bitte? *Liebe* Miss Carpenter! Ich habe keinerlei Verbindung mit Frank Colville. Wenn Sie es mir nicht glauben, kann ich es nicht ändern! Nein! Ich wüßte nicht, was Mr. Colville und ich zu besprechen hätten. Direkt lächerlich! – Leider kann ich mich nicht weiter mit Ihnen unterhalten, so gerne ich es möchte. – Einen Augenblick, Miss Carpenter! Ich muß eben sehen, ob ich Sie am Donnerstag persönlich betreuen kann. Mildred! Das Buch bitte! Ja, Miss Carpenter, am Freitag paßt es. Um elf Uhr. Aber bitte pünktlich! Natürlich ist Mildred tadellos. Ich habe sie angelernt, genau wie Margery. Auf Wiedersehen, Miss Carpenter!«
»Mildred! Wo stecken Sie? – Was Sie machen sollen, wenn Lady Lightfoot Weinkrämpfe bekommt? Nichts. Dann hört sie von selber auf, weil es ihr langweilig wird. Und wenn Sie noch ein einziges Mal Lord Lightfoot schöne Augen machen, dann sind wir getrennte Leute. Ist das klar?«

»Welche Ehre, Euer Gnaden begrüßen zu dürfen! Also die neue Haartracht hat sogar Ihrer Frau Schwiegermutter gefallen? Sehr erfreulich, Your Grace! – Mir geht es ausgezeichnet, wie immer – vielen Dank! Gewiß, man wird nicht jünger, aber man tut, was man kann. Aber selbstverständlich, Your Grace!
Ihre Ingwerkekse warten schon seit gestern auf Sie. So! –

Bitte zwanzig Minuten entspannen! Dann wird Mildred Ihr Haar waschen. Selbstverständlich mache ich Ihre Tönung selbst, Your Grace! Das wäre ja noch schöner, nicht wahr? Natürlich zittere ich, daß Mildred heiratet, Your Grace! Männer sind die größte Behinderung im Geschäft. – Ja, Mildred *ist* verlobt. Aber niemand soll es wissen. Als ob es ein Verbrechen wäre, hahaha! – Ja, natürlich war ich auch einmal verlobt. Ziemlich lange her. Ich sage immer, verlobt ist nicht verheiratet. Ich habe trübe Erfahrungen mit verheirateten Angestellten gemacht. Der rechte Eifer fehlt. Und sie jagen nach Haus, um dem lieben Mann sein Supper zu kochen. Ich sage immer: Warum kochen die Burschen nicht Supper für sich und ihre Frau? Männer haben doch angeblich mehr Kräfte ... Aber nein! Die Frau jagt todmüde nach Haus, soll duschen, sich umziehen und kochen. Und dem Mann einen taufrischen Anblick bieten. Direkt lächerlich!
Jetzt muß ich Serena dressieren. Wann wird die heiraten? Warum gibt's überhaupt Männer?
Ich komme schon, Lady Lightfoot! Warum sind wir denn so melancholisch heute? – Aber ich bitte Sie! Ein paar Haare in der Bürste kündigen keine Glatze an! Wir werden Massage und Kräuterpackungen machen, Lady Lightfoot! Dann ist alles in Ordnung. – Ja, mein Haar ist mein ganzer Stolz. – Natürlich pflege ich es sorgfältig. Das muß eben sein. – Nein! Naturfarbe!«

Wer schreibt seiner Braut Briefe, anstatt sich mit ihr auszusprechen? Ich weiß nicht, ob andere Männer auch eifrige Briefschreiber sind, aber Frank Colville war einer. Er sagte niemandem eine unangenehme Wahrheit ins Gesicht. Zurückhaltung? Takt? Feigheit? Frank war ein Feigling. Es ist viele Jahre her, ich meine, daß er nicht mit der Wahrheit herausrückte. Aber ich weiß es noch wie heute. Komisch, daß man sich nach so vielen Jahren noch an so unwichtige Angele-

genheiten wie eine Entlobung erinnert! Aber ich sitze eben nach Geschäftsschluß in meiner Wohnung in Soho und sehe durchs Fenster, wie alle anderen Londoner Arm in Arm in den Restaurants verschwinden. Und einige Einzelgänger in den letzten Sex-Shops! London wird ja immer moralischer ...
Ich habe nur meine Erinnerungen an Wanderungen, Arm in Arm. Das war, als Frank mich noch heiraten wollte und plötzlich mein Haar in der Suppe fand, wenn ich so sagen darf. Oder mehrere Haare ... Er fand nicht einmal den Mut, mir ins Gesicht zu sagen, daß er nach reiflicher Überlegung doch nicht heiraten wollte. (Wenigstens nicht mich.) Da er sich nicht schämte, einen solchen Brief zu schreiben, schämte ich mich für ihn.
Es fing alles sehr nett an. Wir lebten beide mit unseren Familien in Derbyshire und liebten uns und außerdem Sport, Pferde, Hunde und gelegentlich unsere Ruhe. Frank und ich paßten gut zusammen. Ich war neunzehn Jahre alt und studierte Medizin, als das Schicksal zuschlug. Und zwar auf meinen Kopf. Meine Eltern und Frank und seine verwitwete Mutter hatten Landbesitz, schöne alte Häuser und alles, was zum Landleben dazugehört. Lady Colville war zufrieden mit mir, weil sie wußte, woher ich stammte. Wir kannten uns alle seit unserer Kinderwagen-Zeit. Meine Schwiegermutter meinte, das Studium und solchen Unsinn würden die Babies schon vertreiben. Ich war eine gute Reiterin und verstand etwas von Blumen. Alles war in bester Ordnung.
In diesem Sommer bekam ich ein Fieber, das mich schwach und reizbar machte. Ich war zur Erholung daheim, und Frank besuchte mich, sooft er konnte. Er war ein guter Landwirt und führte alles im Sinne seines Vaters weiter. Lady Colville sagte oft, sie könne von Glück reden mit diesem Sohn. Sie meinte natürlich, ich könnte mit diesem Mann von Glück reden ...
Frank strich mir gern über mein langes, glänzendes Haar, das

ich nie kurz geschnitten hatte. Übrigens hatte ich ein gewisses Geschick beim Frisieren und übte bei meiner Mutter und sämtlichen Tanten zu festlichen Gelegenheiten.
Das Unglück brach schrittweise über mich herein. Es schreitet in Wahrheit nicht halb so schnell, wie Filmregisseure immer annehmen. Eines Morgens hielt ich ein Büschel Haare in der Hand. Ich mußte mich zu heftig gebürstet oder gekämmt haben. Kein Unglück bei meiner Haarfülle!
Aber die Haare fielen weiter aus. Frank war einige Monate in Kanada, wo er Freunde und Landwirte besuchte. Nach seiner Heimkehr nach Derbyshire trug ich auch im Zimmer ein Kopftuch. Die Spezialisten hatten vor einer Perücke gewarnt. Das Haar sollte Luft zum Wachsen haben. Aber das Haar wuchs nicht. Bei Franks Rückkehr war ich bereits ein Kahlkopf. Ich betrachtete mich nie mehr im Spiegel. Ich sah aus wie mein Vater mit Ohrringen.
Als Frank und ich daheim auf dem Sofa saßen und das Hochzeitsdatum besprachen, zog er mir spielerisch das Tuch vom Kopf. Er wurde weiß. Ein Jahrmarktsscherz: Ein Clown im seidenen Sommerkleid blickte ihn aus großen, flehenden Augen an.
»Das Haar wird wieder wachsen«, stammelte ich. »Im Augenblick geht es noch langsam.« Es ging nicht langsam, meine Glatze war fast spiegelglatt.
»Ich verstehe«, sagte Frank tonlos. »Es macht mir nichts aus.« Aber er verstand nichts, und es machte ihm eine Menge aus. Er war jung, gesund, unkompliziert und stolz auf mein dunkles, langes Haar gewesen.
Die Aussicht, sein Ehebett mit einem Kahlkopf zu teilen, warf ihn um. Ganz zu schweigen von meiner Schwiegermutter. Aber ich darf nicht vergessen, daß Frank ihr nie den wahren Grund unserer Entlobung mitteilte. Es wäre albern, kein gutes Haar an ihm zu lassen, denn ich hätte ihn schließlich um ein Haar geheiratet.

Warum ich das Studium der Medizin damals aufgab, kann ich heute nicht mehr genau sagen. Ich muß besessen gewesen sein, denn ich dachte nur noch an Haare, Haarteile und kunstvolle Perücken. Kurz und gut, ich lernte frisieren. Selbstverständlich in London, was mir nur recht war. Ich konnte die aufgerissenen Augen und den Schrei meiner sonst beherrschten Mutter beim zufälligen Anblick meiner Glatze nicht vergessen. Sie hatte mir abends eine Tasse Tee ins Zimmer gebracht und wollte sich noch etwas mit mir unterhalten. Sie wurde ohnmächtig. Mein Vater und ich mußten sie erst einmal auf mein Bett legen. Dann holte Papa den Arzt, und ich stülpte meine Perücke auf.

Nach diesem Erlebnis versteckte ich meinen Handspiegel im untersten Fach des Wäscheschranks. Ich verschloß meine Schlafzimmertür, damit Mama keine Zustände mehr bekäme. Mein Vater war mein einziger Trost und meine ganze Stütze. Er tat, als wäre nichts geschehen, und er machte das ausgezeichnet. Um meine Mutter war er sehr besorgt, denn sie kränkelte nach meiner Katastrophe, und jetzt waren es keine eingebildeten Krankheiten wie früher. Es war höchste Zeit, daß ich mein Elternhaus verließ. Natürlich kam ich zu Weihnachten nach Hause. Mit einer Perücke, die an Schönheit die Natur weit übertraf. Frank hatte inzwischen geheiratet. Es ging mich nichts an.

Mein Frisiersalon wurde mein ganzes Leben. Wann immer ich an Frank dachte, kam mir der Ärger immer noch hoch, obwohl ich mich zu Verständnis und Nachsicht zwang. Ich konnte ihm nicht verzeihen. Merkwürdig, daß das Unglück einen so nachdenklich macht! Im Glück ist man taub, blind und natürlich glücklich. Ich weinte nie. Vielleicht war das ein Fehler.

War ich eigentlich rachsüchtig? Wünschte ich Frank Enttäuschungen, Langeweile mit meiner Nachfolgerin und noch verschiedene andere Störungen? Ich weiß es nicht mehr. Vielleicht. Vielleicht auch nicht. Er gehörte in ein anderes Leben, das ich vergessen mußte. Nicht ganz einfach, aber möglich. Wenn ich an Frank dachte, war er wie ein Bühnenstar: extrem anziehend und ebenso unerreichbar. Aber etws hatte er, nicht sehr erfahren, wie er damals war, fertiggebracht. Er hatte Leidenschaft in mir erweckt. Kein aufflackerndes und wieder verlöschendes Feuer der Sinne, sondern starrsinnige Liebe und den ersten Hunger nach Liebkosungen. Ich sagte mir immer wieder, daß man älter und kälter wird, und ich möchte den sehen, der diese Tatsache widerlegen kann! In jeder Lebenslage hatte ich jetzt meine kunstvolle Perücke auf dem Kopf. Alles war in Ordnung. War es in Ordnung?

Ich hatte in einer großen Familie gelebt, mit Verwandten und Freunden um mich herum. Alle Feiertage wurden gefeiert, und jeden Sonntag gab es daheim Familienbesuch. Manchmal kam es mir vor, als ob ich in Soho in der Verbannung lebte. Ich meine: nach Geschäftsschluß.

Vielleicht war ich zu jung, um so zu leben. Aber wenn ich mich mit Freunden von daheim traf, fürchtete ich, daß sie mir spielerisch die Perücke vom Kopf ziehen würden. Eine närrische Befürchtung, aber ich kam dagegen nicht an. Ich konnte nicht einmal meinem Vater davon erzählen, der mir immer soviel Mut machte. Er hatte lange Jahre im Wirtschaftsministerium gearbeitet, sich aber wegen seines Herzens aufs Land zurückgezogen. Er war gesund, sollte aber Aufregungen meiden. Ich spielte ihm oft eine zufriedene, gutgelaunte Tochter vor. Aber manchmal sagte er: »Streng dich nicht so an, Liebes!« Dann fiel ich ihm um den Hals, heulte wie ein Schloßhund, und er klopfte sanft auf meine Schulter und sagte: »Schon gut, schon gut!« Ich weiß nicht, was ich ohne Papa angefangen hätte.

Wann ich mir vornahm, meine Abende nicht immer allein zu

verbringen, könnte ich heute nicht mehr sagen. Aber die Einsamkeit in meiner hübschen, ordentlichen Wohnung begann zu schreien, falls sie so etwas tut.
Ich hatte mir aus dem Frisiersalon eine neue Frauenzeitschrift mit nach Hause genommen, in der ich einen interessanten Artikel und eine Adresse fand. Das Unternehmen nannte sich *»Singles«* und war im West End. War ich ein Single oder nicht? Kurz und gut, am nächsten Abend machte ich mich auf die Socken, um andere Singles kennenzulernen. Wahrscheinlich waren die Frauen in der Überzahl, wie überall, aber das sollte mich nicht kümmern. Ich hatte im Augenblick genug von meiner eigenen Gesellschaft.

Der »Club der Singles« befand sich in einem netten kleinen Hotel im West End, das ich bequem erreichen konnte.
Ich hatte mich ausnahmsweise hübsch angezogen, um nicht als trübselige Einsiedlerin die Stimmung zu verderben. In dieser Zeit verdarb ich vielen Leuten, die mich von früher kannten, ihre Londoner Stimmung. Ich traf sie zufällig in Piccadilly oder in Soho oder auf dem Mond. Diese Londoner Tage waren phantastisch für unsere Besucher aus der Provinz, und ich konnte verstehen, daß sie mir, so wohlerzogen es ging, aus dem Weg gingen, wenn sie mich zufällig beim Einkaufen erblickten. Ich wußte und fühlte, daß meine Jugendfreunde und Freundinnen tapfer um eine normale Beziehung mit mir kämpften, und wenn es mit einer Tasse Tee oder einem Dinner in Soho nicht klappte, dann war es meistens meine Schuld. Ich war wohl mißtrauisch und schweigsam geworden, und das erschreckte die guten Leute. Man will ja nie, daß Freunde plötzlich ein anderes ernstes oder sogar tragisches Gesicht zeigen. Wenn nicht alles in bester Ordnung ist, muß man eben so tun, »als ob«, hatte Papa mir erklärt. Er wußte, wovon er sprach. Er zeigte mir niemals ein trübseliges Gesicht.

Der Club der Singles tagte in der Bar des Hotels. Man konnte sich hier bei einem passenden Getränk kennenlernen. Man konnte sich unterhalten. Man konnte tanzen. Man konnte sich aufhängen, je nach Geschmack. Ich sah im Spiegel, daß ich gut in Form war. Wenn ich auch mein Haar verloren hatte, meine Figur hatte ich behalten. Ich hatte nur nicht mehr die eisernen Nerven der Glücklichen.
Es war angenehm leise in der Bar, und die Musik war angenehm gedämpft. Ich beschloß, nichts übelzunehmen, wozu ich leider ein gewisses Talent entwickelt hatte. War ich überempfindlich?
Eine ältere Dame, sehr fröhlich, wenn auch etwas hektisch, begrüßte jeden Gast mit den Worten: »Haben Sie viel Spaß!« Ihr verwittertes Gesicht zeigte wenig Spuren von Spaß, aber sie tat wahrscheinlich ihr Bestes. Dafür wurde sie bezahlt.
Auch ich tat mein Bestes und bestellte mir einen netten Cocktail an der Bar. Neben mir saß ein eleganter, noch junger Mann, der Zeitung las und nicht einmal aufblickte, als ich den einzigen freien Platz an der Bar neben ihm einnahm.
Der Mann trank Whisky und las weiter. Als er die Zeitung ausgelesen hatte und aufblickte, erkannte ich jemanden aus meiner fröhlichen Jugend in Derbyshire: Frank! Ich sagte »Hallo«, und er sagte ebenfalls »Hallo«. Ich fragte, was er hier zu suchen hätte, da er meines Wissens doch verheiratet sei. Er ignorierte die Frage, was er sich als mein Bräutigam nie erlaubt hätte. Er war überhaupt verändert. Sehr viel sicherer, als ich ihn in Erinnerung hatte, und mit einem mißvergnügten Zug um den Mund. Frank war früher nie mißvergnügt gewesen. Im Gegenteil. Seine eiserne gute Laune hatte mich gelegentlich irritiert. Er fragte, ob ich immer noch Limonade tränke, oder dürfte es ein Whisky sein.
Wir kamen so langsam ins Gespräch, als ob jedes Wort Geld kostete. Er fragte, warum ich mit dieser Krankenschwesterstimme mit ihm spräche und ob ich dächte, er wäre Witwer.

Im Gegenteil. Er sei weiter glücklich verheiratet und Vater von zwei kleinen, brüllenden Kindern. Ich gratulierte ihm, was er ignorierte.
Was wollte er im Club der Singles? So eine dumme Frage konnte nur ich mir stellen. Er suchte Unterhaltung. Wie fast jeder Ehemann in meiner Bekanntschaft.
»Du siehst wunderbar aus, Edwina!«
»Warum bist du so mißvergnügt, Frank?«
Er überhörte die Frage und zuckte die Achseln. Die Musik spielte einen altmodischen Tango, der zufällig »unsere Musik« gewesen war ...
»Wollen wir tanzen?«
Wir tanzten. Ich war wieder in einer Welt der Wasserfarben, ohne die Schrecken der Finsternis. Ich war in seine Arme geglitten, als ob ich dahinein gehörte. Wahrscheinlich gehörte ich dahinein ... Frank war immer noch ein wundervoller Tänzer, nur daß er seine Lippen nicht auf meine Perücke preßte ... Also er hatte es nicht vergessen! Ich müßte wahnsinnig sein, wenn ich das angenommen hätte. Aber je länger und enger wir tanzten, desto sichtbarer heiterte er sich auf. Ich verbannte die traumatische Vision meiner Glatze so erfolgreich, daß ich sie ganz vergaß. Ich wußte nur, ich wollte Frank dringender und verzweifelter, als ich ihn jemals haben wollte. Aber wahrscheinlich war mein Wunsch so hoffnungslos wie der Wunsch eines Vierfüßlers, sich in die Lüfte zu schwingen.
»Oh, Frank!«
Ich blickte zufällig auf und sah sein Lächeln. Es war ein bißchen selbstzufrieden und eitel, wie er eben war. Es machte mir nichts aus. Ich war wieder genauso eigensinnig in ihn vernarrt wie damals, als er mich verlassen hatte. Raste die Zeit zurück? Nur in der Musik! Es war ein typischer schmalziger Tango, und ich liebte den Tanz und Frank und die Bar mit den Singles. Alles! Ich hatte nicht gedacht, daß ich noch einmal so weich und glücklich sein könnte. Der Tango endete. Da alle

Paare klatschten, wurde er noch einmal gespielt. Aber für Frank war der Tanz zu Ende. Er blickte verstohlen auf seine Uhr. Ich sah es, da ich kein Auge von ihm ließ.
Ich hatte das Spiel zum zweiten Mal, und dieses Mal für immer, verloren. Wahrscheinlich hatte Frank doch daran gedacht, daß meine Perücke im Bett verrutschen könnte ...
Ich sagte leise: »Ich muß nun gehen.«
Er sah so erleichtert aus, daß es mir das Herz gebrochen hätte, wenn ich mir je so etwas erlauben würde.
»Ich fahre dich nach Haus, Edwina! Du lebst ja jetzt in Soho, nicht wahr?«
»Vielen Dank, Frank! Aber ich habe meinen Wagen draußen.«
Verlegene Pause. Frank brachte mich pflichtgemäß zu meinem Auto. Er lächelte mich an. Nur meine guten Manieren hinderten mich daran, ihm eine Ohrfeige zu geben. Hätte sie sein Lächeln weggewischt? Nicht anzunehmen!
Frank schlug kein Wiedersehen vor, und ich redete mir daheim ein, daß ich einen solchen Vorschlag abgeschlagen hätte ...
Er hatte nicht einmal vorgeschlagen, daß wir »gute Freunde« bleiben sollten. Dazu kannte er mich wohl doch zu gut.
Die ganze Sache war ein dämonischer Spaß gewesen. Ich besuchte nie mehr den Club der Singles. Ich versprach mir nichts davon. Man trifft meistens Leute, die nichts in unserem Leben zu suchen haben.
Morgen ist wieder ein Tag. Ich brauche meinen Schlaf.
Alles in bester Ordnung.

Mein Herr

Ruislip

Mein Herr sagt: »Sie haben es gut, Miss Bright! Sie sind nicht mit meiner Frau verheiratet.«
Wenn seine Frau meinen Herrn besucht, versteckt er sich hinter dem Sofa.
»Adrian!« ruft Lady Foley. »Komm sofort hervor! Ich muß mit dir reden.«
Da mein Herr im allgemeinen Unterredungen aus dem Weg geht und Dialoge mit seiner Ehefrau verabscheut, bleibt er, wo er ist.
»Eine Tasse Tee, Lady Foley?« frage ich sanft und schadenfroh.
»Bemühen Sie sich nicht, Miss Bright«, erwidert sie frostig. »Ich will keinen Tee.«
»Das gibt es nicht«, bemerkt mein Herr hinter dem Sofa. »Was willst du eigentlich, Beatrice?«
Leider kann ich nicht erfahren, was Lady Foley zu besprechen hat, denn ihre Blicke vertreiben mich aus dem Empfangszimmer. Natürlich lausche ich an der Tür. Ich muß wissen, was seine Frau ihm zu sagen hat.
»Komm endlich nach Haus, Adrian! Das ist doch kein Leben für dich hier mit dieser ältlichen Vogelscheuche.«

Ich habe genug gehört und gehe in meine Kellerküche. Natürlich bin ich nicht mehr die Jüngste, aber keineswegs eine Vogelscheuche. Das sagt sie nur, weil sie weiß, daß ich an der Tür lausche. Sie ist noch ziemlich jung, hübsch, Journalistin und die Tochter von Lord Swift, dem gefürchteten Richter im Old Bailey. Sein bester Freund ist Staatsanwalt, und mein Herr ist ein bekannter Verteidiger. Aus diesem Grunde kann er sich wirksam gegen seine Frau verteidigen, die ihn aus seiner Ruhe und aus Ruislip reißen will. Daß ich in diesem Fall wieder auf der Straße sitzen würde, interessiert Lady Foley nicht. Sie hat mich nie gefragt, obwohl ich ihr viele denkwürdige Sachen aus der Finchley Road erzählen könnte. Aber London NW11 interessiert sie auch nicht. Nicht fein genug. Sie wohnt weiter in dem Haus in Mayfair, und mein Herr und ich sind in Ruislip, ganz weit draußen.
Es zieht mich zur Tür zurück, und ich höre jetzt laute, ärgerliche Stimmen.
»Ich bin jetzt hier zu Haus«, sagt mein Herr.
»Blödsinn! Falls du dich noch erinnerst, wohnen wir in Mayfair.«
»Du kannst nur für dich selbst sprechen, Beatrice! Oder für deinen unmöglichen Liebhaber.«
»Du weißt genau, daß Teddy nicht mein Liebhaber ist. Leider.«
Ich sehe durchs Schlüsselloch, daß Sir Adrian und seine entsetzliche Ehefrau zusammen auf dem Sofa sitzen. Es fehlt nur noch die einzige Tochter zu diesem glücklichen Familientreffen. Agatha Foley ist Kaufhaus-Detektivin im West End und macht wenig Gebrauch von ihrer Mutter. Sie besucht Sir Adrian von Zeit zu Zeit. Wahrscheinlich, um zu sehen, ob ich nicht schon einige Kunstgegenstände habe verschwinden lassen. Zufällig stamme ich aus einer anständigen Familie in Golders Green, einer Gegend, die die Foleys nur vom Hörensagen kennen.

Lady Foley redet weiter und weiter, und mein Herr schweigt dazu. Er kann einer der großen Londoner Schweiger sein, wenn es ihm paßt. Natürlich hat er einige lästige Angewohnheiten, die jeden, bis auf mich, zur Raserei bringen können. Ich werde sie ihm allmählich abgewöhnen. Beispielsweise schleudert er seine nassen Handtücher auf den Boden des Badezimmers, und ich kann sie dann aufheben. Das wird sich ändern, sowie mein Herr sich scheiden läßt und vielleicht aus Bequemlichkeit mich heiratet, wenn ich mit Kündigung drohe. Natürlich kann er mich wundervoll entbehren, da mache ich mir gar nichts vor; aber meine Rehkeule und meine Hummersuppe möchte er nicht entbehren. Zu meinem Glück ist er ein Feinschmecker, so anspruchslos er auch tut, der alte Heuchler! Er sieht fabelhaft aus, aber das interessiert mich nicht. Ich will nur mit ihm zusammensein und die Vorteile seiner Position genießen. Getrennte Schlafzimmer sind selbstverständlich, denn ich kann Männer in nächster Nähe nicht ausstehen. Er soll weiter schlafen, mit wem er will, was er im Augenblick mit oder ohne meine Erlaubnis tut. »Alter Schürzenjäger«, sagt seine Tochter manchmal mit einer gewissen Bewunderung. »Was finden diese Närrinnen an dir?«
»Warum rufst du sie nicht an?« fragt mein Herr.
Beide lachen wie die Hyänen im Zoo. Hoch, laut und lange. Lady Foley haßt dieses Gelächter, der einzige Punkt, worin wir beide übereinstimmen. Was immer mein Herr sagt oder tut, er hat recht. Ich muß ihm später abgewöhnen, daß er gähnt, wenn ich ihm eine aufregende Episode aus meiner Jugend erzähle. Die reinsten Gähnkrämpfe, die ich beleidigend finde. Gewiß, ich drücke mich eintöniger aus als er, aber Worte sind schließlich sein Geschäft. Auch seine Tochter handelt mit Worten, und Lady Foley ist eine Naturbegabung. Wie diese drei miteinander telefonieren, ist nicht zu schildern. Das Telefon ist eine entsetzliche Erfindung. Meine Ente mit Orangen wird kalt, der Weißwein wird warm, und mein Herr

lacht und redet mit seinen Damen, daß es einem grauen kann. Einmal wagte ich es, ihn vom Telefon an den Eßtisch zu locken. Nie wieder. Man kann es einfach nicht fassen, wie unangenehm mein Herr wird, wenn man ihn stört. Aber ich kenne ja nun seine Art und bin vorsichtig wie mit einem Vulkan kurz vor dem Ausbruch. Ich sah mal so ein Bild in einem Schaufenster, aber mein Herr übertrifft gelegentlich jeden Vulkan an Zerstörungswut. Wenn sein Essen ihm nicht schmeckt, schiebt er schweigend den Teller weg, rast ins Parterre und fährt nach Soho, wo er im »Fröhlichen Husaren« seine gute Laune wiederfindet. Ich sitz allein mit dem guten Essen und muß meinen Herrn zum Frühstück anlächeln. Er verabscheut eine mürrische Miene zu seinen Spiegeleiern mit Speck. Wenn der Toast etwas zu hart ist, schiebt er ihn in angewidertem Schweigen mit einem furchtbaren Blick beiseite. Sein Hund freut sich. Er ist mein größter Konkurrent. Mein Herr und sein Hund Brutus haben viele Geheimnisse miteinander, die ich nicht wissen darf. Ich glaube, Brutus ist sein einziger Vertrauter. Unverständlich. Aber mein Herr hat mich nicht engagiert, damit ich ihn verstehe, sondern damit ich ihn bekoche. Das machte er mir in der ersten Woche klar – sehr höflich damals und total gefühllos. Mein Vater sagte immer: »Je vornehmer die Bande von Geburt ist, desto kälter benimmt sie sich. In Golders Green kämen die Herren nicht damit durch.«

Mein Herr telefoniert stundenlang. Leider spricht er so leise, daß ich immer nur die Hälfte mitbekomme. Ich lausche nur an der Tür, weil ich wissen muß, was gespielt wird. Bis ich in die Küche zurückrase, während er weiterredet, mit seiner Frau oder mit seiner unangenehmen Tochter, die noch woanders wohnt, oder mit Lord Swift, seinem Schwiegervater. Sonderbar, wie so ein Familienmensch getrennt von seinen Nächsten und Liebsten lebt! Wenn er lange telefoniert, immer möglichst vor dem Dinner, denn nachher hört er Musik, ist

der Braten trocken geworden. Eine meiner bescheidenen Freuden!
»Das Fleisch ist etwas hart, Miss Bright.«
»Tut mir schrecklich leid, Sir Adrian! Aber Sie telefonierten und ...«
Jetzt spricht er noch leiser! »Bitte erzählen Sie mir nicht, was ich getan habe, denn bis jetzt weiß ich es noch selbst.«
»Das würde ich mir nie erlauben, Sir.«
»Aber Sie waren auf dem besten Wege dazu«, sagt er schlau.
»Bitte grillen Sie mir ein Steak! Ich esse keinen harten Braten.«
»Wie Sie wünschen, Sir!«
»Sind Sie beleidigt, oder was? Ich möchte Ihnen von vornherein sagen, daß ich etwas gegen beleidigte Schönheiten habe. Merken Sie sich das, Miss Bright.«
Ich merkte es mir. Ich werde das Fleisch durch die Maschine drehen und Tante Doris nach Golders Green mitnehmen. Nicht jeder kann einen Lammbraten in den Ascheimer werfen. Wie mein Herr! Ich wünsche ihm natürlich das Beste, aber es würde ihm nichts schaden, seine Stellung in der Gesellschaft oder sein Geld zu verlieren, damit er mal erfahren würde, wie andere Londoner leben. Davon hat er nämlich keine blasse Ahnung, denn er verteidigt vor Gericht nur Damen der Gesellschaft. Falls er andere Damen kennt, verteidigt er sie nicht, sondern klagt sie an. Neulich sagte er am Telefon: »Wenn du weiter soviel Unsinn redest, werde ich zu meiner Frau zurückgehen!« Ich war sprachlos. Er bringt es fertig und geht zu Lady Foley zurück. Das werde ich verhindern.
Wenn er mich nur nicht so einschüchtern würde! Manchmal weiß ich wirklich nicht, was er meint, und ich darf nicht nachfragen. Mein Herr ist etwas ungeduldig. Tante Doris würde es tobsüchtig nennen. Allerdings ist es beinahe lautlose Tobsucht. Und darum noch gefährlicher.

Natürlich hatte ich erwartet, daß mein Herr sich beim Tee mit mir unterhält. Beim Frühstück und Dinner will er prinzipiell allein sein. Da unterhält er sich mit seinem Hund oder hört Musik. Niemals einen Schlager oder irgend etwas Nettes, sondern einen schrecklichen deutschen Komponisten, Bach oder Buch. Dabei kann man einschlafen, aber meinen Herrn ermuntert das so sehr, daß er nach dem Dinner gleich wegfährt. Ich weiß nicht, wohin, und er sagt es mir nicht. Das muß anders werden. Wenn er keine Musik hört, liest er beim Essen Zeitung. Bei beiden Beschäftigungen darf man ihn nicht unterbrechen, sonst erwürgt er einen. Lady Foley ist zwar eine scheußliche Person, deren Scheußlichkeit nur noch von ihrer Tochter übertroffen wird, aber allmählich kann ich verstehen, daß sie lieber allein lebt. Er benimmt sich manchmal wie ein Tiger im Dschungel. Neulich sah ich so etwas im Fernsehen. Der Tiger hatte tatsächlich eine entfernte Ähnlichkeit mit meinem Herrn. Nur umgänglicher. Ich meine, den Tiger.

»Er wird dich nie heiraten«, sagt Tante Doris Fisher in Golders Green. »Er ist einfach eine andere Klasse.«
»Sei nicht so altmodisch, Tantchen! Der Quatsch ist längst abgeschafft, und wir sind alle gleich.«
»Meinst du?«
Tante Doris ist Handleserin und prophezeit ihren Nachbarn schreckliche Sachen, die früher oder später auch eintreffen, weil sie eine Menschenkennerin ist. Ich bin ziemlich deprimiert und will nichts von meiner Zukunft wissen, verstecke meine Hände, und Tante Doris ist beleidigt. Ich kenne niemanden, der so leicht beleidigt ist wie sie. Da muß ich meinen Herrn loben. Wenn man ihm etwas Unangenehmes sagt, lacht er.
Mein Herr liebt nur seinen Hund, und Tante Doris liebt nur ihre Katze. Eine launische und falsche Katze, aber man darf es nicht sagen. Wenn ich ganz nebenbei meine Heirats-

wünsche äußere, fragt Tante Doris, wo ich lebe. In London oder auf dem Mond? »Dein Herr ist ein typischer Klassenhengst, Mädchen! Arrogant, maßlos verwöhnt und totale Gleichgültigkeit gegen die Leiden und Freuden anderer Leute, die nicht seine Schule besucht haben.« Ich kenne niemanden, der so viele Vorurteile hat wie Tante Doris. Sie kennt meinen Herrn nicht, und ich werde sie ihm nicht vorstellen. Nicht einmal zum Handlesen, worüber er bestimmt lachen würde.

Lady Foley ist seine zweite Frau und viel zu jung für ihn. Man könnte sie mühelos für eine Ausländerin, die außerdem noch Opernsängerin ist, halten. So auffallend kleidet sie sich und so viel singt sie. Mein Herr hört zu, und manchmal klatscht er in die Hände, wenn sie ausgesungen hat. Unverständlich. Gestern sagte er, meine Rehkeule sei einmalig.

Ruislip ist ziemlich weit von Mayfair entfernt, aber das stört Lady Foley nicht. Sie besucht ihn, wann immer sie will, und das ist zu oft. Sie erklärt ihm, daß sie sich nicht scheiden läßt. Dabei sieht ein Blinder, daß er nichts mit ihr zu tun haben will. Warum spricht er kein Machtwort? Wenn er in Wut gerät, schüchtert er sogar Lady Foley ein. Und dazu gehört etwas. Schließlich ist er ein bekannter Strafverteidiger und daher nicht auf den Mund gefallen. Er sagt ihr Sachen, die ich mir selbst von ihm nicht sagen lassen würde. Im Old Bailey gibt er bühnenreife Vorstellungen zusammen mit seinem Schwiegervater, dem Richter, und seinem besten Freund, dem Staatsanwalt. Ein Trio nach seinem Geschmack. Sein Schwiegervater kommt nie nach Ruislip, mein Herr fährt zu ihm. Ich bin überzeugt, daß Lord Swift ihn ermahnt, zu seiner Tochter zurückzukehren, denn mein Herr ist noch am nächsten Morgen beim Frühstück schlechter Laune. Warum in aller Welt sollte mein Herr nach Mayfair zurückkriechen, wo er es so gut bei mir hat? Je tiefer die Leute sozial unter ihm stehen, desto netter ist er zu ihnen. Neulich schenkte er dem Küchenmädchen, das mir das Gemüse putzt, die Kartoffeln schält und spült, eine Schachtel »Black Magic«. Da das Mädchen eine Schwarze ist, betrachtete ich es als eine rassenfeindliche Gabe. Aber natürlich sagte ich nichts. Mein Herr wünscht keine Kommentare. Da wird er wild. Mir schenkt er nichts. Nicht einmal etwas zum Valentinstag. Weiß er überhaupt, daß ich da bin? Er sieht mich nie an, er blickt über mich hinweg. Und das ist gewissermaßen ein Kunststück, denn ich bin beinahe so groß wie er. Lady Foley ist knapp mittelgroß. Mein Herr wird bei Zwerginnen enden.

Obwohl mein Herr weiterhin rücksichtslos und schweigsam seinen Tee trinkt, während ich dabeisitze und nicht weiß, was ich sagen soll, hat sich etwas an der ganzen Situation geändert. Lady Foley erscheint seltener bei uns, und mein Herr ist daher in erträglicher Stimmung.

»Ich hoffe, Lady Foley ist nicht krank, Sir.«

»Sie ist nie krank.«

Leider kann ich nichts weiter fragen, denn er runzelt bereits die Stirn. Aber siehe da! Lady Foley erscheint, um ihr Feuerzeug abzuholen, was sie absichtlich das letzte Mal vergessen hat. Auf den Gedanken kommt mein Herr nicht, aber ich bin auch nicht erst gestern geboren und kenne einige Tricks. Sie raucht wie ein Schlot. Aber wenn sie ihre Gesundheit ruinieren will, was geht es uns an?

Lady Foley steht schon auf der Treppe, denn mein Herr telefoniert in seinem Arbeitszimmer. Außerdem scheint er ein Buch zu schreiben, aber niemand darf fragen, worüber. Mein Vater konnte die Fragen meiner Mutter auch nicht ausstehen, aber gegen meinen Herrn war er ein Lamm, wenn sie ihn fragte, warum er so lange im Pub gewesen wäre und mit wem er da gesoffen hätte. Ich möchte meinen Herrn nicht fragen,

mit wem er in seinem Club gespeist hätte oder mit welcher Schauspielerin er wieder im »Fröhlichen Husaren« scherzte.
Lady Foley steht immer noch oben auf der Treppe, und ich stehe hinter ihr. Wenn ich ihr jetzt einen Stoß geben würde, sauste sie ins Erdgeschoß und bräche sich den Hals, denke ich. Es wäre eine einfache Lösung einer Situation, die sich wie ein Gummiband ausdehnt und wieder zusammenzieht.
Ich gebe ihr einen Stoß in den Rücken.
Sie fliegt im Bogen die Treppe herunter und rührt sich nicht mehr. Ich stoße einen Schrei aus.
»Was ist mit ihnen los?« fragt Lady Foley und reißt mich rücksichtslos aus meinen Wunschträumen.

»Sie sollten Turnübungen machen, Miss Bright«, sagt mein Herr. »Das hilft gegen einen krummen Rücken und Depressionen.«
»Ich bin doch sehr vergnügt, Sir Adrian.«
»Dann möchte ich Sie nicht in trüber Stimmung erleben, Miss Bright!«
In diesem Augenblick wird er ans Telefon gerufen. Er ist so vergnügt, als hätte er hundert Klimmzüge gemacht.
»Ja, natürlich, mein Schatz! Um acht Uhr, im Savoy. Nett, daß du dich auf mich freust! Natürlich freue ich mich auch wie verrückt auf dich. Also, um acht dann! Ich hol dich wohl besser ab.«
Wen hat er jetzt wohl wieder aufgegabelt? Man sollte nicht Lady Foley die Treppe runterwerfen, sondern ihn. Er betrügt uns beide. Aber ich erfahre zufällig aus seinem Tagebuch, das er auf dem Schreibtisch liegengelassen hat, statt es einzuschließen, daß er mit seiner Frau im Savoy war. Warum lädt er mich nie ein? Gefallen meine Tischmanieren ihm nicht? Oder gefalle ich ihm nicht? Ich muß eine Schlaftablette wegen des Savoy-Hotels nehmen.

Mein Herr haßt Tränen. Außer im Gerichtssaal, wo er seine Klientinnen darauf trainiert, im richtigen Augenblick zu weinen. Und zwar kleidsam und ohne rote Nase.
Er nimmt sein Dinner immer allein, weil er sich nicht mit mir unterhalten will. Das kann ich mir gar nicht oft genug sagen. Aber den Tee trinkt er weiter mit mir – meistens in finsterem Schweigen. Dabei muß er wissen, wie einsam ich in diesem gottverlassenen Ruislip am äußersten Ende von London lebe. Sein Haus liegt auch noch auf einem Hügel, ganz isoliert. Man kann direkt Angst bekommen, aber mein Herr weiß nicht, was Angst ist. Wie nett hatten es meine Mum und ich in der Finchley Road, wenn Dad endlich nach dem Abendbrot in sein Pub ging!
Meine Mum verstand mich. Wie oft sagte sie: »Du bist zwar nicht die Schönste, Emily, aber du stehst deinen Mann.«
Als mein Dad nach seinem Schlaganfall starb, hatten Mum und ich es direkt gemütlich. Wir strickten nach Herzenslust, was Dad nervös gemacht hatte, wenn er sich unterhalten wollte, und sahen gleichzeitig fern. Alle Nachbarn fanden es selbstverständlich, daß ich meine sogenannten besten Jahre meiner Mutter opferte. Als sie nicht mehr ausgehen konnte, ins Kino oder so, blieb ich bei ihr zu Hause, denn sie mochte nicht allein sein. Da war nur ihr Papagei. Also saß ich Abend für Abend daheim und machte sogar noch ein freundliches Gesicht. Die erste Stellung als Haushälterin suchte ich mir nach Mums Tod. Ich hatte kochen bei ihr gelernt. Das konnte sie. Und sie liebte mich auf ihre Art, auch wenn sie nicht daran dachte, daß ich schließlich noch jung war, etwas Abwechslung brauchte und ihretwegen keinen Boyfriend finden konnte. Ich saß ja immer zu Haus. Und jetzt bin ich beinahe aus den besten Jahren raus und sitze abends allein in Ruislip. Was ist der Unterschied? Oho, ich werde ziemlich hoch bezahlt. Das ist der Unterschied. Aber ich finde wenig Geschmack an diesem Leben in der Schwebe, wenn ich das so nennen darf.

Wenn ich meinen Herrn heiraten soll, müssen wir doch gelegentlich einmal miteinander reden. Aber wenn ich an seine Gähnkrämpfe denke, bin ich wie erstarrt. Ich bin doch älter als er, aber er schüchtert mich ein. Ist mir niemals vorher passiert. Daheim sagten sie: »Emily zahlt jede Beleidigung mit Zinsen zurück.« Das ist länger her, als ich nachrechnen kann. Ich weiß, daß ich meinen Dad oft gelangweilt habe. Die Nachbarn sagten, ich sei das Ebenbild meiner Mutter. In jedem Fall ging mein Dad genausoviel aus wie mein Herr. Nur andere Lokale und andere Preise. Gibt es Pillen gegen Langweiligkeit?
Warum sehe ich mir diese albernen Romanzen im Fernsehen an? Oder gibt es wirklich Männer, die ihre Bräute oder Ehefrauen bedienen und lieben? Und abends bei ihnen bleiben, was wahrscheinlich der größte Liebesbeweis auf der Welt ist? Vor allem in London, wo es so viele Ablenkungen für Männer gibt. Es ist so unfair! Als wäre ich schlechter oder dümmer als Lady Foley! Ich hatte nur nicht ihre Vorteile der Geburt und Erziehung. Das ist der ganze Unterschied. Aber wie kann ich das meinem Herrn klarmachen, wenn er nicht zuhört?
Ich konnte auch meinem Vater nichts klarmachen. Wann immer ich ihm etwas erzählen oder erklären wollte, sagte er ungeduldig: »Komm endlich zum Thema, Mädchen! In der Zeit, die du zum Erzählen brauchst, fliegt ein anderer nach Paris und zurück.«
Mein Dad flog natürlich nie nach Paris. Er ging jeden Sommer mit Mum und mir in ein nettes Seebad, nicht allzuweit von London entfernt. Dort lebten wir billig und ruhig immer in derselben Pension mit denselben Gästen und dem gleichen Essen. Sir Adrian hätte alles kurz und klein geschlagen, so gut hätte es ihm gefallen! Mein Herr flog oft nach Paris, früher mit Lady Foley. Jetzt allein oder mit seiner Sekretärin, einer hellblonden, dreisten jungen Person, die auch manchmal bei

uns in Ruislip für ihn tippte. Sein Buch oder sonst irgend etwas. Er ist nicht einmal in der Leihbibliothek abonniert. Er hat seine Bücher zu Hause. Wenn er nicht ausgeht, liest er. Wer ein aufgeschlagenes Buch auf seinem Schreibtisch zuklappt, bekommt es mit ihm zu tun. Und wer ein Buch etwa in die Bücherschränke zurückstellt, verdient Zuchthaus.
»Wir müssen doch aufräumen und abstauben, Sir!«
»Ich wünsche nicht, daß Sie oder Ihr Küchenmädchen meine Notizen anrühren. Ist das klar?«
»Ja, Sir.«
Er beleidigte mich immerzu, aber ich konnte mich irgendwie nicht wehren oder verteidigen. Wenn er mich scharf anblickte, errötete ich wie ein dummes Schulmädchen. Daß ich trotzdem an eine Heirat mit ihm, allerdings in ferner Zukunft, dachte, ist erstaunlich. Aber ich tue immer, was ich mir vornehme. Ich nenne es »Charakter«. Mein Vater nannte es Eigensinn. Ich glaube, er mochte uns nicht, meine Mum und mich. Er hatte sich einen Sohn gewünscht und nahm es meiner Mutter übel, daß sie seine Wünsche nicht respektiert hatte, wie er es eigentlich von ihr gewohnt gewesen war. Arme Mum! Nie eine Klage. Aber sehr selten ein Lächeln. Höchstens an Geburtstagen. Und Weihnachten, was Dad mit uns feierte, ob es ihm gefiel oder nicht. Aber da alle anderen Familien über die Feiertage zusammenblieben, blieb Dad nichts anderes übrig, als mit Mum und mir die Festtage oder die Zeit totzuschlagen. Ich weiß also, was eine Ehe bedeutet. Trotzdem ist das immer noch besser als das ewige Alleinsein.

Mein Herr sagt: »Reden und Essen sind die einzigen Vergnügungen des Alters.«
»Aber Sie sind noch nicht alt, Sir.«
»Noch älter, Miss Bright! – Wo bleibt mein Tee?«
Mein Herr sagt: »Wir leben alle zu gerne in der Vergangenheit.«

»Aber wir müssen die Gegenwart in Kauf nehmen, Sir.«
»Wie langweilig, Miss Bright!«
Mein Herr sagt: »Wir Europäer wollen uns immer in irgendeine Höhe schwingen. Der Ferne Osten sucht Vertiefung, Versinken, Auslöschung.«
»Das klingt wie Ertrinken, Sir! Wie schrecklich!«
»Ihr Rehbraten war denkwürdig.«
Mein Herr sagt: »Bitte telefonieren Sie mit meiner Frau, und sagen Sie ihr ab, Miss Bright! Ich bin nicht in der Stimmung heute abend.«
»Wenn ich irgend etwas für Sie tun kann?«
»Nur das Unmögliche! Erheitern Sie mich! Aber das können Sie nicht.«
»Ist das eine Beleidigung, Sir?«
»Eine Tatsache, meine Liebe.«

Je länger ich in seinem Hause lebte, desto unzufriedener fühlte ich mich. Was nahm ich ihm übel? Alles!
Vor allem, daß er mich niemals lobte und mir niemals zeigte, daß er mit mir zufrieden war. Er mußte es sein, sonst stünde ich längst auf der Straße. Ich glaube, er hat nicht die geringsten Hemmungen, ergebene Leute abzuservieren, weil er sich nicht vorstellen kann, wie uns gewöhnlichen Sterblichen zumute ist. Er ist nur von meinem Karamelpudding begeistert. Er liebt gebrannten Zucker wie ein kleiner Junge. Lady Foley und ihr Vater schütten Essig in jede Süßigkeit.
Sie besuchte ihn jetzt nicht mehr. Soweit waren wir wenigstens ...
Ich kochte gerade wieder einen Karamelpudding für meinen Herrn, als er plötzlich in der Küche erschien. Es war vier Uhr nachmittags, und wir trinken unseren Tee immer um fünf Uhr.
»Immer fleißig, Miss Bright.«
»Ich koch doch Ihren Pudding, Sir.«

»Ein wahrer Jammer, daß ich ihn heute abend nicht essen kann.«
»Das ist kein Problem, Sir! Er kommt in den Eisschrank für morgen.«
»Zu meinem größten Bedauern bin ich morgen nicht mehr da.«
»Verreisen Sie plötzlich, Sir?«
»Nein.«
»Ich verstehe Sie nicht, Sir.«
»Das wäre nicht das erste Mal, Miss Bright! Aber Scherz beiseite. Ich möchte mich von Ihnen verabschieden und Ihnen für alles danken, was Sie in dieser Übergangszeit für mich getan haben.«
»Übergangszeit, Sir?«
»Natürlich«, sagte er bereits mit der alten Ungeduld. »Ich fahre jetzt nach Hause. In drei Tagen fliegen meine Frau und ich zur Erholung nach Madeira.«
Ich starrte ihn an. Und er räusperte sich.
»Noch eins, Miss Bright! In einem Monat gebe ich meinem Agenten dieses Haus zum Verkauf. Das läßt Ihnen genug Zeit, eine neue Stelle zu finden, nicht wahr?«
Ich nickte. Ich brachte keinen Ton heraus. Ich schluckte krampfhaft, um nicht loszuheulen. Er sah jung und entzückend aus. So hatte ich ihn nie gesehen. Wenn er dachte, daß ich die Sprache verloren hatte, dachte er richtig. Er irrte sich selten.
Er gab mir einen geschlossenen Briefumschlag. »Ein Scheck für Sie, damit Sie sich keine Sorgen machen müssen, bis Sie eine neue Stellung finden. Ich wäre Ihnen dankbar, wenn Sie noch ein paar Wochen hier wohnten, denn meine Tochter kommt morgen hierher. Sie wird meine Bücher und Manuskripte zusammenpacken. Sie braucht nur Tee und Sandwiches, denn sie ißt im West End, wo sie arbeitet.«
Wieder nickte ich, was ihm völlig genügte.

»Also nochmals vielen Dank für alles, Miss Bright! Ich bin leider nicht der Angenehmste.«

Ich wagte nicht zu widersprechen, denn mein Herr kann Widerspruch nicht leiden.

Er ist gegangen.

Ich muß mir eine neue Stellung suchen, ob ich müde bin oder nicht. Am besten bei einem Witwer. Da weiß man, woran man ist ...

Weiß man es?

Bayswater-Trilogie

Prolog

London ist eine Stadt der Erfinder. Das East End hat den Cockney erfunden und die Schneider den Gentleman. Die Oberklasse hat sich selbst erfunden, und die Chinesen mischten ihr »chop suey«. Das Fernsehen hat glückliche Ehepaare erfunden, und die Hunde erfanden natürlich die »Isle of Dogs«. Die Bett-und-Frühstück-Hotels aber hat des Teufels Großmutter erfunden.

Wer in diesen Friedhöfen der Hoffnung Zimmer bewohnt, besitzt Rohmaterial für tragische Komödien und komische Tragödien im Londoner Geschmack. Gesellige Einsiedler, alternde Optimisten, menschenscheue Vergnügungssüchtige, alte Freudenmädchen und junge Trostmädchen. Rauschgifthändler, Zuhälter und Jugendliche aus den ersten und letzten Kreisen. Hunde bellen, Katzen jammern, und die Hotelgäste in diesem trüben Teil von Bayswater liegen im Bett und frühstücken.

Bayswaters Glanzzeit ist längst vorbei, aber die Londoner haben ein gutes Gedächtnis und erinnern sich an große und literarische Zeiten. Nicht alle Gäste und nicht alle Zeiten ...

Spätabends, wenn Gastgeber und Gäste in Hampstead oder Kensington schlummern, erwacht Bayswater zu hektischem Leben, obwohl in den Bett-und-Frühstück-Hotels nur eine trübe Ampel brennt und einige altersgraue Gäste die Nacht in mürrischer Schlaflosigkeit verbringen. Es gibt wenig lachende Greise und Greisinnen in Bayswater. Worüber sollten sie lachen?

Bayswater gehört zu London wie der Regen und die Saison der Sommerfeste mit Musik. Und die Bewohner machen das Beste daraus. Oder das Zweitbeste, da sie gewohnheitsgemäß das Schlechte gegen das Schlechtere verteidigen.

Wenn die Londoner in viktorianischen Zeiten »die Wasser von Bayswater« tranken, so trinken sie gegen Ende dieses Jahrhunderts Whisky, Gin und Bier mit einem »Bitter«.

Wie alle Londoner wollen auch Bayswater-Leute nur wohnen, wo sie sich ihren Himmel und ihre Hölle nach eigenem Geschmack eingerichtet haben. Wenn sie niemanden haben, sprechen sie laut oder leise mit sich selbst – in der Hotelhalle, auf der Bayswater Road oder im Bett. Hunde und Katzen sind geschätzte Zuhörer, wo Einsamkeit triumphiert.

Bayswater – eine Londoner Wiege des Monologs!

Bett und Frühstück: Miss Moss

In meinem Zimmer in dem Hotel hängt ein blinder Spiegel, und das ist vielleicht gut so. Denn wenn ich hineinblicke, vergeht mir die Laune, und ich bin sowieso von Natur aus keine Lerche. Ich habe auch keinen Grund dazu, aber vielleicht trillern Lerchen ohne Grund? Ich beobachte keine Vögel, auch nicht, wenn ihr Gefieder so falsch glänzt wie das Lächeln von Mr. Hunter. Er ist der älteste Gast in diesem Hotel, und die meisten glauben, er sei längst gestorben. »Irrtum«, kichert Mr. Hunter. »Ich bin immer noch da. Wie die Londoner Börse.«

Vielleicht ist Mr. Hunter so guter Laune, weil er nie in den Spiegel blickt. Das ist mein Fehler. Denn was sehe ich? Wer starrt zurück?

Ich sehe Miss Moss. Messerscharfer Blick hinter den Brillengläsern, strähniges, graues Haar, tiefe Falten, scheußlich! Ich gehöre zu den Frauen, bei denen man sich nicht vorstellen kann, daß sie vor Jahrhunderten noch appetitliche junge Mädchen waren. Wenigstens ich kann's mir nicht mehr vorstellen, und ich bin die, die mit ihrem Spiegelbild tagtäglich kämpft.

Wenn ich ausgehe, trage ich einen Filzhut, der an eine Puddingschüssel erinnert. Dazu ein abgetragenes, aber gutes Kostüm, vernünftige Schuhe und Spezialstrümpfe gegen Krampfadern. Was man nicht sehen kann, ist meine Neugierde, das unheilige Bedürfnis, das Leben wildfremder Hotelgäste zu erforschen. Dabei sage ich mir immer wieder, daß auch die genaue Kenntnis dieser Existenzen mich nicht aufheitern würde. Wenn diese Leute nur irgendwo ihren Platz im Arbeitsleben gefunden hätten, würden sie nicht in diesem Hotel wohnen.

Ich bin jetzt vierzehn Tage hier in Bayswater und kann nicht vergessen, wie unfreundlich man mich hier empfing. Es wird zwar immer gesagt, daß ältliche Mädchen überempfindlich sind, aber ich glaube nicht, daß der Portier dieses Hotels je ein Muster an Höflichkeit und Liebenswürdigkeit war. Mr. Beadles ist kein Menschenfreund. Oder so erschien es mir gleich, als ich mich in dieser Bayswater-Bude einquartierte.

»Entschuldigen Sie! Ist dies ein Bett-und-Frühstück-Hotel?«

»Ja.«

»Ich heiße Miss Moss.«

»Sie wünschen?«

Einen Augenblick lang konnte ich nicht antworten. Ich war es

gewöhnt, als ältere Einzelgängerin von Portiers und Kellnern vernachlässigt zu werden. Wenn man ohne Mann erscheint, dann ist etwas faul. Daran hat auch die »Neue Freiheit« der vielen berufstätigen Frauen nichts geändert. London war immer eine Männerstadt.
Mr. Beadles gähnte. Er strich sich liebevoll seinen langen, schwarzen Bart. Bis auf seine blasse Haut und die wasserblauen Augen hätte er ein Mohammedaner sein können. Aber er war natürlich der Portier in einem zweitklassigen Logierhaus in Bayswater und wartete, daß ich gehe oder ihm endlich sage, was ich hier wollte. Wie ich später herausfand, lächelte Mr. Beadles nur aus Versehen. Dieses Lächeln war eine Wintersonne ohne Wärme. Ich hatte ihn bei der Lektüre seines Skandalblatts gestört, was ein Verbrechen zu sein schien.
»Wollen Sie jemanden hier besuchen, Miss?«
»Ich möchte ein Zimmer mit Frühstück mieten.«
Mr. Beadles blätterte in seinem großen, schwarzen Buch und bot mir ein Dachzimmer an. Viel zu teuer, aber ich nahm es für vierzehn Tage, da meine Pläne einen Aufenthalt in diesem Bayswater-Hotel erforderten. Die Unhöflichkeit des Portiers war unwichtig. Ich würde ihn nie wiedersehen. Er trommelte mit seinen dicken Fingern auf seinem Pult und erwartete, daß ich meinen Handkoffer selber hinaufschleppte. Da ich das vorausgesehen hatte, nahm ich ihn und verschwand.
Die Dachkammer war trostlos. Eng, dunkel, kalt und mit einem abgeschrägten Dach, was einem auf den Kopf zu fallen schien. Ein altes Bett, eine Leselampe, bei der niemand lesen konnte, ein wackeliger kleiner Tisch, ein Stuhl, der zu dem Tisch paßte, ein kleines, abgestoßenes Waschbecken, ein alter Kleiderschrank mit einem intakten Schloß und eine abblätternde Tapete, die ehemals mit fröhlichen Heckenrosen geschmückt war. Wenn ich etwas verabscheue, dann sind es fröhliche Heckenrosen auf einer feuchten Tapete. Das kleine

schmutzige Fenster, das ich sofort putzte, ging auf die Straße, wie ich es wollte. Es belustigte mich, in meiner Einsamkeit die Passanten beobachten zu können. Besonders die jungen Paare, die Arm in Arm in den Cafés und Bars der Bayswater Road verschwanden. Ob jemand, den ich suchte, darunter war? Aus der Entfernung konnte ich es nicht erkennen. Ich kenne eine Menge Leute, denn ich bin in London geboren und aufgewachsen. Aber die Zeit vergeht, und jetzt bin ich allein. Ich werde recht gut mit ihr fertig und würde nicht ewig in dieser Dachkammer hausen und jeden Morgen Mr. Beadles sehen müssen.

Wie zuvorkommend er gegen hübsche junge Mädchen war! Diese angemalten Damen waren nicht selten Prostituierte und behandelten Mr. Beadles mit einer lächerlichen Arroganz, die er nicht zu bemerken schien. Aber er war viel schlauer, als er sich gab, was eine Londoner Eigentümlichkeit ist. Wenn es sein mußte, war Mr. Beadles sogar ein ganz anständiger Bursche.

Daß ich hauptsächlich von unsoliden und nicht selten kriminellen Personen umgeben war, störte mich nicht. Obwohl man es mir nicht ansieht, und das wäre ja noch schöner, ist mir nichts Menschliches fremd ... Es hat einfach nichts damit zu tun, daß ich für gewöhnlich in Kensington lebe und geschmackvolle Zimmer und höfliche Hausgenossen habe. Wer sich nicht umstellen kann, ist in einer Stadt wie London verloren, denn jeder Stadtteil ist eine Welt für sich. Mit anderen Menschen, anderen Häusern, anderen Heiligen und anderen Dämonen. Auch Missetaten werden verschieden betrachtet. Was in Kensington als unmöglich gilt, sind Kuchen und Rotwein in Bayswater ... Wem meine grauen Haare und mein abgetragenes Sportkostüm mißfielen, der konnte ja wegblicken. Ich war nicht nach Bayswater ausgewandert, um Herzen zu erobern oder wenigstens Begierden zu erregen, sondern ... Aber das ist eine andere Geschichte.

Da war ich nun gelandet oder gestrandet. Miss Cynthia Moss, 59 Jahre. Unbescholten, unbeliebt und unausstehlich. Aber das konnte selbst der Portier nicht ahnen, denn ich benahm mich schüchtern und höflich. Bei der Anmeldung hatte ich leider zuviel geredet – eine bekannte Altersschwäche. Ich war zwischen ziemlich alten Leuten aufgewachsen, da meine Eltern sehr spät geheiratet hatten. Meine Großeltern waren schon Greise. Erst im Kindergarten und in der Schule lernte ich Altersgenossen kennen. Ich galt als altklug. Die Kinder mochten mich nicht. Ich vergoß deswegen viele kindische Tränen. Ah, well!

Meine Dachkammer in Bayswater war unangenehm kalt, weil der Wind auf dieser Seite des Hauses stand. Man konnte sich mühelos einen Husten oder eine Lungenentzündung holen. Aber ich hatte meine warmen Strickjacken und altmodische wollene Unterwäsche und schlief in dieser Verpakkung. Ich bin vorsichtig und zäh.

Trotz aller Unbequemlichkeiten schlief ich die erste Nacht ausgezeichnet. Wer gut schläft, kann sogar ein Bett-und-Frühstück-Hotel in Bayswater aushalten. Seit meiner Jugend trainierte ich vorsätzlich, das Unerträgliche mit Anstand zu ertragen. Beispielsweise Mr. Beadles! Und meine Nachbarn im Dachgeschoß.

Zur linken Seite wohnte eine junge, obdachlose Familie, deren Leben mit den zwei kleinen Kindern ich durch die dünnen Wände teilte. Es war nicht gerade ideal, aber ich schlafe schnell wieder ein – mein größtes Talent! Nach einigen Tagen taute das junge Ehepaar etwas auf und sprach mit mir. Die junge Frau, verschlampt und lethargisch, hoffte, daß das beständige Kindergeschrei mich nicht störte. Ihre Naivität entwaffnete mich. Nur eine Mutter konnte hoffen, daß das schrille Brüllen ungehört verhallen würde. Da ich ungern lüge, schwieg ich, was die junge Frau als Zustimmung zu betrachten schien. Der Ehemann war arbeitslos und bekam keine Unterstützung von seinen Eltern, weil er seine Frau gegen deren Willen geheiratet hatte. Sie lebten in Surrey, wo die Söhne offenbar tun, was die Väter sagen. Aber ich weiß es nicht. Er konnte nicht mehr lange abschlagen, was das Arbeitsamt ihm vorschlug. Körperliche Arbeit, die er nie geleistet hatte ... Die junge Frau war Kellnerin gewesen und konnte wegen der kleinen Kinder nicht arbeiten. Sie hatte ihre wenigen Schmuckstücke bereits verkauft, und mit seinem Geld konnten sie mit Mühe und Not das Zimmer in diesem Hotel bezahlen. Er war in einer Sackgasse und wußte es. Er machte einen unerfahrenen und weltfremden Eindruck und gehörte irgendwie nicht nach London. Das Studium der Literatur hatte er aufgegeben. Jetzt tat er nichts, fuhr nur die Babies in einem alten Kinderwagen spazieren. Trotz dieser Misere war Mr. Beadles sehr nett mit dem jungen Mann, weil der ihm in einer schwachen Stunde das Photo seines Elternhauses gezeigt hatte. Auch ich betrachtete das Herrenhaus mit dem Park und den Blumen. Der junge Ehemann vertraute mir an, daß er jederzeit mit den Babies zu seinen Eltern zurückgehen könnte. Aber seine Frau dürfte nicht mitkommen, und so waren sie hier gestrandet.

Drei Tage später verabschiedete sich die junge Frau von mir. Sie ging mit den Kindern zu einer Tante, die in Blackpool Zimmer vermietete. Dort konnte sie helfen und hatte freie Wohnung für sich und die Kinder. Der junge Ehemann wußte wahrscheinlich, daß es das Ende war. Er blieb allein in dem verwahrlosten Zimmer mit dem alten Spirituskocher und zwei Wäscheleinen. Leider freundete er sich in seiner Verlassenheit mit meinem Zimmernachbarn zur rechten Seite an. Doch Mr. Summers war kein Umgang für ihn. Aber wer war ich, daß ich ihn hätte warnen können? Vielleicht war Mr. Summers wirklich ein Handlungsreisender. Ein Zugvogel aus der Provinz, ohne nützliche Verbindungen, ohne die scharfe, schnelle Beobachtungsgabe und den Witz und

Humor der Londoner, ohne Geld oder Glück. Vielleicht. Die Gäste dieses Hauses waren wie Flugsand; jeder Windstoß verwehte ihre Spuren.

In der Telefonzelle neben der Portiersloge führte ich ein kurzes Gespräch. Mr. Beadles versuchte nicht einmal zu lauschen. Mit wem würde die alte Schrulle schon telefonieren?

Ich grüßte ihn höflich. Er nickte kurz.

Zu seinem Erstaunen bat ich ihn um eine Unterredung in seinem Raum hinter dem Pult. Ein enger, schäbiger Raum mit einem billigen Druck an der Wand. Ein viktorianisches Stimmungsbild, Abendgebet in einem eleganten Wohnraum. Der Hausherr kniete betend vor einem Tisch mit Bibel und Kerze. Rechts und links seine kniende Familie und seine Hausangestellten. Er kniete ohne jeden Zweifel. Aber sein steifer Rükken verriet mir, daß diese Turnübungen der Demut nicht seine Sache waren ... Er erinnerte mich an meinen strengen Großvater, der seinem Tod in angenehmer Erwartung entgegensah, da er nicht in unsere Zeit der zerfallenden Familie paßte. Ich mochte ihn sowenig wie den Haustyrannen auf Mr. Beadles Druck. Aber ich bewunderte meinen Großvater wegen seiner Unerschrockenheit und seiner ruhigen Haltung in jeder Krise. War das englisch, oder war es eben Großvater?

Meine Unterhaltung mit Mr. Beadles dauerte knapp sieben Minuten. In dieser Zeit hatte er Tee kommen lassen, hatte mir sprachlos gelauscht und hatte mich mit tiefer Verbeugung an der Drehtür zur Straße verabschiedet.

»Es bleibt alles zwischen Ihnen und mir, Mr. Beadles.« Er verbeugte sich nochmals. Ein ungewohnter Anblick für Miss Moss. Aber ich war nicht Miss Moss. Wer ich war, wußten in diesem Hotel nur Mr. Beadles und ich. Ich paßte ganz gut hierher. Denn in Bayswater-Hotels dieser Sorte bewiesen Gäste bemerkenswerte Phantasie bei der Eintragung ihrer Namen ins Register. Niemand stellte lästige Fragen. Jeder

ließ jeden in Ruhe. Eine alte Londoner Lebens- und Verkehrsregel.
Nur ich stellte Fragen.
Nur ich ließ Mr. Summers nicht in Ruhe.
Ich kann nicht erklären, warum ich diesen freundlichen Mann nicht mochte. War es sein wiegender Gang? Oder sein Lächeln, das wie ein Blitz in einem Gewitterhimmel war? Ich sah nie seine Augen hinter den dunklen Brillengläsern. Er war meistens gut gelaunt, aber sein Gelächter klirrte wie Eiswürfel in einem Cocktailglas. Kurz und gut, er war ein unbehaglicher Bursche, der liebenswürdig war, wenn es sich für ihn lohnte. Daß es sich für ihn mit mir nicht lohnte, bedarf keiner Erwähnung.
Falls Mr. Summers sich unter einem falschen Namen hier eingenistet hatte – was war schon dabei? Auch ich, ein Zugvogel aus Kensington, hatte meinen wirklichen Namen verschwiegen.
Ich hieß Barbara Shepherd, war achtundzwanzig Jahre alt und befand mich aus beruflichen Gründen in diesem Hotel. Detektivin. Zwei Partner. Eine Fährte, ein Gespräch mit einem Spitzel, das hoch bezahlt worden war, hatte uns auf die Spur einer Rauschgiftbande gebracht. Mr. Summers gehörte zu dem Ring. Haha.
Mit seiner kleinen, freundlichen Glatze, die von rötlichen Löckchen umrahmt war, mit seiner soliden Hornbrille und seinem sauberen Regenmantel wirkte er vertrauenerweckend, aber er war wie ein Stiefvater zu den Armen und Hilflosen. Ein besserer Menschenkenner wäre besonders nett und hilfreich mit Miss Moss gewesen. Sie wirkte so langweilig, so resigniert, »so unsichtbar«, daß man sich etwas gehenließ, wenn nur sie anwesend war und in eine Zimmerecke blickte. Eine Null, die sich schweigend entschuldigt, daß sie immer noch herumschleicht. Miss Moss hockt überall und nirgends in dieser gigantischen Stadt – übersehen oder belä-

chelt. Ein Wurm, der sich nicht krümmt, wenn er getreten wird. Phantastisch und doch glaubhaft, unnütz und doch nützlich. Ein scheues, altes Ding und doch Londonerin mit verborgenen Stacheln, verstecktem Scharfsinn und dem angeborenen Talent, das Falsche und Glänzende vom Wahren und Schmucklosen zu unterscheiden.

Wir fingen Mr. Summers wie im Spiel – zwei Polizeiwachtmeister und Miss Moss. Er ging uns einfach ins Netz. An diesem entscheidenden Abend, als er das Hotel verlassen wollte, war Miss Moss besonders lästig, hilflos und gesprächig. Und der Dealer war nervös, weil seine Kunden hinter der Bayswater Road auf ihn warteten.

Wir schlichen hinter ihm her. Er blickte sich nicht einmal nach Miss Moss um, und die Wachtmeister folgten mir in Zivil und in einer gewissen Entfernung. Selbst ein mißtrauischer Rauschgifthändler hätte nichts geahnt. Wer war schon Miss Moss? Ich denke oft darüber nach, daß die arrogante Unterschätzung einer Person jemanden öfter zu Fall bringt als naive Überschätzung. Vielleicht sah Mr. Summers sogar Miss Moss, wie sie langsam und gebeugt hinter ihm herging? Vielleicht hörte er ihr Hüsteln? Niemand war unwichtiger für ihn als Miss Moss. Und so war er in die Falle gegangen, weil er eine alte, schwatzhafte Zimmernachbarin für harmlos gehalten hatte. Nicht, daß sie es nicht hätte sein können! Diese Hotels sind voll von solchen Damen. Aber es gibt so viele Verkleidungen, wie es Polizisten gibt. Oder Rauschgifthändler und ihre Kunden. Eine der zahlreichen Londoner Welten – begreiflich und dabei unbegreiflich, abgesichert und trotzdem stündlich gefährdet.

Natürlich freute ich mich, wenn wir Rauschgifthändler zur Strecke bringen konnten; aber ich fühlte nicht den Triumph des Jägers, der das fliehende Wild erschießt. Nur war Mr. Summers kein fliehendes Wild gewesen. Er war ahnungslos in meine Falle gegangen. Aber hätte sich das Geringste geändert, wenn Mr. Summers, im Gegensatz zum Zeitgeschmack, das Alter geehrt hätte? Es gibt so viele Fragen und so wenig Antworten.

Ich freute mich auf mein Heim in Kensington, das nur einige Schritte von dem Haus entfernt war, wo Thackeray gelebt und geschrieben hatte. Auch Henry James, der große Beobachter Londoner Sitten und Mißbräuche, hatte diese Gegend gewählt. Welten von Bayswater entfernt und doch in seiner Art ein so echtes Stück London, wie die Häuser im trüben Teil von London W2.

Und auch Dickens hatte auf seinen nächtlichen Spaziergängen den Bewohnern der Herrenhäuser ins Herz geblickt. Ob »Gore House« in Kensington oder Mr. Summers in einem Bett-und-Frühstück-Hotel in Bayswater, Charles Dickens hätte ihm ins Herz geblickt und einen weiteren Londoner unsterblich gemacht ... Ich konnte nur bespitzeln und verhaften.

Ich fühlte wenig Mitleid, wenig Sympathie für Mr. Summers oder andere Gäste dieses düsteren Hotels. Hatte ich ein enges Herz, oder beeinträchtigt strömendes Mitgefühl den eisgekühlten Scharfsinn, den man bei der Verbrecherjagd benötigt? Wieder eine Gewissensfrage, die ich heute abend nicht beantworten konnte.

Ich mußte an die verschiedenen Rollen denken, die ich im Leben spiele. Ich war so oft »Miss Moss«, daß ich mich fragte, ob und wie sie Barbara Shepherd beeinflußt. Oder umgekehrt. War eine so enge Verschmelzung mit einer fiktiven Person harmlos oder gefährlich? Normal oder schizophren? Dachte ich zu häufig wie die alte Miss Moss? Oder nahm sie mir etwas von meinem jugendlichen Schwung und meiner Entschlußkraft? War ich in einer seelischen Gefahrenzone? Verlor ich vielleicht an eigener Persönlichkeit, wenn Miss

Moss ihre Verbrecher jagte? Und war sie so erfolgreich, weil niemand ihr den geringsten Scharfsinn zutraute?
Ich wußte es nicht.
Morgen werde ich Miss Moss fragen.

Bett ohne Frühstück: Zille in Bayswater

Na endlich, Herr Leisetreter! Komm ick heut nich, komm ick morjen. Se sind fuffzehn Minuten zu spät. Meinense, ick hab meene Zeit jestohlen? Meinense, ick tanze ejal rund um die Nelson-Säule? Tut mir leid, Herr! Falls der nächste Kunde pünktlich is, denn müssense verduften! Wat? Det is keen »unrühmlicher Rückzug«. Nur preußische Ordnung! In Berlin oder Bayswater – ick bin für Ordnung. Besonders in dem Beruf. Meinense, det is so einfach, von der Liebe zu leben? Wer det nich muß, der kann sich gratulieren.
Ja, ja, Mr. Trotter! Ihr Oller nannte sich noch »Leisetreter«, aber det is woll nich jut jenuch für Sie? Ihr Papa wurde von meiner Tante Trude versorgt. Se hat mich anjelernt. Die olle Generation wanderte aus – wegen Hitlern. Der wollte keene Nutten im neuen Berlin. Sagten die Leute damals. Na, Ihr Oller war een »Gentleman«, wie sie det hier nennen. Nie wat vom Preis abjehandelt! Nich wie Sie, Mr. Trotter! Se hätten det am liebsten umsonst. Nischt is umsonst. Det sollten Se wissen mit achtundzwanzig Jahren!
Sit down! Lungern Se nich so rum, Herr! Macht mich total meschugge. Tja. Meene Tante Trude wanderte seinerzeit wegen Hitlern aus. Nich wegen dem Rassenquatsch! Der Führer war angeblich gegen Huren, sagte Tante Trude. Wat weeß man? Meine Tante sagte, der kleene Goebbels ließ nischt anbrennen. Is det meene Sorge? Ick bin hier in Bayswater, und da bleib ick. Wenn Se nischt einzuwenden haben,

ruhe ich noch auf'm Sofa, bis Se endlich soweit sind, Herr Leisetreter! Sorry, Mr. Trotter!
Wat Se nich sagen! Se sind mit 'ner englischen Engländerin verheiratet? Hat der Mensch Töne! Wat reden Se mit der? – Wie bitte? – Natürlich hab ick englische Kunden. Se sind anjenehm schweigsam – det muß ick den Engländern lassen. Jewiß, man weeß nich immer, woran man mit den Kunden is – aber wat weeß man überhaupt in London, wenn man aus Berlin zujezogen is? Ick fühle mir zu Haus in Bayswater. Nach 'ner jewissen Zeit fühlt man sich eben sogar in London zu Haus. Meine Tante Trude hatte es schwerer. Se hatte hier keene Tante, die ihr det Tuten und Blasen im Londoner Jeschmack beibiegen konnte. Bloß keene Fragen, Jott behüte! Niemand darf wissen, wie der Kunde wirklich heeßt, wat er in Bayswater verloren hat und warum er nich zu Haus bei seiner Ollen hockt. Allet süße Jeheimnisse.

Nu kommen Se schon! Hab ich nich bereits anjedeutet, det ick nich alle Zeit uff de Welt hab? Not all the time in the world, falls Se Ihr Deutsch verlernt haben. – Zu Tante Trudes Zeiten war hier die »Olle Lilly« – steinalt, aber kreuzfidel. Ooch aus Berlin. Die wußte, wat die Jlocke jeschlagen hatte – die Lilly! Von der konnte selbst Tante Trude noch wat lernen, janz zu schweigen von den Londoner Kolleginnen! Se lieferte ...
Bitte, bitte, Mr. Trotter, nennen Se mich nich »Sweetie«! Ich bin nich süß. Sauer, wie die sauerste Gurke. Nee, Herr Leisetreter, hier is keen Staub unterm Bett, Se brauchen nich runterkriechen! Aber wenn Se durchaus wollen, det is Ihr Bejräbnis, wie se hierzulande sagen. Your funeral, Sir! Übrigens: Falls Se det verjessen haben, Se schulden mir noch einige Pfunde vom letzten Mal. Erinnern Se sich bitte! Thank you. Ich bin nich raffig, falls Se det denken, Sir! Det olle Herz is uff'm rechten Fleck, aber leider kostet det Leben Jeld.
Ick weeß nich, warum alle sagen, die Engländer haben keen

Herz. Natürlich haben se eens, aber se verstecken et so, det se det manchmal selbst nich finden. Also der Engländer hat een Herz, trotz aller Gegenbeweise, aber wo is es? Meistens zeigt er's nur zu Weihnachten. Oder wenn seine Tochter heiratet – det mißfällt ihm immer. Se sind meschugge mit den Töchtern. Da fällt mir 'ne dolle Bayswater-Sache ein. Passierte hier um die Ecke. Da wir gerade von Vätern und Töchtern reden und se immer noch mit ihren Schnürsenkeln spielen: 'ne junge Dame vom Bayswater-Strich begibt sich uff die Nachttour. Noch ziemlich früh am Abend. Da schlurft eener egal hinter ihr her, immer an der Wand lang. Kurz und jut, vielmehr kurz und schlecht: Der Kavalier, so stellte et sich raus, is der eigene Vater von der jungen Dame. Nee, ick weeß nich, wie's weiterjing. Ick weeß nur, det Mädel blieb in Bayswater, und ihr Oller zog ab. Wie finden Se det, Herr Leisetreter? Bloß keene Töchter!
Wat denn? Erst wird jezahlt, dann det Verjnüjen! Det sollten Se wissen, Herr Leisetreter! Übrigens, ick bin im Nebenberuf Hellseherin. Leider seh ick ziemlich schwarz für Sie, Sir! Ihr Oller müßte mehr Mumm jehabt haben. Wolln Se wat wahrjesagt haben? Keen Jeld! Machen Se keene Witze, Sir! Aber wie Se wollen, ick behalte Ihre Zukunft bei mir, da Se etwas eklig aussieht. Sorry! Ick sehe es eben so ... Nee, nee, det war gratis! Keene Karten und nischt. Ick sahre Ihnen nur: Ihre Olle is nich zu beneiden! I beg your pardon, Mr. Trotter! Pardong. Ick sah Se eben als Totenschädel – det passiert mir hin und wieder. Eklig. So! Schon vorbei.

Wat denn, wat denn? Da hört doch alles uff. Se hatten nich »den rechten Jenuß, weil ich's so eilig habe«? Ick drängle nie, Mr. Trotter! Nur 'ne bescheidene Anfrage: Sind Se achtundzwanzig oder achtundsiebzig? Nee, nee, det kann mir nich jefallen, Sir! Bitte beruhigen Se sich! Se sind doch nich in Berlin! Hier wird man immer ruhiger, je wütender man is.

Wenn Se mich fragen, junger Mann, Se haben noch allerhand zu lernen!
Wat? Se wollen heute abend wiederkommen, die Nacht bleiben und denn ooch noch Frühstück? Sahren Se mal, Herr Leisetreter, sind Se total bekloppt? Um Mitternacht is bei mir Ladenschluß. Haben Se det mitjekriegt? Nischt wie raus, Sir! Wissen Se, was Ihr Malöhr is? Se haben et immer zu jut jehabt. In London jeboren und uffjewachsen, det Jeschäft von Ihrem Ollen und die reiche Braut von nebenan. Und immer Ihr schönes Bett und Frühstück. Ob's regnet oder ob die Sonne aus Versehen in London scheint. Habense die leiseste Ahnung, wie viele Londoner keen Bett und Frühstück haben? Haben Se nie jesehen, wie die Brüder mit ihrem Pappkarton unter den Brücken pennen? Hören Se, wie Ihr Schweigen tickt?
Wie? Wat? Nu machen Se aber 'n Punkt, Herr Trotter. Oder heißen Se »Trottel«? Mein Sessel jefällt Ihnen nich? Nur weil der Überzug etwas zerrissen is und det Roßhaar sprießt wie Krokus im Frühling? Und Se nehmen et übel, daß meine Fensterscheibe immer noch verklebt is? Ick habe nischt dajejen, wenn Se alle Reparaturen bezahlen, Herr Leisetreter! Denn wird morjen anjefangen, und Se haben alles so, wie Se et wollen. Ick perseenlich muß leider meine paar lumpigen Pfunde zusammenhalten. Noch wat! Anjenommen, een Kunde wird plemplem und tanzt mit seinen Stiebeln uff dem frischbezogenen, von Ihnen bezahlten Sofa rum – wat denn? Kommt alles vor, Herr Leisetreter! Wem's nich jefällt, der braucht mein Sofa nich anzusehen. Sehn Se, wenn Se een ehrliches Handwerk jelernt hätten und nich nur Papas Jeld vor mir versteckten, denn würden Se mein Sofa selber reparieren!

Wat wolln Se nu noch wissen? Ick bin schon janz heiser vons Plaudern. In fünf Minuten müssen Se türmen! Warum ich

nich in Soho lebe, wo immer wat los is? Nischt is los. Alles Quatsch. Ick habe nischt jejen Chinesen. Se kochen prima und sind so schlau! Anders wie die Japaner. Hatte hier einige Studenten – komische Brüder! Aber in London treffen Se die janze Welt. Wissen Se, mit den Japanern is et so: Man weiß nie, ob se vor Freude oder vor Wut lächeln. Die Chinesen zeigen Ihnen, wat se von Ihnen halten. Wat weiß ich? Vielleicht sind Chinesen ooch nich unjefährlich. Ick bleibe in Bayswater. Jewiß, wir sind »auf der falschen Seite vom Hyde Park«, wie se det hier nennen, aber mir jenügt's. Und im Sommer bin ich am Nachmittag mindestens dreimal die Woche im Park. Mit meiner Thermos, mit meinen Sandwiches, mit meinen sojenannten Jedanken ... Alles jrün und weit, und jeder kann sich uff'n Rasen legen, wat bei uns verboten is ... Wissen Se, es is komisch, aber im Hyde Park is 'ne Art von Frieden, und der jeht ins Jemüt. Nee, ick jehe nich nach Soho! Sahren Se mal, sind Se schwerhörig? Habe ick jesagt, hier jibt's keen Bett mit Frühstück? Oder habe ich es nich jesagt? Eine Empfehlung an die Frau Jemahlin, Herr Trotter, geborener Leisetreter!
Ick habe 'ne Jlanzidee, Sir! Wie wär's, wenn Se sich zur Abwechslung anständig benehmen und bei ihrer jungen Frau bleiben? Mit 'nem frischbezogenen Sofa und imma frische Bettwäsche und so weiter. Wie wär det? Wat immer Se entscheiden, ick habe de Neese voll von Ihnen. Wie? Wat? Se jloben et nich? »Det is *Ihr* Begräbnis«, wie se hier sagen. Your funeral, young man. –
Nu machen Se schon endlich fort! Nischt für unjut, aber: Adjeh! Kommse jut nach Haus in Ihrem Mercedes! Bleiben Se in Golders Green, mit Ihrm Polstersessel und Ihrer gepolsterten Ollen! Ick hab de Neese voll von Ihnen. Und noch alles Jute für Ihrn weiteren Lebensweg, wie man so sagt.
RAUS!

Et jibt zwee jlückliche Momente: wenn der Kunde kommt und wenn er jeht. Ringelrangelrosen. Scheene Aprikosen. Mr. Trotter war keen schlechter Kunde; knickrig, aber zuverlässig.
Wat ick an ihm nich leiden konnte: Mr. Trotter oder Leisetreter, janz in der Nähe von Barclays Bank, NW11, war 'ne unheilbare Quasselstrippe. Der Mann läßt keenen zu Wort kommen.

Frühstück ohne Bett: Episode

Ich bin nicht unzufrieden mit meinem Leben. Es könnte natürlich noch etwas besser sein, und meine Ehe läßt allerhand zu wünschen übrig, aber nur ein Narr erwartet Vollkommenheit in dieser unvollkommenen Welt. Wie jeder andere habe ich einige Schwächen. Ich neige zum Pessimismus – eine Kardinalsünde in den Augen meiner Frau –, und ich hänge zu sehr an unserem einzigen Sohn. Glücklicherweise ahnt Bob es nicht. Für ihn bin ich auch daheim der Untersuchungsrichter. Bei diesem Beruf muß man Pessimist werden. Was die Angeklagten an Lügen und Verschleierung der Wahrheit servieren, ist selbst für einen skeptischen Londoner zuviel. Manchmal amüsiere ich mich sogar. Wenn die Angeklagten nur die Hälfte ihres Scharfsinns an ehrliche Beschäftigungen verschwendeten! Vergebliche Hoffnung! Wenn man sich das Hoffen abgewöhnen könnte, wäre viel gewonnen. Man kann nicht. Oder ich bringe es nicht fertig. Ich hoffe immer, trotz überzeugender Gegenbeweise, daß mein Sohn ins Elternhaus zurückkehren wird. Er haust seit vier Monaten mit irgendeinem Mädchen in einem Bett-und-Frühstück-Hotel in Bayswater.
Kein Wunder, daß meine Frau an ihrer Migräne leidet! Dieses

Mal sind die Kopfschmerzen kein Theater, mit dem sie ihren Willen durchsetzen will. Die Schmerzen bohren nur links, wo die Blutgefäße sich im Gehirn hinterlistig zusammenziehen. Es handelt sich um eine Überproduktion von Adrenalin, die durch nervöse Hochspannung entsteht. So erklärte unser Hausarzt es mir, da Grace stöhnte und, wie immer, nicht zuhörte. Möglich, daß das verdammte Adrenalin etwas mit ihrer Migräne zu tun hat! Aber der wahre Grund ist Bob. Wenn Grace mich auch schon lange nicht mehr liebt – und ich ermutige sie keineswegs dazu –, bekommt unser Sohn doch so viel Liebe von ihr, daß er unserem Haus in Chelsea ein trübes Logierhaus in Bayswater vorzieht. Milieu-Therapie? Danke sehr. Übrigens soll dieses Bayswater-Hotel einem reichen Araber gehören. Es hat nicht einmal verwahrloste Würde, wie man sie heutzutage in vielen Londoner Stadtteilen findet, nur Verwahrlosung! Vielleicht ist das nichts Ungewohntes in heißen Ländern, aber wir hier sind jahrhundertelang ganz gut ohne Einwanderer ausgekommen. Nicht, daß ich etwas gegen Inder oder Afro-Kariben hätte! Mein Fahrer aus Trinidad ist ein Prachtbursche. Unsere eigenen Prachtburschen sind bedeutend weniger liebenswürdig. Und George ist sogar so anhänglich, daß er an meiner Frau hängt. Ob ich einmal nach Trinidad fliege? Seit hundert Jahren verbringe ich meine Ferien mit einem Kollegen in Venedig. Ohne meine Frau, da es sich um Ferien handelt.
Wenn Bob wenigstens etwas mitteilsamer wäre – leider ist er in diesem Punkt wie ich –, dann wäre alles schon leichter. Die redseligen Angeklagten sind immer irgendwann im Verhör zu fangen, denn mit den zahlreichen Lügenmärchen rutscht ihnen unversehens die Wahrheit heraus. Ein einziges Mal besuchte ich Bob gegen mein besseres Wissen in Bayswater, aber man sagte mir, er wäre nicht im Hotel. Vielleicht stimmte es sogar, oder Bob ließ sich verleugnen, was eher zu ihm paßt, wenn unangenehme Verhöre drohen. Er ist kein Held. War-

um in aller Welt sollte er einer sein? Er ist ein besonders reizender, intelligenter junger Ausreißer aus Oxford, wo er Literatur und Journalismus studiert hat. Die Semesterferien, die er in London verbrachte, haben ihn mit dem Bett-und-Frühstück-Mädchen in einer Bar zusammengebracht. Du lieber Himmel! Bob ist in seinen frühen Zwanzigern und kein Wickelkind mehr, obwohl seine Mutter das zu glauben scheint. Es ist normal, daß Bob mit einem Mädchen schlafen will. Aber es geht meiner Meinung nach über das Normale hinaus, daß er zu diesem Zweck sein Elternhaus verläßt, seine Studien unterbricht und »Tristan und Isolde« in Bayswater spielt. Ich habe das Mädchen, oder die Mädchen, die ihm jetzt Gesellschaft leisten, nie getroffen. Aber in den letzten Telefongesprächen war von »Claudette« die Rede. Diese junge Dame hatte meinen Sohn so weit behext, daß er mit ihr bei uns wohnen wollte, »falls Mama keine Kopfschmerzen bekommt«. Früher hätte ich mit ihm über diesen anspruchslosen Scherz gelacht. Jetzt sagte ich, ohne Damenbegleitung wäre er jederzeit daheim willkommen.
Hätte ich einlenken sollen? Meine Erfahrung sagt mir, daß diese Claudette unser Heim nicht freiwillig verlassen würde. Jetzt sind sie beide beleidigt. Was ist falsch an einem guten Frühstück ohne Bett?
Heute früh, an einem freien Tag, den ich sonst gern zu Besuchen bei Antiquitätenhändlern benutze, ging das Telefon. Eine fremde, singende Stimme, die mir afro-karibisch vorkam, sagte, sie, die Dame, müßte mich dringend sprechen, es handelte sich um ihre Tochter Claudette, Antigua, die ich in meinem Haus »gefangen«hielte. Ich wartete, bis die Dame ausgeschrien hatte, und verabredete mich für elf Uhr früh mit ihr. Sie bezeichnete meinen Sohn als Mädchenhändler, mich selbst als Komplizen und Bobs Mutter als Kuppelmutter. Sie schien auf einer anderen Bühne, in einem anderen Familiendrama als dem unseren zu spielen, und ich fragte, ob sie

wirklich unsere Familie in Chelsea meinte. Sie sagte »und wie«. Sie meine die gesamte verdammte Familie. Ich muß sagen, daß ich Bobs künftiger Schwiegermutter mit amüsierter Erwartung entgegensah. Sie hieß Candia Broom und verriet mir vorher nicht, daß sie in Begleitung in meinem Haus erscheinen würde. Sie war uneingeladen, unverschämt und unwirsch. Die lächelnde Liebenswürdigkeit der Afro-Kariben war vielleicht auf den Inseln zu bewundern, keinesfalls aber in meinem Arbeitsraum in Chelsea. Ihr Begleiter war ein recht ansehnlicher junger Mann, dessen prachtvolle Zähne seinem dunklen Gesicht etwas Strahlendes verliehen. Im Laufe der Unterhaltung lächelte er oft und ohne jeden Grund. Ich dachte, ich sollte seine Zähne bewundern. Aber er war bedeutend schlauer, als er tat. Ich hoffte, Tom-Tom wäre mit Bobs Mädchen verlobt und wollte die Braut heimholen. Aber er lebte offenbar mit der alten Furie zusammen, die kriegerisch mit ihren Ketten und Ohrringen klirrte.
»Sie haben Tochter Claudette Broom in dies Haus verschleppt, Mister«, begann die Dame ihre Anklage.
»Ich bin nicht schwerhörig, Madam.«
»Sprich leiser, Liebling«, flehte der junge Mann und wurde ersucht, sein ungewaschenes Maul zu halten. Falls die dicke Dame nicht eventuell Bobs Schwiegermutter in spe gewesen wäre, hätte ich mich großartig amüsiert. Aber da lauerte etwas Finsteres, eine schlaue und niederträchtige Berechnung, die ich nicht ans Licht bringen konnte, ohne daß sie mein Mobiliar zertrümmert hätte. Sie war eine hochgradige Cholerikerin und mußte zudem an hohem Blutdruck leiden. Aber das war ihre Sache. Im Augenblick litt ich.
Um mich innerlich wieder ins Gleichgewicht zu bringen, betrachtete ich den aufgeschlagenen Band »Hazlitt« auf meinem Schreibtisch mit einer Konzentration, als hätte ich diesen Meister der englischen Sprache nie gelesen. Auch mein Sohn liebt Hazlitt und hatte seine alte Ausgabe nach Bayswater

importiert. Aber in diesem Augenblick war es nicht das Bedürfnis nach literarischen Genüssen, das mich William Hazlitt denken ließ, sondern mir fiel plötzlich auf, daß Hazlitts Privatleben eine fatale Ähnlichkeit mit dem augenblicklichen Leben meines Sohnes hatte. Hazlitt hatte sich viele Jahre nur zu Mädchen hingezogen gefühlt, die seine geistigen Interessen nicht teilen konnten, weil sie nicht ahnten, daß es Liebe zu Büchern und reines Entzücken an Stil und Rhythmus der Sprache gibt. Das alles vergaß Hazlitt bisweilen über »Bett mit Frühstück« mit den Huren des Augenblicks. Wenn auch mein Sohn erst am Anfang seiner literarisch-journalistischen Karriere stand und »seinen Roman« erst noch schreiben wollte, was er für die einfachste Sache der Welt hielt, sein Abenteuer in Bayswater, seine Weigerung, sein wahres Leben wiederaufzunehmen, seine Neigung zu unpassenden Gefährtinnen erinnerten mich in diesem Augenblick an Hazlitt. Es machte mir wenig Freude. Glücklicherweise ist mir seit Jahren klar, daß wir nicht zu unserm Vergnügen auf der Welt sind.

Was konnte ich zur Entspannung der geladenen Stimmung tun? Ich bot Tee an.

»Ich trink nix in dies Haus.«

»Ganz wie Sie wünschen, Madam.«

»Bringen Sie mir sofort zu Tochter Claudette Broom, hören Sie!«

»Ich habe keine Ahnung, wo Ihre Tochter ist.«

Natürlich erwähnte ich das Bayswater-Hotel nicht, denn Bob würde nie mit dieser nicht ungefährlichen Mutter fertig werden. Ich traute ihr Tätlichkeiten zu. Und siehe da, unverhofft gab sie plötzlich dem jungen Mann eine kräftige Ohrfeige.

»Sag ihn Bescheid, Maul-Faulpelz!«

»Entschuldigen Sie, Sir!« Der junge Mann strich sich verlegen übers Gesicht. Große Schweißtropfen standen auf seiner Stirn. Ich ließ für ihn und mich Tee kommen, den er aber nicht zu trinken wagte, weil »Liebling« die vollen Lippen zusammenpreßte. Aber ich mußte ihr lassen, daß sie unsere Sprache um das Wort »Maul-Faulpelz« bereichert hatte. Wie gesagt, unter anderen Umständen hätte ich mich amüsiert. Was war denn so verkehrt und fast bedrohlich an dieser Situation? Leute irrten sich doch ständig in einer Adresse – kein Wunder in dieser Riesenstadt! –, und für gewöhnlich verließen sie das falsche Haus mit einer höflichen Entschuldigung oder einer gebrummten Ausrede oder in Schweigsamkeit. Worauf wartete diese Person? Sie konnte unmöglich glauben, daß ich ihre Tochter »gefangen«hielt. Bei aller Zuneigung der Afro-Kariben zu Drama und melodramatischem Knalleffekt – und mein Beruf liefert mir reiches Beweismaterial für diese Vorliebe – mußte diese Besucherin etwas anderes wollen.

Erst einmal machte sie eine so unverschämte Bemerkung über meinen Nebenberuf als Mädchenhändler, daß ich, lächerlich, wie es war, eine blinde Wut in mir aufsteigen fühlte, etwas, was ich seit meiner Studienzeit mit aller Macht bekämpft habe. Ich kann nicht leugnen, daß ich vielleicht zum ersten Mal wirklich verstand, wie und warum bisher friedliche, unbescholtene Männer und Frauen zu Mördern werden. Selbstverständlich bekämpfte ich mit aller Macht den Wunsch, dieser Person, deren Tochter mein Familienleben zerstört hatte, an die Kehle zu springen. Für mich gibt es kaum mildernde Umstände für Mord, weswegen ich im Gericht unbeliebt bin. Aber nicht nur Mord, sondern die Sentimentalität, die am Täter hochkriecht wie eine Schlange ohne Giftzahn, ist hassenswert für mich. Ich gab Bobs Schwiegermutter einen Blick, bei dem selbst diese hartgesottene Frau leicht zusammenfuhr.

»Heraus mit der Sprache! Was wollen Sie in meinem Haus?«

Sie sagte ein einziges Wort, das die Atmosphäre reinigte, obwohl dieses Wort sie gleichzeitig beschmutzte. Die Furie sagte laut und finster: »Geld!«

»Wofür brauchen Sie Geld?«
»Wofür Geld? Das wissen Sie nich, Mann? Geld für Flugreise für unglückliche Tochter in Bayswater.«
Der junge Mann gab ihr verstohlen einen Stoß, aber es war zu spät. Die Aussicht auf Geld hatte sie alle Vorsicht und ihre albernen Lügen vergessen lassen.
»Wir arme Leute, Sir«, murmelte der junge Mann. »Wir kein Geld für Claudette. Sie will nach Haus, hören Sie?«
»Haben Sie das Mädchen besucht?«
»Nein, Sir!«
»Woher wissen Sie dann, daß Claudette auf die Inseln zurückwill?«
»Is selbstverständisch, Sir! Is Heimat. Strand, Früchte, liebende Familie und alles.«
Selbst ich konnte diese Erklärung nicht anzweifeln. Der junge Mann hatte bescheiden, aber fest gesprochen.
Also schrieb ich einen Scheck aus, nachdem der junge Mann den Preis für den Rückflug nach Antigua im Flüsterton verraten hatte. Er war so bescheiden und schien sich schweigend für Lieblings Manieren zu entschuldigen. Aber nichts war mir gleichgültiger als die Umgangsformen dieser Dame. Ich hatte recht mit der Vermutung, daß ich sie nie wiedersehen würde. Aber das war der einzige Punkt, in dem ich recht hatte.
Niemals hatte ich mich in einem Menschen so getäuscht wie in dem jungen Mann! Mein Instinkt, meine Witterung für Lug und Trug, meine nicht unbeträchtliche juristische Erfahrung mußten mich an jenem Morgen, wo die Sorge um Bob mich innerlich verstörte, verlassen haben. Oder jener bescheidene junge Mann war ein so guter Schauspieler, daß er selbst mich alten Fuchs täuschte. Ich dachte der Reihe nach an berühmte Richter des »Old Bailey«; hätten sie das Lügengewebe gelüftet und die häßliche Wahrheit entdeckt? War etwas an meiner Wahrnehmung, meiner trainierten kritischen Einsicht nicht mehr in Ordnung? Hatte der Kummer um

meinen Sohn meinen Blick getrübt? War ich etwa noch neurotischer als meine Frau? Ausgeschlossen! Ich verbot mir augenblicklich diese demoralisierenden Überlegungen. Ich sagte mir, niemand hätte die Wahrheit ahnen können, bis auf den allwissenden Gott und obersten Richter.
In diesem Augenblick, als ich mühselig zu diesem Schluß und Abschluß gekommen war, läutete das Telefon.
Es war Bob im Zustand der Auflösung!
»Um Himmels willen, Junge! Reiß dich zusammn!«
Bob unterdrückte sein lächerliches Schluchzen. Es war tatsächlich immer noch der hohe Klageton des Kindes, dem man sein Spielzeug weggenommen hat.
»Sie ist fort, Papa! Claudette hat mich verlassen.«
»Vielleicht kommt sie zurück.«
»Niemals. Sie hat einen Abschiedsbrief geschrieben. Sie fliegt nach Antigua zurück. Kannst du das fassen?«
»Ja.« Ich würde ihm heut abend über den Besuch aus Antigua berichten. Warum war ich so verstimmt? Hatte ich diese Besucher so schroff behandelt, weil sie schwarz waren? Nein. Ich verbot mir diese destruktiven Überlegungen, weil ich mich, soweit es mir möglich war, nie durch Hautfarben beeinflussen ließ. Wenigstens nicht bewußt. Ich war sogar im Gericht bekannt für meinen Mangel an den üblichen Vorurteilen, was Herkunft und Rasse betrafen. Nie, nicht einmal in Gedanken gebrauchte ich den Ausdruck »schwarze Pest« und ähnliche Liebenswürdigkeiten. Claudettes Mutter war eine impertinente Trompeterin. Der junge Mann schien recht annehmbar zu sein. Für den Bruchteil einer Sekunde nur betrachtete ich ihn als Lügner und Betrüger – ein Untersuchungsrichter muß eben alle Möglichkeiten bei der Erforschung der verborgenen Wahrheit in Betracht ziehen. Aber die Angehörigen des Mädchens, das sein Bestes getan hatte, um meinen unerfahrenen Sohn zu ruinieren, waren keine Angeklagten. Wenigstens nicht an diesem Tage, wo mein Sohn

ins Elternhaus zurückkehrte. Ein beinahe verlorener Sohn, der aber sein Bestes tat, sich wie ein Mann zu benehmen. Er wollte nicht über den »Fall Claudette« sprechen. Wenigstens nicht an diesem Abend, und ich stimmte zu. Wir beide hätten Dinge geäußert, die wir später bereut hätten. Meine Frau erschien zum Abendessen ohne Kopfschmerzen und hörte ausnahmsweise zu, was ich sagte. Daß sie an Bobs Lippen hing, war selbstverständlich. Aber sie zeigte ungewohnte Zurückhaltung, und selbst ich mußte sie loben.
Wir versuchten, eine Art Familienleben zu konstruieren, bis Bob nach Oxford »nach langer Krankheit« zurückkehrte. Ich möchte nicht übertreiben, die vergangenen Ereignisse schufen zwar keinen Abgrund zwischen uns, aber eben doch eine Entfremdung, eine Atmosphäre der Vorsicht, der die Angst, Bob könnte ein solches Abenteuer wiederholen, zugrunde lag. Die Erinnerung läßt sich beim besten Willen nicht ausradieren. Da sie ihr Recht nur in Abständen geltend macht, halten wir sie für eine erloschene Kerze. Sehr zu Unrecht! Die Schattenspiele der Vergangenheit sind zwar verblaßt, aber sie behalten ihre Bedeutung, ob es uns gefällt oder nicht. Bis heute habe ich die drakonischen Erziehungsregeln meines Großvaters nicht vergessen. Vielleicht bin ich deswegen oft zu nachsichtig mit meinem Sohn. In jedem Fall war die Episode Claudette beendet. Bobs Weg in die Zukunft war wieder übersehbar und positiv. Meine nie geäußerte Angst, daß dieses Mädchen ihn zur Auswanderung nach Antigua veranlassen könnte – natürlich aus reiner Liebe und Schlingpflanzentechnik –, war grundlos geblieben. Diese Claudette mußte mehr Verstand besitzen, als ich ihr zugetraut hatte. Sie hatte meinen Sohn in dem Augenblick verlassen, da sein Geld ausgegeben war und seine letzten Wertgegenstände verkauft waren. Was immer diese junge Dame sonst treiben und anrichten mochte, an ihrem Sinn für Realitäten war nichts auszusetzen. Sie konnte rechnen. Bob war kein Verlustge-

schäft gewesen. Ich war bitter; viel bitterer als mein Sohn, dem seine Jugend über seine erste große Enttäuschung hinweghalf. Er erwähnte die Bayswater-Episode sowenig, wie seine Mutter es tat. Was war mit mir los, daß ich die Sache nicht vergessen konnte? Irgendein Instinkt sagte mir, daß fast nichts so abgeschlossen ist, wie es uns vorkommt. Hatte ich recht, oder hatte jene Episode in meinem Arbeitszimmer einen traumatischen Effekt auf mein Seelenleben? Mußte ich diese Erinnerung ersticken? In Gelächter ertränken? Gründlich und vorsätzlich vergessen? Ich hatte gegen meine Gewohnheit Schwäche gezeigt, als ich den Scheck für Claudette Broom auschrieb. Wer sagte mir, daß jene Claudette wirklich nach Antigua zurückgeflogen war? Daß sie nicht weitere und raffiniertere Formen der Erpressung finden und anwenden würde? Kurz und gut, ich hatte das fatale Gefühl, man hatte mich zum Narren gehalten. Und ich besaß doch wirklich genügend berufliche Erfahrung, was Täuschungsmanöver anbelangt! Nicht mein bester Feind kann mir Gutgläubigkeit im Beruf vorwerfen. Ich hatte eben damals als Vater, nicht als Jurist gehandelt. Wer kann mir das vorwerfen? Ich warf es mir vor. Wieder und wieder schüttelte ich den Kopf über mich. Aber Kopfschütteln hat noch nie eine Situation geklärt. Es ist eine fruchtlose Beschäftigung für Greise. Allerdings für schwache Greise in ihrer dritten Kindheit.

Der Abschluß der Episode Claudette Broom kam mit meiner Morgenzeitung. Ich sah ein großes Pressephoto: meine Besucher aus Antigua! Daneben das Photo einer hübschen, aber keinswegs taufrischen Afro-Karibin vom Bayswater-Strich, Claudette Broom! Nicht mein Geschmack, aber Bobs Geschmack, er hatte sie durch die rosarote Brille betrachtet. Natürlich war Claudette recht ansprechend mit ihren schönen, glänzenden Augen, den prachtvollen Zähnen und der üppigen Figur mit den vollen Brüsten und der Tänzerinnen-

Taille. Daß sie meinem jungen Sohn den Kopf verdreht hatte, sah selbst ich ein. Vor unzähligen Jahren war auch ich jung und hungrig gewesen. Ah, well!
Ich las den Pressetext ohne Überraschung. Aber doch mit einer gewissen Genugtuung darüber, daß meine Zweifel an der Echtheit meiner karibischen Besucherin berechtigt gewesen waren. Kurz und gut: Claudettes Mutter war weder ihre Mutter, noch war sie kürzlich von Antigua nach London geflogen, um die auf Irrwege geratene Tochter in die Heimat zurückzubringen. Sie lebte seit Jahren in Brixton, wo sie einen Obst-und-Gemüseladen betrieb, aber diese dicke Händlerin war keineswegs das schuldige Karnickel, das Unheil brütete und Helfer und Helferinnen in raffinierten Täuschungsmanövern beschäftigte und bezahlte. Der Anstifter und Puppenspieler dieser Ausbeutungsdramen war jener nette, sanfte, junge Mann, der mir in meiner Ahnungslosigkeit so gut gefallen hatte. Er hieß nicht Tom-Tom, sondern Jonathan Rush und war ein berüchtigter Zuhälter und Erpresser. Er schickte »seine« Prostituierten in Weinbars und Tanzlokale, wo sie junge, unerfahrene Männer bezaubern und auf jede erdenkliche Art ausbeuten sollten. Das Bett-und-Frühstück-Hotel in Bayswater war nur eins der Unterschlupfe für Träumer, die an ewige Liebe und Zuschüsse aus ihrem Elternhaus glaubten. Jonathan Rush, selbst kein schlechter Schauspieler, zahlte seinen Komplizen und Komplizinnen pünktlich ihre Prozente aus der Beute. Später sagte er vor Gericht: »Ordnung muß sein.« Quite so! Die Gemüsehändlerin und das Mädchen Claudette, die »Opfer« des Jonathan Rush, kamen mit einer kurzen Gefängnisstrafe davon. Er verschwand ins Zuchthaus und würde nach Verbüßung der Strafe nach Antigua deportiert werden. Er stammte tatsächlich von dieser idyllischen Insel. Claudette kam aus Port-of-Spain nach London und »Tantchen Gemüseladen« aus Jamaika. Alle waren gute Schauspieler, karibische Naturtalente, die Bewunde-

rung erregt hätten, wären ihre Zwecke und Ziele nicht so finster gewesen.
Claudette war einem jungen Polizeioffizier, der den unschuldigen »Sohn« aus finanziell flüssigen Kreisen in einem Bett-und-Frühstück-Hotel in Bayswater spielte, auf den Leim gegangen und durch Zufall auf ihre sogenannte Mutter und den lieben Tom-Tom gestoßen. Unsere karibischen Mitbürger müssen aber nicht glauben, daß sie die einzigen glänzenden Schauspieler in unserer alten Theaterstadt und unter Shakespeares Nachkommen sind. Es gibt viel Konkurrenz, die auch gut singen und tanzen kann. Mir aber genügt der »Sommernachtstraum«. Vielleicht bin ich besonders genügsam. Oder besonders anspruchsvoll? Darüber werde ich nachdenken, wenn ich mich in etwa hundert Jahren zurückziehe.
Ich habe meinen Sohn noch nicht über den karibischen Sündenfall in Brixton unterrichtet. Falls gute Freunde ihm die entsprechende Zeitung nicht zugesteckt haben, wird er nichts erfahren. Bob ist noch Anfänger im Dschungel des Eros, und ich kann ihn nicht vor Bayswater-Episoden schützen. Und natürlich können sie auch angenehm sein. In London ist alles möglich. Aber im Augenblick muß Bob ruhig schlafen können und seinen Platz in seiner eigenen Welt finden.
Außerdem muß man nicht alles sagen, was man weiß. Man muß nur alles wissen, was man sagt.